HEYNE BÜCHER

SCIENCE FICTION

Herausgegeben
von Wolfgang Jeschke

CONAN-SAGA

Die Bände in chronologischer Reihenfolge*

Conan (Conan) · 06/3202
Conan und der Zauberer (Conan and the Sorcerer)
Conan der Söldner (Conan the Mercenary)
Conan und das Schwert von Skelos
(Conan and the Sword of Skelos) · 06/3941
Conan und der Spinnengott (Conan and the Spider God)
Conan von Cimmerien (Conan of Cimmeria) · 06/3206
Conan der Rebell (Conan the Rebel)
Conan der Pirat (Conan the Freebooter) · 06/3210
Conan und die Straße der Könige (Conan, the Road of Kings) · 06/3968
Conan der Wanderer (Conan the Wanderer) · 06/3236
Conan der Abenteurer (Conan the Adventurer) · 06/3245
Conan der Freibeuter (Conan the Buccaneer)
Conan der Krieger (Conan the Warrior) · 06/3258
Conan der Schwertkämpfer (Conan the Swordsman) · 06/3895
Conan der Thronräuber (Conan the Usurper) · 06/3263
Conan der Befreier (Conan the Liberator) · 06/3909
Conan der Eroberer (Conan the Conqueror) · 06/3275
Conan der Rächer (Conan the Avenger)
Conan von Aquilonien (Conan of Aquilonia)
Conan von den Inseln (Conan of the Isles)
Conan der Barbar (Conan the Barbarian) · 06/3889

* Die einzelnen Bände der Sage von Conan dem Cimmerier sind nur schwer in eine chronologische Reihenfolge zu bringen, die einigermaßen logisch dem Hintereinander der Abenteuer des Helden gerecht wird, denn gerade die Autoren, die relativ spät ihre Beiträge zu der Saga schrieben, wie Offut und Anderson, siedeln ihre Stoffe relativ früh im Leben Conans an, indem sie an Abenteuer anknüpfen, die Howard noch selbst schrieb, bzw. Episoden aufgreifen, die Howard nur andeutete. Aus vielerlei Gründen ist es auch uns leider nicht möglich, die Bände in dieser »chronologisch« geordneten Reihenfolge erscheinen zu lassen. Das sollte dem Lesevergnügen aber keinen Abbruch tun, denn jeder Band ist völlig in sich abgeschlossen. Ausführliches Kartenmaterial und verbindende Texte erleichtern jederzeit die Orientierung im Gesamtwerk.

ROBERT E. HOWARD
LYON SPRAGUE DE CAMP
LIN CARTER

Conan der Wanderer

10. Band der Conan-Saga

Illustrierte und mit Karten
versehene Ausgabe

Ungekürzte Neuübersetzung

WILHELM HEYNE VERLAG
MÜNCHEN

HEYNE-BUCH Nr. 06/3236
im Wilhelm Heyne Verlag GmbH & Co. KG, München

Titel der amerikanischen Originalausgabe
CONAN THE WANDERER
Deutsche Übersetzung von Lore Strassl
Die Karten zeichnete Erhard Ringer
Die Illustrationen sind von Klaus D. Schiemann

Redaktion: F. Stanya
Copyright © 1968 by L. Sprague de Camp
(Einzelrechte s. Anhang)
Copyright © 1982 der deutschen Übersetzung
by Wilhelm Heyne Verlag Gmbh & Co. KG, München
Printed in Germany 1982
Umschlaggestaltung: Atelier Heinrichs & Schütz, München
Satz: Schaber, Wels/Österreich
Druck: Presse Druck, Augsburg
Bindung: Grimm + Bleicher, München

ISBN 3-453-30841-7

Die Hyborische Welt Conans

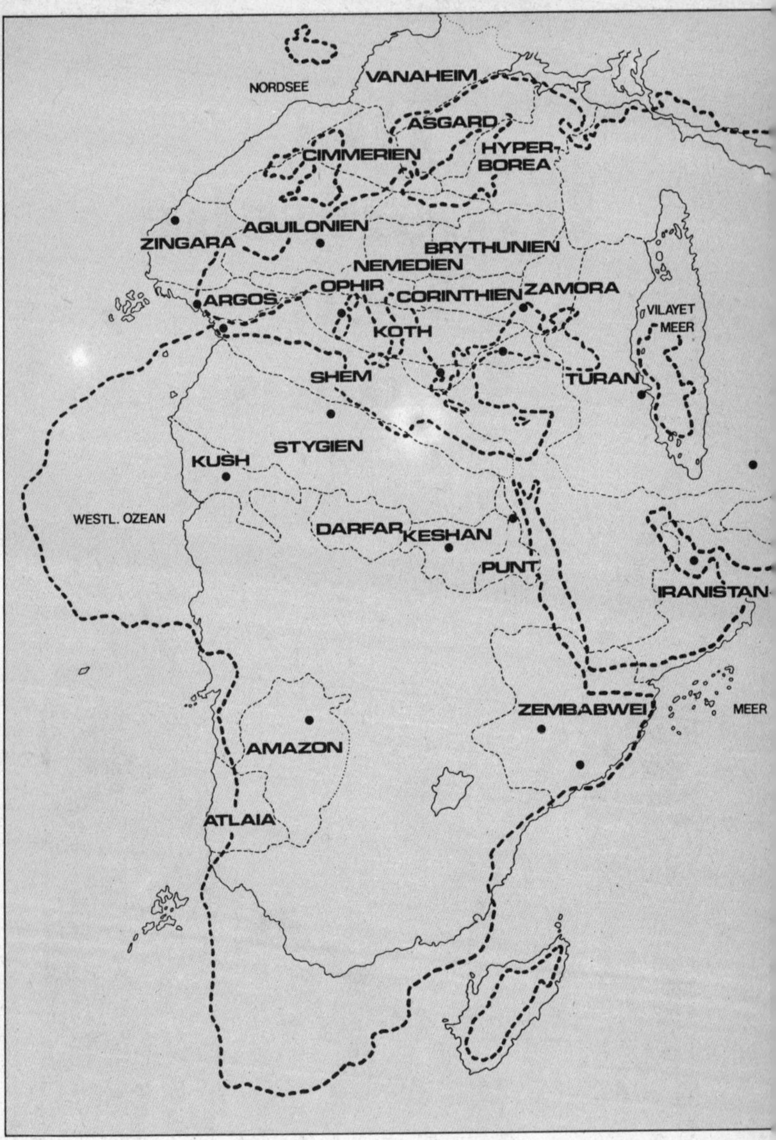

NORDSEE
VANAHEIM
ASGARD
CIMMERIEN
HYPER-
BOREA
AQUILONIEN
ZINGARA
BRYTHUNIEN
NEMEDIEN
OPHIR
CORINTHIEN
ZAMORA
ARGOS
VILAYET
MEER
KOTH
SHEM
TURAN
STYGIEN
KUSH
WESTL. OZEAN
DARFAR
KESHAN
PUNT
IRANISTAN
ZEMBABWEI
MEER
AMAZON
ATLAIA

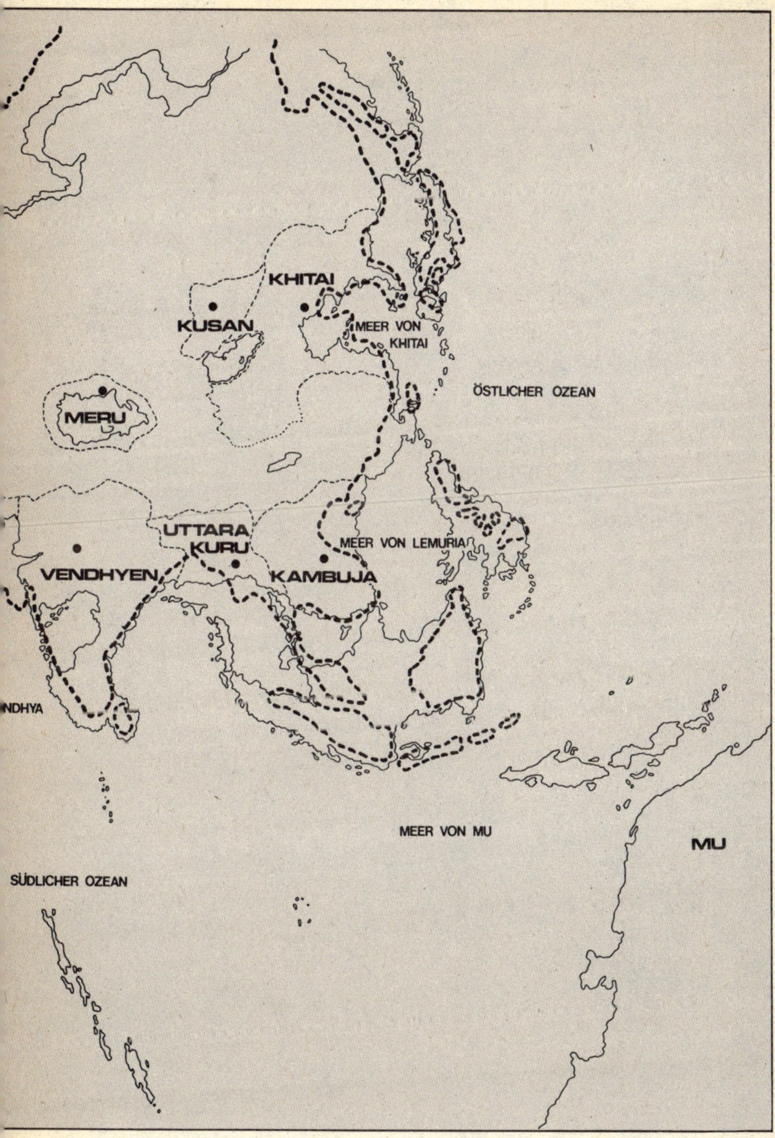
KHITAI
KUSAN
MEER VON
KHITAI
ÖSTLICHER OZEAN
MERU
UTTARA
KURU
VENDHYEN
MEER VON LEMURIA
KAMBUJA
NDHYA
MEER VON MU
MU
SÜDLICHER OZEAN

INHALT

Einleitung

L. Sprague de Camp

Robert E. Howard (1906–36), der geistige Vater Conans, wurde in Peaster, Texas, geboren. Den größten Teil seines Lebens verbrachte er in Cross Plains, im Herzen von Texas. Während seines kurzen Lebens (er beendete es im Alter von dreißig Jahren durch Selbstmord) widmete sich Howard den verschiedensten Sparten der Unterhaltungsliteratur. Er schrieb Sport-, Kriminal-, Wild West-, Abenteuer-, Science Fiction-, Grusel- und Gespenstergeschichten sowie histories Stories, nebst Gedichten und Fantasy. Von seinen verschiedenen Serien heroischer Fantasy waren die Conan-Geschichten die beliebtesten. Achtzehn davon wurden noch zu Howards Lebzeiten veröffentlicht. Acht weitere – von Fragmenten und Exposés bis zu fertigen Manuskripten – wurden seit 1950 unter den Papieren in seinem Nachlaß gefunden. Die nicht kompletten vollendeten mein Kollege Lin Carter und ich.

Zusätzlich schrieb ich in den frühen fünfziger Jahren vier unveröffentlichte Howard-Manuskripte mit orientalischen Abenteuergeschichten, die im Mittelalter und Anfang des zwanzigsten Jahrhunderts handelten, zu Conan-Stories um, indem ich die Namen änderte, dafür sorgte, daß es zu keinen Anachronismen kam, und ein übernatürliches Element einführte. Das erwies sich als nicht sehr schwierig, da Howards Helden so ziemlich alle aus dem gleichen Schrot und Korn waren. Die so entstandenen Geschichten sind immer noch zu drei Viertel oder vier Fünftel Howards Werk.

Von diesen ist THE FLAME KNIFE (Der Flammendolch)

die längste. Howard schrieb sie ursprünglich 1934 als Novelle von ungefähr 250 000 Anschlägen, es war eine Abenteuerstory, die in Afghanistan Anfang des zwanzigsten Jahrhunderts handelte und der er den Titel THREE-BLADED DOOM gab. Der Held war Francis X. Gordon, einer aus einer Reihe muskelstrotzender, kampfesfreudiger irischer Helden, der in mehreren in den Orient verlegten Abenteuergeschichten die Hauptperson war. Als Howard keinen Verleger für die Originalversion fand, straffte er sie auf etwa 150 000 Anschläge, doch auch sie fand keinen Abnehmer. Diese Story wies unverkennbar den Einfluß Harold Lambs und Talbot Mundys auf. Die von mir auf Conan umgearbeitete Geschichte ist von einer mittleren Länge der beiden ursprünglichen, ca. 200 000 Anschläge.

Carter und ich verfaßten auch mehrere Pastiches nach Hinweisen in Howards Notizen und Briefen, um die Lücken in der Saga zu füllen. BLACK TEARS (Im Land der Geister) in diesem Band ist einer davon.

Geschichten wie diese gehören einem Subgenre der phantastischen Literatur an, die Kenner als »heroisch-phantastisches Abenteuer« oder »Schwert und Magie-Erzählung« bezeichnen. Solch eine Story spielt in einer erfundenen altertümlichen oder mittelalterlichen Szenerie – vielleicht in unserer Welt, wie sie vor langer Zeit gewesen sein mochte oder in einer fernen Zukunft sein könnte, oder auf einem anderen Planeten, in einer fremden Dimension –, wo es Magie wirklich gibt und die moderne Technologie noch unentdeckt ist. Beispiele für dieses Genre – abgesehen von den Conan-Stories – sind E. R. Eddisons THE WORM OUROBOROS (Der Wurm Ouroboros), J. R. R. Tolkiens THE LORD OF THE RINGS (Der Herr der Ringe), Fletcher Pratts THE WELL OF THE UNICORN (Die Einhornquelle), Fritz Leibers Geschichten um Fafhrd und den Grauen Mausling und viele weitere. Gut geschrieben, sind Stories dieser

Art die unterhaltsamsten aus dem ganzen Spektrum der Unterhaltungsliteratur.

Von allen überlebensgroßen Figuren, die Howards Stories bevölkern, ist Conan der Cimmerier der herausragendste. Conan liebte, lebte und kämpfte in Howards erfundenem Hyborischen Zeitalter, das der Autor zwölftausend Jahre in der Vergangenheit, zwischen dem Untergang von Atlantis und dem Beginn der Geschichtsschreibung, ansetzte. Conan ist ein hünenhafter barbarischer Abenteurer aus dem rauhen Nordland Cimmerien, der sich mit Klinge und Körperkraft durch die halbe Welt schlug, durch Ströme von Blut stapfte, es mit natürlichen und übernatürlichen Feinden aufnahm und schließlich König des mächtigen hyborischen Reiches Aquilonien wurde.

Als er als rauher, ungeschliffener, zügelloser junger Krieger in das Königreich Zamora kam, versuchte er sich dort und in dem umliegenden Ländern einige Jahre lang als Dieb durchzuschlagen. Nachdem er dieses unsicheren und wenig einträglichen Daseins müde wurde, verdingte er sich als Söldner in den turanischen Streitkräften. Während der folgenden zwei Jahre kam er weit herum und wurde ein ausgezeichneter Reiter und Bogenschütze.

Ein Streit mit einem ranghöheren Offizier um eine Frau wurde für Conan zum Anlaß, Turan auf schnellstem Wege zu verlassen. Nach erfolgloser Schatzsuche in Zamora und einem kurzen Abstecher in seine cimmerische Heimat, brach er auf, um sich in den hyborischen Königreichen als Söldner anwerben zu lassen. Doch die Umstände – gewaltiger Natur wie gewöhnlich – verschlugen ihn als Piraten an die Küste von Kush, zusammen mit der shemitischen Piratin Bêlit und einer Mannschaft blutdurstiger schwarzer Korsaren. Nach Bêlits Tod wurde er Häuptling eines Stammes Schwarzhäutiger, diente als Söldner in Shem und in den meisten der südlichen hyborischen Länder.

Danach sah man Conan als einen Anführer bei den Kozaki, einer Bande Gesetzloser, die durch die Steppen zwischen Turan und den hyborischen Ländern zogen. Dann wurde er Kapitän eines Piratenschiffs auf dem großen Binnenmeer, der Vilayetsee.

Als Hauptmann der Leibgarde von Königin Taramis von Khauran fiel Conan den Feinden der Herrscherin in die Hände, die ihn kreuzigten. Als sich ein Geier heranwagte, um ihm die Augen auszuhacken, biß Conan ihm den Kopf ab (einen zäheren und unschlagbareren Helden gibt es nicht). Olgerd Vladislav, der zaporoskanische Anführer einer Bande von Zuagir, den nomadischen östlichen Shemiten, tauchte in dieser kritischen Situation auf und befreite den Cimmerier – für seine eigenen Pläne – vom Kreuz. Doch bald kam es zu Reibereien zwischen Conan und Olgerd, und der Cimmerier entriß ihm die Führerschaft über die Bande.

Nachdem er die Widersacher der Königin besiegt und Taramis den Thron von Khauran wiedergewonnen hatte, führte er die Zuagir ostwärts zu Raubzügen in turanisches Gebiet. Zu diesem Zeitpunkt beginnt der vorliegende Band.

Leser, die gern mehr über Conan, Howard oder das Hyborische Zeitalter erfahren möchten, als es diese Taschenbuchreihe bieten kann, seien auf zwei seit den sechziger Jahren erscheinende nichtprofessionelle Magazine verwiesen, in denen regelmäßig Material von und über Howard veröffentlicht wird:

In englischer Sprache:

AMRA, Box 8243, Philadelphia, Pennsylvanien, 19101, USA.

In deutscher Sprache:

MAGIRA, Postfach 1371, 8390 Passau 1.

Im Land der Geister

NEMEDIEN
BRYTHUNIEN
KEZANKIAN
GEB.
STEPPE
Lema Ebenen
Pirogia
Potrebia
Stadtstaaten
Hanumar
Belverus
Numalia
Ianthe
OPHIR
CORINTHIEN
Yezud
Tempel des Spinnengottes
Bahari
Zahmahn
ZAMORA
WÜSTE
Khorschemisch
Larsha
Schadizar
VILAYET
KOTH
Tempel des Blutbefleckten Gottes
Dagoth Hügel
Arenjun
Keschan
Wüste von Koth
Schahpur
Salzsee
Maypur
Khroscha
Korveka
Khauran Stadt
Kherdpur
Insel der eisernen Statuen
Makkalet
Razadan
Eruk
Yivga Fl.
Sultanapur
Dimmorz
TURAN
FLAMMENDE BERGE
Khoraja
Akrel Oase
Khanyria
Fl. Wakla
Akif
Pah - Dischah
SHEM
Schumir
ZUAGIRS
Vezek
MEER
Khoraf
Schamla Paß
Furt v. Bubastes
Wüste
SHAN -E- SORKH
Aghrapur
Altaku
Akhlat
ZHURAZI ARCHIPEL
Nippr
Kizil-Bezzin
Ilbars
Rhamdan
Nebthu
Styx
Makan -E- Mordan
Secunderam
Akbilana
Yukkub
Khorusun
Bakharus
Samara
Bakhr
Sabatea
Schuschan
Onagrul
Tamba-Syn
Aphaka Oase
Zaporoska
Shangara
Stadt des Set
Kuthchemes
Dagon
Seyan
Khawarizm
XAPUR
NACKTE WÜSTE
Rasht
Vilba
Pteion
TAIA
Zamboula
Fl. Ghori
COLCHIAN BERGE
Menhire
Thuran
KHARAMUN WÜSTE
Kassali
ILBARS BERGE
Akrim
DARFAR
Kara - Schehr
Kushaf
Jihiji
Geisterschlucht
Keschia
Yanaidar
KESHAN
Anschan
PUNT
DRUJISTAN

Im Land der Geister

Lin Carter u. L. Sprague de Camp

Nach den in SALOME, DIE HEXE, *geschilderten Ereignissen (in* CONAN, DER PIRAT *(Heyne-Buch Nr. 06/3210) führt Conan seinen Trupp Zuagir ostwärts zu Raubzügen in den Städten der Turanier und zu Überfällen auf ihre Karawanen. Er ist zu dieser Zeit etwa dreißig und im Vollbesitz seiner Körperkräfte. Fast zwei Jahre verbringt er mit den Wüstenshemiten, zuerst als Olgerds Unterführer, dann, nachdem er ihn verjagt hat, als ihr alleiniger Häuptling. Der ergrimmte tatkräftige König Yezdigerd reagiert schnell auf Conans Überfälle, er schickt einen größeren Trupp aus, um ihm eine Falle zu stellen.*

1

DIE ZÄHNE DER FALLE

Die Mittagssonne brannte von der feurigen Himmelskuppel herab. Der blendende trockene Sand der Shan-e-Sorkh, der Roten Wüste, buk in der erbarmungslosen Hitze wie in einem riesigen Ofen. Kein Lüftchen rührte sich. Nichts bewegte die vereinzelten Dornenbüsche der steinübersäten Hügel, die sich am Rand der Wüste wie ein Wall erhoben.

Völlig still verhielten sich auch die hinter dem Dornengestrüpp kauernden Soldaten, die den Weg im Auge behielten.

Hier hatten die Naturkräfte in uralter Zeit den Hügelwall gespalten und Jahrtausende diese Kluft erweitert, so daß sie jetzt einen schmalen Paß zwischen schroffen Felswänden bildete – die ideale Stelle für einen Hinterhalt.

Die turanischen Soldaten lagen schon den ganzen drükkend heißen Vormittag auf der Hügelkuppe versteckt. Sie versengten schier unter ihren Kettenhemden und zum Teil auch Schuppenpanzern, und ihre Knie und Gesäße schmerzten. Ihr Hauptmann, der Amir Boghra Khan, teilte heimlich fluchend die Unbequemlichkeit mit ihnen. Seine Kehle war trocken wie brüchiges Leder, und er hatte das Gefühl, unter seiner Kettenrüstung zu schmoren.

In diesem verdammten Land des Todes und der glühenden Sonne konnte nicht einmal Schweiß Erleichterung bringen, denn die trockene Wüstenluft sog gierig jeden Tropfen Feuchtigkeit auf, so daß die Männer sich wie ausgedörrte Mumien vorkamen.

Der Amir blinzelte und rieb sich die Augen, dann verengte er sie, um den winzigen Lichtblitz noch einmal zu sehen. Ein vorausgeschickter Späher, der sich hinter einer Düne roten Sandes verborgen hatte, gab Blinkzeichen mit einem Spiegel.

Jetzt erhob sich in der Ferne eine Staubwolke. Der stattliche schwarzbärtige turanische Edelmann grinste und vergaß seine verkrampfte Haltung. Der Verräter, sein Mittelsmann, hatte sich sein Bestechungsgeld wahrhaftig verdient!

Bald schon erkannte Boghra Khan die lange Reihe der Zuagirkrieger in ihren wallenden weißen Khalats auf den schlanken Wüstenpferden. Als die von den Hufen aufgewirbelten Staubwolken nicht mehr ganz so dicht waren, zeichneten sich die dunklen schmalen Geiergesichter ab, eingerahmt von der bis auf die Schultern hängende Kopfbedeckung – so klar war die Wüstenluft und so hell die

Sonne. Befriedigung, berauschend wie der Rote Wein Aghrapurs aus den Privatkellereien des jungen Königs Yezdigerd, pulste durch des Amirs Adern.

Seit Jahren trieb diese Bande von Gesetzlosen nun schon ihr Unwesen. Sie fiel in den Städten ein, plünderte Handelsposten und Karawanenstationen entlang der turanischen Grenze – zuerst unter dem ruchlosen zaporoskanischen Halunken Olgerd Vladislav, und nun, seit etwas länger als einem Jahr, unter seinem Nachfolger Conan. Endlich waren fähige Spione in turanischen Ortschaften, die mit der Räuberbande auf gutem Fuß standen, auf einen bestechlichen Angehörigen dieser Meute gestoßen – einen Mann namens Vardanes, keinen Zuagir, sondern einen Zamorier. Vardanes war ein Blutsbruder Olgerds gewesen, den Conan verjagt hatte. Er dürstete nach Rache an dem Fremden, der sich selbst zum Häuptling gemacht hatte.

Boghra zupfte nachdenklich an seinem Bart. Der zamorianische Verräter war ein Gauner, der gern schmunzelte und lachte, so recht nach dem Herzen der Turaner. Vardanes, von kleinem Wuchs, schlank, geschmeidig, wortreich, tollkühn, mit den Zügen eines jungen Gottes, war ein unterhaltsamer Trinkkumpan, aber so kaltherzig und falsch wie eine Schlange.

Die Zuagir kamen nun durch den Engpaß. Ihnen voran ritt Vardanes auf einer tänzelnden Rappstute. Boghra Khan hob eine Hand als Signal, damit seine Männer sich bereithielten. Er wollte so viele Zuagir wie nur möglich im Paß haben, ehe er die Falle schloß. Nur Vardanes sollte durchgelassen werden. Sobald er den Sandsteinwall hinter sich hatte, ließ Boghra die Hand wie ein Beil herabsausen.

»Tötet die Hunde!« donnerte er und erhob sich.

Pfeile schwirrten wie tödlicher Hagel durch den Sonnenschein. In wenigen Atemzügen herrschte ein Wirrwarr schreiender Zuagir und sich aufbäumender Pferde. Salve um Salve machte sie nieder. Männer fielen, aus denen wie durch Zauberei gefiederte Schäfte wuchsen. Rosse wieherten schmerzerfüllt, wenn die scharfen Widerhaken sich in ihre schwitzenden Flanken bohrten.

Staub erhob sich in einer wogenden Wolke und hüllte den Paß ein. Boghra Khan hielt seine Schützen eine Weile zurück, um nicht unnötig Pfeile zu vergeuden. Doch diese Anwandlung von Sparsamkeit wurde ihm zum Verhängnis. Aus dem Lärm im Paß erhob sich eine grollende Donnerstimme:

»Stürmt die Hänge! Zeigt's den Burschen!«

Conans Stimme war es. Einen Herzschlag später lenkte er bereits seinen kräftigen feurigen Hengst die steile Steigung hinauf. Der Gedanke mochte sich aufdrängen, daß nur ein Narr oder eine Verrückter eine Böschung aus nachgiebigem Sand und bröckelndem Gestein geradewegs dem Rachen des Feindes entgegenstürmen würde, doch Conan war weder das eine noch das andere. Gewiß, wilder Rachedurst brannte in ihm, doch hinter seinem grimmigen sonnengebräunten Gesicht und den gleich blauen Flammen funkelnden Augen war der scharfe Verstand eines erfahrenen Kriegers am Werk. Er wußte, daß durch einen Hinterhalt der unerwartete Weg manchmal der einzige war.

In ihrer Überraschung senkten die Turaner die Bogen und starrten auf das ungewöhnliche Schauspiel: Aus dem staubverhangenen Paß raste eine wilde heulende Horde Zuagir, zu Fuß und beritten, den steilen Hang herauf, geradewegs auf sie zu. Wenige Atemzüge später erreichten die Wüstenkrieger – bedeutend zahlreicher, als der Amir angenommen hatte – brüllend, fluchend und ihre Krummsäbel schwenkend die Kuppe.

Ihnen voraus ritt der riesenhafte Cimmerier. Pfeile hatten seinen weißen Khalat aufgerissen, der nun sein glänzendes schwarzes Kettenhemd freigab. Seine Löwenmähne hing wie ein zerfetztes Banner aus dem Helm, von dem ein Pfeil den wallenden Kaffia gerissen hatte. Auf seinem wildäugigen Hengst brauste er wie ein Dämon unter den Feind. Er war nicht wie die Wüstensöhne mit einem Tulwar, dem Krummsäbel, bewaffnet, sondern trug ein Breitschwert mit Parierkreuz aus dem Westen – seine bevorzugte Waffe unter vielen, mit denen er gleichermaßen gut umzugehen verstand. Von seiner narbenübersäten Faust geführt, hieb der wirbelnde, spiegelnde Stahl einen roten Pfad durch die Turaner. Bei jedem Streich drang er durch Rüstung, Fleisch und Knochen, zerschmetterte hier einen Schädel, trennte dort Arme oder Beine ab oder spießte einen Gegner auf.

Noch ehe die Sonne den Zenit überschritten hatte, war alles vorbei. Von den Turanern überlebten nur die, die rechtzeitig geflohen waren – und ihr Hauptmann. Seines Umhangs entblößt, das Gesicht blutbeschmiert, führte man den hinkenden, erschöpften Amir zu Conan, der auf seinem schweratmenden Pferd saß und sich die Klinge am Khalat eines Toten säuberte.

Conan musterte den vor ihm immer kleiner werdenden Edlen verächtlich und nicht ohne spöttischen Humor.

»Ah, Boghra«, brummte er. »So trifft man sich wieder.«

Der Amir blinzelte ungläubig. »Du!« krächzte er.

Conan grinste. Vor etwa zehn Jahren hatte der junge Cimmerier sich der turanischen Söldnerarmee angeschlossen, und nach einiger Zeit König Yildizs Fahne (der Geliebten eines Offiziers wegen) ziemlich überstürzt verlassen – so eilig, daß er nicht mehr dazu gekommen war, eine Spielschuld bei diesem Amir zu begleichen, der nun verblüfft vor ihm stand. Als lebensfroher junger Sproß einer uralten Adelsfamilie war Boghra Khan mit Conan befreundet gewesen und hatte so manches am Spieltisch, in Weinstuben und Freudenhäusern gemeinsam mit ihm erlebt. Um Jahre gealtert, blickte Boghra nun, von seinem alten Kameraden geschlagen, zu Conan hoch, den er irgendwie nie mit dem Führer der Wüstenbanditen in Zusammenhang gebracht hatte.

»Du hast uns hier aufgelauert«, sagte der Cimmerier zu ihm und verengte die Augen zu Schlitzen. »Nicht wahr?«

Boghra schien noch kleiner zu werden. Es ging gegen seine Ehre, dem Räuberhäuptling zu antworten, waren sie auch einst Zechkumpane gewesen. Aber er hatte allzu unerfreuliche Geschichten über die Art und Weise gehört, wie die Zuagir ihren Gefangenen Auskunft entrangen. Durch die Jahre guten Lebens feist und träge geworden, befürchtete der turanische Offizier, unter Foltermethoden die Zunge nicht lange bezähmen zu können.

Doch eine Antwort war nicht nötig. Conan hatte Vardanes gesehen, der seltsamerweise am Morgen darum ersucht hatte, als Späher vorausreiten zu dürfen.

»Wieviel hast du Vardanes bezahlt?« fragte er plötzlich.

»Zweihundert Silbershekel . . .«, murmelte der Turaner und unterbrach sich erschrocken. Conan lachte.

»Eine königliche Bestechung. Dieser stets lächelnde Halunke – wie jeder Zamorier im Grund seines schwarzen Herzens ein Verräter. Er kam nicht darüber hinweg, daß ich Olgerd besiegte.« Conan blickte auf den gebeugten Kopf des Amirs und grinste nicht unfreundlich. »Mach dir keine Vorwürfe, Boghra, du hast keine militärischen Geheimnisse verraten, ich habe dich überrumpelt. Du kannst mit untadeliger Soldatenehre nach Aghrapur zurückreiten.«

Der Amir hob erstaunt den Kopf. »Du willst mich am Leben lassen?« krächzte er.

Conan nickte. »Warum nicht? Ich schulde dir immer noch einen Beutel Gold. Laß mich meine Spielschuld auf diese Weise begleichen. Aber sei das nächstemal vorsichtiger, Boghra, wenn du eine Falle für Wölfe stellst. Wie leicht könntest du darin einen Tiger fangen!«

2

LAND DER GEISTER

Nach zwei harten Tagesritten durch den roten Sand der Shan-e-Sorkh hatten die Wüstenräuber den Verräter noch immer nicht eingeholt. Gierig nach Vardanes' Blut, gönnte Conan seinen Männern kaum Rast. Das grausame Gesetz der Wüste verlangte den Tod der Fünf Pfähle für einen, der seine Kameraden verriet, und der Cimmerier war entschlossen, den Zamorier diesen Preis zahlen zu lassen.

Am Abend des zweiten Tages schlugen die Männer ihr Lager im Schutz eines gebleichten Sandsteinhügels auf, der sich wie eine alte Turmruine aus dem rostfarbenen Sand hob. Runen der Erschöpfung zeichneten Conans Gesicht, das die Wüstensonne fast schwarzgebrannt hatte. Sein nicht weniger verausgabter Hengst schlürfte mit schäumenden Lippen gierig Wasser aus dem Beutel, den der Cimmerier ihm hinhielt. Hinter ihm machten seine Männer es sich so bequem wie eben möglich, versorgten ebenfalls ihre Pferde und zündeten ein Feuer an, um die Wüstenhunde fernzuhalten. Zelte wurden aufgestellt und Kochgeschirre aus Lederbeuteln geholt.

Sand knirschte unter Sandalen. Conan drehte sich um. Gomer, einer seiner Leutnants, kam auf ihn zu. Er war ein schwarzäugiger, hakennasiger Shemit, dem ölige blauschwarze Locken aus den Falten seiner Kopfbedeckung quollen.

»Was gibt's?« fragte Conan, während er seinen müden Hengst striegelte.

»Er reitet immer noch auf geradem Weg südwestwärts«, meldete der Shemit. »Der schwarzherzige Teufel muß aus Eisen sein.«

Conan lachte rauh. »Sein Pferd vielleicht, nicht aber

Vardanes. Er ist aus Fleisch und Blut, wie du sehen wirst, wenn wir ihn für die Geier an die Pflöcke binden und ihm seinen Bauch aufschlitzen.«

Heimliche Angst sprach aus Gomers Augen. »Conan, willst du die Verfolgung nicht lieber aufgeben? Jeder Tag bringt uns tiefer in dieses Land der brennenden Sonne und des glühenden Sandes, wo nur Schlangen und Skorpione leben können. Bei Dagons Schwanz, wenn wir nicht umkehren, werden unsere Gebeine hier bleichen!«

»Nein«, widersprach der Cimmerier hart. »Wenn hier Knochen zum Bleichen zurückbleiben, dann die des Zamoriers. Mach dir keine Sorgen, Gomer, wir erwischen den Verräter. Vielleicht morgen, er kann dieses Reittempo nicht ewig halten.«

»Wir auch nicht«, gab Gomer zu bedenken. Er schwieg, als er Conans funkelnden Blick auf sich spürte.

»Das ist nicht alles, was dir zu schaffen macht«, sagte der Cimmerier. »Sprich, Mann, heraus damit!«

Der stämmige Shemit zuckte ausdrucksvoll die Schultern. »Du hast recht. Ich – die Männer haben Angst ...«

»Weiter! Muß man dir jedes Wort herauslocken?«

»Das – das hier ist die Makan-e-Mordan!« platzte Gomer heraus.

»Ich weiß. Ich habe vom *Land der Geister* gehört. Na und? Fürchtet ihr euch vor den Schauermärchen alter Weiber?«

Gomer blickte unglücklich drein. »Es sind nicht bloß Schauermärchen, Conan. Du bist kein Zuagir und kennst das Land und seine Schrecken nicht wie wir, die wir seit langem in dieser Wildnis leben. Seit Tausenden von Jahren ist diese Gegend verflucht – und mit jedem Schritt dringen wir tiefer ein. Die Männer wagen es nicht, dir gegenüber davon zu sprechen, aber sie sind halb wahnsinnig vor Furcht.«

»Vor kindischem Aberglauben!« knurrte Conan. »Ich weiß, welche Angst ihnen Geschichten über Geister und Kobolde einjagen. Auch ich habe sie gehört, Gomer, aber sie können doch wahrhaftig nur Wickelkindern Angst machen, nicht tapferen Kriegern! Sag deinen Leuten, sie mögen sich vor meinem Grimm hüten, der schlimmer ist als alle Geister!«

»A-aber, Conan!«

Der Cimmerier brachte den Mann mit einem heftigen Fluch zum Verstummen. »Genug der kindischen Tagträume, Shemit! Ich habe bei Crom und Mitra geschworen, daß ich mir das Blut dieses zamorianischen Verräters hole oder beim Versuch sterbe, ihn mir zu schnappen. Und wenn ich unterwegs auch ein wenig Zuagirblut zurücklassen muß, wird es mich nicht weiter stören. Hör endlich auf mit deiner Jammerei und leer einen Beutel mit mir! Meine Kehle ist so trocken wie diese verdammte Wüste, und sinnloses Gerede macht es nur schlimmer.«

Er schlug Gomer kameradschaftlich auf die Schulter und stapfte zum Lagerfeuer, wo die Männer ihren Vorrat an Räucherfleisch, Dörrfeigen und -datteln, Ziegenkäse und Lederbeutel mit Wein auspackten.

Der Shemit jedoch schloß sich Conan nicht sofort an. Er blickte dem Mann nach, dem er seit zwei Jahren folgte — seit sie ihn außerhalb der Mauern Khaurans ans Kreuz genagelt gefunden hatten. Der Cimmerier war Hauptmann der Leibgarde Königin Taramis' von Khauran gewesen, bis die Hexe Salome im Bund mit Constantius dem Falken, dem kothischen Woiwoden der Freien Getreuen, ihr den Thron raubte.

Als Conan, der den Austausch durchschaute, zu Taramis stand und besiegt wurde, hatte Constantius ihn vor der Stadt kreuzigen lassen. Zufällig war Olgerd Vladislav, Anführer der Zuagirbande, vorbeigeritten, hatte den Cimmerier befreien lassen und ihm angeboten, sich den Wüstensöhnen anzuschließen, falls er nicht an seinen Wunden und den unmenschlichen Anstrengungen starb. Conan hatte nicht nur überlebt, sondern sich als so fähiger Führer erwiesen, daß er schließlich den auf seine Macht eifersüchtigen Olgerd vertrieb, die Führung der Bande übernahm und sie bis jetzt behalten hatte.

Aber dies war sein Ende als Häuptling der Zuagir. Gomer von Akkharien seufzte tief. Conan war die letzten beiden Tage, völlig in seine grimmige Rachsucht vertieft, vor ihnen hergeritten, ohne zu ahnen, welch verzehrender Gefühle die Zuagir fähig waren. Obgleich sie Conan verehrten, das wußte Gomer, hatte ihre abergläubische Angst sie an den Rand von Aufruhr und Mord geführt. Sie mochten zwar bereit sein, dem Cimmerier zum feurigen Höllentor zu folgen — aber keinesfalls weiter hinein ins *Land der Geister*.

Der Shemit liebte und bewunderte seinen Häuptling, doch da er wußte, daß nichts ihn vom Pfad der Rache abzuhalten vermochte, fiel ihm nur ein Ausweg ein, Conan vor den Klingen seiner eigenen Leute zu schützen. Er griff behutsam in die Tasche seines weißen Khalats und brachte ein winziges Döschen mit grünem Pulver zum Vorschein. Er barg ein wenig davon in seiner Faust und gesellte sich dem Cimmerier am Feuer zu, um mit ihm zu trinken.

3

UNSICHTBARER TOD

Als Conan erwachte, stand die Sonne schon hoch am Himmel. Flimmernde Hitze stand über dem nackten Sand. Die Luft war still und trocken, als stiege sie aus einem Feuerbecken auf.

Der Cimmerier taumelte auf die Knie und preßte die Hände an die pochenden Schläfen. Sein Kopf schmerzte, als hätte er einen Hieb auf den Schädel bekommen.

Mühsam erhob er sich und blieb schwankend stehen. Benommen blinzelte er zum Himmel, dann schaute er sich langsam um. Er war allein in diesem verdammten wasserlosen Land.

Krächzend verfluchte er die abergläubischen Zuagir. Der gesamte Trupp war aufgebrochen und hatte die gesamte Ausrüstung, die Pferde und den Proviant mitgenommen. Zwei Wasserbeutel aus Ziegenleder lagen neben ihm. Diese Beutel, sein Kettenhemd und Khalat sowie sein Breitschwert waren alles, was seine ehemaligen Kameraden ihm gelassen hatten.

Er sank erneut auf die Knie und zog den Stöpsel aus einem der Wasserbeutel. Er gurgelte mit der lauwarmen Flüssigkeit und spülte sich damit den gräßlichen Geschmack aus dem Mund, ehe er sparsam trank und widerstrebend die Flasche wieder verschloß, denn sein brennender Durst war kaum halb gestillt. Obgleich es ihn danach drängte, den Beutel zu leeren, gewann seine Vernunft die Oberhand. Wenn er sich in dieser Sandöde verirrte, würde zum Überleben jeder Tropfen erforderlich sein.

Trotz seiner hämmernden Kopfschmerzen und der Benommenheit ahnte er, was geschehen war. Seine Zuagir fürchteten sich mehr vor diesem angeblichen Geisterland, als er es trotz Gomers Warnung für möglich gehalten hatte. Er hatte einen schweren – vielleicht tödlichen – Fehler begangen. Er hatte die Macht des Aberglaubens unter- und seine eigene Macht überschätzt. Ächzend verwünschte Conan seinen selbstherrlichen, dickköpfigen Stolz. Wenn es ihm nicht gelang, ihn zu überwinden, mochte er eines Tages noch den Tod bedeuten.

Aber vielleicht war dies schon sein Sterbetag. Er preßte

die Lippen aufeinander und machte sich ein Bild seiner Überlebenschancen. Sie waren mager. Er hatte bei sparsamer Einteilung Wasser für zwei Tage – drei, wenn er den Wahnsinn riskierte, indem er es noch mehr rationierte. Aber er hatte weder zu essen noch ein Pferd.

Nun gut, dann würde er sich zu Fuß auf den Weg machen. Die Frage war nur: wohin? Die vernünftigste Antwort wäre gewesen: zurück, woher er und seine Männer gekommen waren. Aber war das wirklich so vernünftig? Die Entfernung durfte er nicht außer acht lassen. Sie waren zwei Tage mit nur kurzen Unterbrechungen geritten, seit sie das letzte Wasserloch verlassen hatten. Zu Fuß ließ sich in der gleichen Zeit höchstens die Hälfte dieser Strecke zurücklegen. Für ihn würde das bedeuten, die letzten beiden Tage keinen Tropfen Wasser mehr zu haben ...

Nachdenklich rieb sich Conan das Kinn. Er versuchte, nicht auf das Pochen seines Schädels zu achten und die Benommenheit abzustreifen. Nein, den gleichen Weg zurück – das wäre kein guter Einfall, denn erst in vier Tagen könnte er das nächste Wasserloch erreichen.

Er blickte geradeaus, wo die Spur des fliehenden Vardanes sich bis zum Horizont erstreckte.

Vielleicht sollte er dem Zamorier weiter folgen? Der Pfad führte in unbekanntes Gebiet, aber möglicherweise war gerade das von Vorteil. Vielleicht lag schon hinter der nächsten Düne eine Oase. Es war schwierig, in seiner Benommenheit eine vernünftige Entscheidung zu treffen. Conan entschloß sich den Weg weiter zu verfolgen, weil ihm dies klüger erschien.

Er gürtete sich den Khalat über das Kettenhemd, schlang das Schwert über die Schulter und stapfte dahin, während der Wasserbeutel auf seinem Rücken auf und ab hüpfte.

Immerfort stand die Sonne an einem Himmel aus brennendem Messing. Sie funkelte herab wie das feurige Auge in der Stirn eines titanischen Zyklopen, starrte auf das winzige Menschlein, das sich durch die heiße Hölle des roten Sandes schleppte. Eine Ewigkeit dauerte es, bis dieses Glutauge die leere Himmelskuppe allmählich hinabglitt, um als Totenfeuer im Westen zu ersterben. Dann stahl sich purpurner Abend auf Schattenschwingen über das Firmament, und ein Hauch gnädiger Kühle streifte mit schwacher Brise die Dünen.

Die Muskeln von Conans Beinen schmerzten nicht mehr. Erschöpfung hatte sie taub gemacht, und er stolperte nun auf Gliedmaßen dahin, die ihm wie durch Zauber belebte Steinsäulen vorkamen. Sein Kopf pendelte fast auf die Brust herab. Immer weiter schleppte er sich, obgleich er dringend einer Rast bedurfte. Aber er wußte, daß in der Kühle des Abends mit weniger Mühe schneller voranzukommen war.

Seine Kehle war staubverkrustet, sein Gesicht eine ziegelrote Maske aus Wüstensand. Vor einiger Zeit hatte er einen Schluck getrunken. Einen weiteren würde er sich erst wieder gönnen, wenn es so dunkel war, daß er Vardanes' Spur nicht mehr sehen konnte.

Seine Träume während des nächtlichen Schlafs waren aufreibend und verwirrend, voll von zotteligen Alptraumwesen mit einem funkelnden Auge in der tierischen Stirn, die seinen nackten Körper mit rotglühenden Ketten peitschten.

Als er blinzelnd erwachte, stand die Sonne bereits hoch am Himmel, und ein weiterer unerträglich heißer Tag lag vor ihm. Aufzustehen war schon eine Qual. Jeder Muskel schmerzte, als stieße jemand winzige Nadeln tief ins Gewebe. Aber er erhob sich, trank ein wenig und machte sich wieder auf den Weg.

Bald verlor er jedes Gefühl für die Zeit. Nur sein eiserner

Wille trieb ihn weiter, Schritt um taumelnden Schritt. Immer wieder wanderte sein Geist in das schattenhafte Reich der Selbsttäuschung ab, doch selbst dorthin verfolgten ihn drei Gedanken, nach denen er sich ausrichtete: auf der Spur der Huffährte zu bleiben; Wasser nur sparsam zu sich nehmen; sich auf den Beinen zu halten. Würde er einmal fallen – das wußte er –, wäre er nicht mehr in der Lage, sich aufzurichten. Und stürzte er während des sengenden heißen Tages, blieben seine Gebeine bleichend für eine Unendlichkeit in dieser scharlachroten Wüste liegen.

4

DIE UNSTERBLICHE KÖNIGIN

Vardanes von Zamora hielt am Hügelkamm an und starrte auf einen so ungewöhnlichen Anblick hinab, daß er nur heftig schlucken konnte. Seit dem mißlungenen Hinterhalt, der statt die Zuagir die Turaner das Leben gekostet hatte, waren fünf Tage vergangen, an denen er wie ein Wahnsinniger geritten war und nicht gewagt hatte, sich und seiner Stute mehr als ein paar Stunden Schlaf zu gönnen. Eine Angst, wie er sie nie zuvor erlebt hatte, trieb ihn immer weiter.

Nur zu gut kannte er das Gesetz der Wüstenbanditen. Selbstquälerisch malte er sich aus, was mit ihm geschähe, fiele er je in ihre Hände. Als er sah, daß der Hinterhalt mißglückt war, hatte er sich nur in die Wüste zu retten gewußt, denn er zweifelte keinen Augenblick daran, daß dieser Teufel Conan herausfände, wer sie verraten hatte, und wenn er Boghra Khan bei lebendem Leib die Haut abziehen müßte. Und dann würde er ihm mit seiner bluthungrigen Meute von Zuagirn nachjagen. Die Burschen würden die Suche nach ihrem verräterischen Kameraden auch nicht so leicht aufgeben.

Seine einzige und nur geringe Chance war es gewesen, in die weglose Weite der Shan-e-Sorkh zu reiten. Obgleich Vardanes ein kultivierter, in der Stadt aufgewachsener Zamorier war, hatten die Umstände seiner Zeit ihn zu den Wüstenbanditen verschlagen, und er kannte die Burschen gut. Er wußte deshalb auch, daß allein der Name der Roten Wüste ihnen einen Schauder über den Rücken jagte und sie sich in ihrem Aberglauben einbildeten, alle nur erdenklichen Ungeheuer und Teufel trieben dort ihr Unwesen. Was für diese Furcht verantwortlich war, wußte er nicht, und es war ihm auch gleichgültig, solange es seine ehemaligen Kameraden davon abhielt, ihm allzu weit in diese glühende Öde zu folgen.

Aber sie waren nicht umgekehrt. Sein Vorsprung war so gering, daß er Tag um Tag die Staubwolken hinter sich sehen konnte, die die Pferde seiner Verfolger aufwirbelten. Deshalb konnte er sich keine Rast leisten, er aß und trank im Sattel und trieb sein Pferd bis zum Rand des Zusammenbruchs, um den Abstand zu vergrößern.

Nach fünf Tagen wußte er nicht, ob sie ihm immer noch auf der Spur waren, aber es wurde ihm auch gleichgültig. Proviant und Wasser für sich und seine Stute waren verbraucht, und nun trieb es ihn nur noch weiter, in der Hoffnung, ein Wasserloch in dieser endlosen Wüste zu finden.

Staub und ein wenig Schweiß klebten als Kruste an den Flanken der Stute, die wie ein durch Zauberkraft belebter Kadaver dahintaumelte. Nun war sie dem Tod ganz nahe. Siebenmal an diesem Tag war sie bereits gestolpert und gefallen, und nur die Peitsche hatte sie wieder hochgebracht. Da sie sein Gewicht nicht mehr zu tragen imstande war, hielt Vardanes ihren Zügel und schleppte sich neben ihr her.

Die Rote Wüste hatte auch von Vardanes selbst einen schrecklichen Tribut verlangt. Während er einst das Bild eines lachenden jungen Gottes abgegeben hatte, sah er nun aus wie ein sonnengeschwärztes Skelett. Blutunterlaufene Augen starrten durch einen verklebten Haarfilz wilder Stirnlocken. So geschwollen und aufgerissen seine Lippen auch waren, so murmelten sie doch ohne Unterlaß wirre Gebete zu Ischtar, Set, Mitra und ein Dutzend weiterer Gottheiten.

Und jetzt, da er und seine Mähre schwankend auf dem Hügelkamm standen, blickte er hinunter in ein Tal mit üppigem Grün, aus dem sich Gruppen von Palmen abhoben.

Und mitten in diesem fruchtbaren Tal lag eine kleine befestigte Stadt, aus Steinen errichtet. Mächtige Kuppeln und trutzige Wachttürme ragten über die stuckverzierte Mauer mit ihrem mächtigen Tor, dessen Bronzeangeln rot in der Sonne glühten.

Eine Stadt in dieser brennenden Wüste? Ein Tal mit schattenspendenden Bäumen, teppichweichen Rasen und kühlen Teichen, auf denen Lotus schwamm, im Herzen dieser schrecklichen Öde? Unmöglich!

Vardanes schloß erschaudernd die Augen und benetzte die aufgesprungenen Lippen. Es mußte eine Fata Morgana sein oder ein Phantasiegebilde seines verwirrten Geistes. Da drängte sich ihm die vage Erinnerung an eine fast vergessene Legende, von der er in seinen Studienjahren als Jugendlicher einmal vernommen hatte. Doch nur bruchstückhaft schob die Sage von Akhlat der Verfluchten, sich vor sein inneres Auge.

Er strengte sich an, um sich zu erinnern, was er darüber wußte. In einem alten stygischen Buch hatte er davon

gelesen, welches sein shemitischer Lehrer in einer verschlossenen Sandelholztruhe aufbewahrt hatte. Schon als aufgeweckter Knabe war Vardanes mit Habsucht, Neugier und geschickten Fingern begnadet – oder verflucht – gewesen. Eines Nachts hatte er das Schloß der Kiste vorsichtig geöffnet, das Buch aus der Truhe geholt und es mit einer Mischung aus Ehrfurcht und Abscheu gelesen. Dieses Werk ältester Schwarzer Magie war mit spinnenfeiner Schrift auf Pergament aus Drachenhaut bekritzelt gewesen und hatte ausführlich seltsame Riten und Zeremonien dargelegt. Kaum noch bekannte Schriftzeichen der älteren Königreiche, wie Acheron und Lemurien, die für finstersten Zauber bekannt waren, bedeckten die Seiten.

Neben magischen Formeln fanden sich Fragmente dunkler Beschwörungen, um Dämonen aus den finsteren Reichen zwischen den Sternen zu rufen, aus dem Chaos, das – wie alte Zauberer behaupteten – jenseits der Grenzen des Kosmos herrschte. Eine Seite enthielt auch Hinweise auf das *von Teufeln und Dämonen heimgesuchte Akhlat in der Roten Wüste, wo einst machtbesessene Magier einen Dämon in die Stadt riefen – und es ihr Leben lang bereuten ... Akhlat, wo die Unsterbliche bis zu diesem Tage mit grausamer Hand herrscht ... Akhlat, das die Götter verdammten und das Land ringsum zur brennenden Wüste verwandelten ...*

Vardanes saß immer noch im Sand neben seiner keuchenden Stute, als grimmige Krieger ihn packten und vom Ring steiniger Hänge rings um die Stadt hinunterzerrten ins grüne Tal mit seinen Dattelpalmen und Lotosteichen – hinunter zum Tor von Akhlat, der Verfluchten.

5

DIE HAND ZILLAHS

Conan wurde langsam wach. Bisher war sein Erwachen schmerzhaft gewesen, nur mit Mühe hatte er die schweren Lider zu heben vermocht, die die pralle Sonne hatte anschwellen lassen. Nur mit größter Anstrengung war es ihm gelungen, aufzustehen und sich weiter durch den brennenden Sand zu schleppen.

Diesmal war es anders. Er war sofort hellwach und fühlte sich ausgeruht und wohl. Seidenkissen lagen unter seinem Kopf, und ein dickes Sonnendach mit Fransenrand gewährte ihm angenehmen Schatten. Außer einem frischen Lendentuch war er unbekleidet und sichtlich sauber.

Wie ein Tier, dessen Überleben in der Wildnis von seinen Kräften abhängt, sah er sich wachsam um. Ungläubig weiteten sich seine Augen. Sein erster Gedanke war, der Tod habe ihn geholt und seinen Geist in das Paradies jenseits der Wolken getragen, wo Crom, der Gott seines Volkes, zwischen den Helden seiner Rasse thronte.

Neben seinem seidenüberzogenen Lager stand ein mit frischem, klarem Wasser gefüllter silberner Krug. Augenblicke später, nachdem er tief getrunken und sich Wasser über das Gesicht gegossen hatte, wurde ihm klar, daß dieser Ort keineswegs überirdisch war. Noch einen Schluck nahm er, obwohl Kehle und Mund ihm verrieten, daß sie längst nicht mehr vom brennenden Durst seines Wüstenausflugs gequält wurden. Irgendeine Karawane mußte ihn gefunden und zur Rast und Heilung in ein offenes Zelt gebracht haben. Wer immer seine Retter auch waren, sie hatten ihm zu essen und trinken gegeben – während sein Geist sich verwirrt in anderen Sphären befunden haben mußte –, ihn gewaschen, gesalbt und für seine Bequemlichkeit gesorgt.

Er blickte sich im Zelt um. Sein Breitschwert lag auf einer Ebenholztruhe. Mit leisen Sohlen, wachsam wie eine Dschungelkatze, schlich er darauf zu – und erstarrte, als er das Klingeln eines Harnischs hinter sich hörte.

Er wirbelte herum. Das Klingeln kam nicht von einem Krieger, wie er vermutet hatte, sondern von einem schlanken rehäugigen Mädchen, das soeben das Zelt betreten hatte und ihn anstarrte. Dunkles Haar fiel seidig bis zur Taille, und das Klingeln bewirkten winzige Silberglöckchen an Bändern, die das Haar durchflochten.

Ein schneller Blick zeigte Conan, daß das Mädchen sehr jung war, fast noch ein Kind. Die helle Haut des geschmeidigen Körpers schimmerte verlockend durch hauchdünne Schleier, die sie lose umhüllten. Edelsteine glitzerten an den schmalen weißen Händen. Aus den goldenen Stirnreifen und dem Schnitt der großen dunklen Augen schloß Conan, daß sie einem shemitischen Volk angehörte.

»Oh!« rief sie besorgt. »Ihr seid zu schwach, um aufzustehen! Ihr müßt Euch noch eine Weile ausruhen, um wieder zu Kräften zu kommen.« Ihre Sprache war offenbar ein shemitischer Dialekt mit archaischen Wörtern, der sich glücklicherweise von dem Conan bekannten Shemitisch nicht allzusehr unterschied.

»Unsinn, Mädchen«, entgegnete er in der gleichen Sprache. »Ich fühle mich kräftig genug. Habt Ihr mich hier gepflegt? Wie lange ist es her, daß Ihr mich gefunden habt?«

»Mein Vater entdeckte Euch, fremder Herr. Ich bin Zillah, die Tochter Enoshs, eines Edlen von Akhlat, der Verfluchten. Drei Tage ist es her, da er Euch im ewigen Sand der Wüste fand«, antwortete sie und bedeckte die Augen mit dichten Seidenwimpern.

Ihr Götter, dachte Conan, welch liebreizende Schönheit! Seit Wochen hatte er keine Frau mehr gesehen, und so fiel es ihm schwer, den Blick von den sanften Rundungen ihres grazilen Körpers zu wenden, den die dünnen Schleier nur dürftig verhüllten. Sie errötete sanft.

»So haben also Eure zarten Hände mich gepflegt, Zillah«, sagte er. »Ich danke Euch und Eurem Vater für diese Barmherzigkeit. Ich glaube, ich war dem Tod sehr nahe. Welchem Zufall verdanke ich es, daß ihr mich entdeckt habt?« Vergebens mühte er sich, sich einer Stadt namens Akhlat, die Verfluchte, zu erinnern, obgleich er der Meinung gewesen war, jedes Nest der südlichen Wüsten zumindest dem Namen nach zu kennen.

»Keinem Zufall«, versicherte ihm Zillah. »Wir suchten nach Euch.«

Conan kniff die Augen zusammen. Seine Nerven prickelten – ein Zeichen von Gefahr! Das plötzlich grimmige Gesicht des Fremden verriet dem Mädchen, daß in diesem Mann die Wildheit eines Raubtiers steckte und er den weichlichen, sanften Männern der Stadt in nichts glich.

»Wir haben nichts Böses mit Euch im Sinn«, sagte sie hastig und hob abwehrend eine schlanke Hand. »Doch folgt mir, mein Herr, dann wird mein Vater Euch alles erklären.«

Einen Augenblick blieb Conan angespannt stehen und fragte sich, ob vielleicht Vardanes diese Menschen auf seine Spur gesetzt hatte. Sein Bestechungsgeld von den Turanern würde genügen, die Seelen eines halben Hunderts Shemiten zu kaufen.

Doch dann entspannte er sich und unterdrückte die Blutlust, die beim Gedanken an den Verräter in ihm aufgewallt war. Er nahm sein Schwert und hängte sich den Waffengürtel über die Schulter.

»Gut, bringt mich zu diesem Enosh, Mädchen«, sagte er ruhig. »Es interessiert mich, was er zu berichten weiß.«

Zillah schritt ihm voraus aus der Zeltabteilung. Conan straffte die nackten Schultern und folgte ihr.

6

DAS UNGEHEUER AUS DEM JENSEITS

Enosh kauerte über einer ausgebreiteten, vom Alter vergilbten Schriftrolle, als Zillah und Conan zu ihm traten. Dieser Teil des Zeltes war mit purpurfarbenem Stoff behangen. Dicke Teppiche lagen auf dem Boden und dämpften ihre Schritte. Auf einem Ständer aus ineinanderverschlungenen Messingschlangen hob sich ein schwarzer Spiegel von seltsamer Form. Gespenstische Lichter flackerten in seiner dunklen Tiefe.

Enosh erhob sich und begrüßte den Cimmerier mit höflichen Worten. Er war ein hochgewachsener, älterer Mann, schmal, von gerader Haltung. Eine Kopfbedeckung aus schneeweißem Leinen krönte ein vom Alter gezeichnetes Gesicht, dessen Stirn überlegend gerunzelt war, während seine dunklen Augen Sorgen verrieten.

Er bat seinen Gast, sich zu setzen, und bat Zillah, Wein zu bringen. Nachdem Conan sich niedergelassen hatte, fragte er abrupt: »Sagt mir, o Scheich, wie habt Ihr mich gefunden?«

Enosh warf einen bedeutungsvollen Blick auf den schwarzen Spiegel. »Zwar bin ich kein Zauberer, mein Sohn«, antwortete er, »doch durchaus imstande, mich nicht ganz natürlicher Mittel zu bedienen.«

»Und wie kamt Ihr dazu, nach mir Ausschau zu halten?«

Enosh hob eine dünne, von blauen Adern durchzogene Hand, um den Argwohn des Kriegers zu besänftigen. »Habt Geduld, mein Freund, ich werde Euch alles erklären«, versprach er mit seiner ruhigen, tiefen Stimme. Er schob die Schriftrolle zur Seite und schenkte den Wein, den Zillah gebracht hatte, in zwei auf einem niedrigen Tischchen stehenden Kelche.

Nachdem sie getrunken hatten, begann Enosh mit seiner Geschichte. »Vor langer Zeit schmiedete ein ränkesüchtiger Zauberer dieses Lands Akhlat ein Komplott gegen die uralte Dynastie, die seit dem Untergang von Atlantis hier geherrscht hatte. Mit schlauen Worten redete er den Bürgern ein, ihr Monarch – ein genußsüchtiger Schwächling – sei ihr Feind. Und so erhob sich das Volk und versenkte den törichten König im Sumpf. Der Zauberer gab sich als Priester und Prophet der Unbekannten Götter aus und täuschte göttliche Eingebung vor. Er versprach, einer der Götter werde bald zur Erde herabsteigen, um in eigener Person über Akhlat,die Heilige – wie man die Stadt damals nannte –, zu herrschen.«

Conan brummte abfällig: »Mir scheint, ihr Akhlatim seid nicht weniger leichtgläubig als andere Völker, die ich kennengelernt habe.«

Der Alte lächelte müde. »Es ist so leicht, etwas zu glauben, was man gern wahrhaben möchte. Doch der Plan des Schwarzen Magiers war schrecklicher, als man es nur träumen konnte. Mit abscheulichen fremdartigen Riten beschwor er eine Dämonin aus dem Jenseits in unsere Stadt. Sie sollte dem Volk Göttin sein. Angeblich als ihr Priester, in Wahrheit als ihr Herr, tat er den Menschen seinen Willen kund. Von Ehrfurcht und Angst erfüllt, stöhnten die Menschen bald unter einer Tyrannei, die bei weitem schlimmer war als alles, was die alte Dynastie ihnen zugemutet hatte.«

Conan lächelte grimmig. »Es ist nicht neu, daß Revolutionen zu schlimmeren Regierungsformen führen als die, welche sie absetzten.«

»Möglich. Hier war es zweifellos der Fall. Mit der Zeit wurde es immer noch ärger, denn der Zauberer verlor seine Macht über das Ungeheuer, das er aus dem Jenseits herbeigerufen hatte. Es vernichtete ihn und herrschte an seiner

Stelle.« Er machte eine kurze Pause, dann fuhr er leise fort: »Und es herrscht immer noch.«

Conan zuckte zusammen. »Dann ist diese Kreatur also unsterblich? Wie lange liegt es zurück, daß sie hierherkam?«

»Mehr Jahre sind vergangen, als diese Wüste Sandkörner hat«, antwortete Enosh. »Und immer noch unterjocht die Dämonin die bedauernswerten Bürger Akhlats. Das Geheimnis ihrer Macht ist ihre Fähigkeit, allem Lebenden die Kraft zu entziehen. Das Land ringsum war dereinst grün und fruchtbar, mit saftigen Dattelpalmen entlang der Flüsse, mit üppigem Gras auf den Hügeln, wo riesige Herden weideten. Ihr Durst nach Leben hat das Land ausgesogen. Fruchtbar ist nur noch dieses Tal geblieben, in dem die Stadt liegt. Sie hat es verschont, denn ohne Lebewesen, die sie zu ausgedörrten leeren Hüllen machen kann, ist sie nicht imstande zu existieren.«

»Crom!« flüsterte Conan und leerte seinen Kelch.

»Seit Jahrhunderten ist dieses Land nun schon eine tote, sterile Öde«, fuhr Enosh fort. »Unsere Jungen dienen dazu, den grauenvollen Durst der Göttin zu stillen, genau wie das Vieh unserer Herden. Und sie braucht täglich neues Blut. Jeden Tag wählt sie ein Opfer, und Tag für Tag wird die Zahl geringer. Möglicherweise hält ein einzelnes Opfer mehrere Tage, ja gar einen halben Mond lang durch. Ja, die stärksten und tapfersten jungen Leute überdauerten sogar bis zu dreißig Tagen, ehe ihre Lebenskraft erschöpft war und die Göttin sich ihr nächstes Opfer vornehmen mußte.«

Conan umklammerte den Griff seines Schwertes. »Crom und Mitra, Mann! Weshalb habt ihr dieses Ungeheuer nicht getötet?«

Der alte Mann schüttelte müde den Kopf. »Der Dämonin ist nichts anzuhaben, man kann sie nicht töten. Ihr Fleisch ist aus Materie, die sie an sich zieht und durch ihren unüberwindlichen Willen zusammenhält. Jegliche Wunde, die ein

Pfeil oder eine Klinge ihr zufügt, heilt sie in Augenblickschnelle ohne Schwierigkeit. Dazu verhilft ihr die Lebenskraft, die sie ihren Opfern entzieht.«

»Verbrennt sie!« knurrte Conan. »Zündet den Palast über ihrem Kopf an oder zerstückelt sie zu winzigen Teilen, die das Feuer schnell verschlingen kann.«

»Das ist unmöglich. Sie schirmt sich mit den dunklen Mächten ihrer höllischen Magie ab. Ihre Waffe lähmt alle, die sie anblickt, zur Reglosigkeit. Nahezu hundert tapfere Krieger, die in den Tempel schlichen, um ihr ein Ende zu bereiten, wurden zu starren Statuen, die nach und nach als Nahrung für das unersättliche Ungeheuer dienten.«

Conan trat unruhig von einem Bein auf das andere. »Es ist ein Wunder, daß überhaupt noch jemand in diesem verfluchten Lande lebt«, brummte er. »Wie ist es möglich, daß die verdammte Blutsaugerin nicht bereits alles Leben im Tal aufgesogen hat? Und wieso habt ihr nicht eure Habe gepackt und seid geflohen?«

»Wir sind nur noch wenige«, antwortete Enosh. »Sie raubt uns die Lebenskraft schneller, als die natürliche Fortpflanzung bei uns und dem Herdenvieh möglich ist. Anfangs, viele Jahrhunderte lang, gab die Dämonin sich mit dem Saft der Pflanzen zufrieden und verschonte die Menschen. Als das Land auf diese Weise zur Öde geworden war, ernährte sie sich zuerst von den Tieren, dann von unseren Sklaven und schließlich von den Akhlatim. Bald wird es uns nicht mehr geben, und Akhlat wird eine riesige Totenstadt sein. Verlassen können wir das Land nicht, weil die Macht der Göttin uns innerhalb enger Grenzen hält, die wir nicht zu überschreiten vermögen.«

Conan schüttelte den Kopf, und seine ungebändigte Mähne streifte die breiten sonnenverbrannten Schultern. »Das ist eine schreckliche Geschichte, alter Mann. Doch weshalb erzählt Ihr sie mir?«

»Einer uralten Prophezeiung wegen«, antwortete Enosh leise und hob die vergilbte Schriftrolle vom Tisch.

»Welche Prophezeiung?«

Der Alte öffnete die Rolle ein Stück und deutete auf einen so alten Text, daß Conan ihn nicht zu entziffern vermochte, obgleich er die Schrift des Shemitischen durchaus zu lesen imstande war. »Sie besagt, daß zu einer Zeit, da unser Ende naht, sich die Unbekannten Götter – von denen unsere Vorfahren sich abwandten, um die Dämonin anzubeten -- erbarmen, ihren Groll vergessen und uns einen Erlöser schicken werden. Dieser Retter hat die Kraft, die Göttin zu stürzen und ihrer schrecklichen Macht zu berauben. Ihr, Conan von Cimmerien, seid dieser Erlöser . . .«

7

HALLE DER LEBENDEN TOTEN

Tage und Nächte lang lag Vardanes in einer klammen Verlieszelle, direkt unter dem Schwarzen Tempel von Akhlat. Er schrie und flehte, weinte, fluchte und betete, aber die Wächter im Bronzehelm mit den stumpfen Augen und den unbewegten Gesichtern achteten nicht darauf. Gleichmütig kümmerten sie sich um seine körperlichen Bedürfnisse, beantworteten jedoch keine seiner Fragen. Selbst seinen Bestechungsversuchen liehen sie kein Ohr, was ihn in höchstem Maße erstaunte, denn als typischer Zamorier konnte Vardanes sich nicht vorstellen, daß es Männer gab, die sich nicht für Reichtum interessierten. Die seltsamen Burschen mit ihrer antiquierten Redeweise und ihren antiken Rüstungen waren so wenig begierig nach den Silberlingen, die er sich für seinen Verrat erworben hatte, daß sie selbst seine prallgefüllten Sattelbeutel unberührt in einer Zellenecke liegen ließen.

Sie versorgten ihn jedoch gut, badeten ihn und behandelten seine Brandblasen mit Salben. Auch verköstigten sie ihn üppig mit gebratenem Geflügel, saftigen Früchten und verschiedenen Süßigkeiten, selbst Wein brachte man ihm. Vardanes hatte schon mehr Gefängnisse von innen gesehen, und ihm war durchaus klar, wie ungewöhnlich seine Behandlung war. Besorgt fragte er sich, ob man ihn wohl herausfütterte, um ihn schließlich zu schlachten.

Eines Tages holten ihn Wachen aus der Zelle. Sicher brachte man ihn zu der örtlichen Obrigkeit, damit er sich verantworte, welche Anklagen man auch immer gegen ihn erheben mochte. Sein Selbstvertrauen stieg. Ihm war noch kein Magistrat untergekommen, dessen Gnade sich nicht mit genügend Silber erkaufen ließ.

Doch statt vor einen Richter oder ein Magistrat wurde er durch düstere verschlungene Korridore zu einem mächtigen Portal aus grünschimmernder Bronze geführt, das sich wie das Höllentor vor ihm erhob. Dreifach versperrt und verriegelt war dieses Portal und stark genug, einer Armee zu widerstehen. Mit zitternden Fingern und angespannten Gesichtern öffneten es die Wachen und schoben Vardanes hindurch.

Als die gewaltige Tür sich hinter ihm schloß, stellte der Zamorier fest, daß er sich in einer gewaltigen Halle aus poliertem Marmor befand. Purpurne Düsternis herrschte in dem staubübersäten Gewölbe, in dem Verfall und Verwahrlosung herrschten. Neugierig schritt er weiter voran.

War dies ein Thronsaal oder das Zentrum eines riesigen Tempels? Es war schwer zu sagen. Das Merkwürdigste an dieser gewaltigen, schattenüberzogenen Halle – wenn man von ihrer Vernachlässigung absah – waren die Statuen, die in unregelmäßiger Anordnung dastanden. Beunruhigt dachte Vardanes über verschiedene Fragen nach, die sich ihm aufdrängten.

Das erste Rätsel, das ihn beschäftigte, war das Material der Statuen. Während die Halle selbst aus glattem Marmor errichtet war, bestanden die Skulpturen aus einem stumpfen, porösen grauen Stein, wie er ihn noch nie zuvor gesehen hatte. Was immer es war, es wirkte abstoßend auf ihn und erinnerte ihn an Holzasche, obgleich es sich unter seiner Berührung durchaus hart wie Stein anfühlte.

Das zweite war die erstaunliche Kunstfertigkeit des Bildhauers, der die Skulpturen geschaffen hatte. Sie waren in geradezu unglaublichem Maß lebensgetreu, selbst in den geringsten Einzelheiten. Jede Falte der Kleidung fiel wie aus echtem Stoff, jedes einzelne Haar war erkennbar. Diese überraschende Natürlichkeit galt auch für die Haltung der Figuren. Sie waren zu keinen heroischen Gruppierungen zusammengestellt, auch strahlten diese Abbilder aus dem stumpfgrauen Material keine majestätische Größe aus. Wie aus dem Leben gegriffen, standen sie zu Hunderten da, aufs Geratewohl verteilt, ohne jegliche Ordnung oder sinnvolle Aufstellung, diese Abbilder von Menschen jeden Geschlechts und jeglichen Alters: Krieger und Edelleute, Burschen und Mädchen, Greise, alte Weiber, Kinder und Säuglinge.

Und das Beunruhigendste war das Entsetzen, das aus der Miene jedes einzelnen sprach.

Es dauerte nicht lange, da hörte Vardanes gedämpfte Laute aus der Tiefe der düsteren Halle. Wie der Klang unzähliger Stimmen, doch so schwach, daß kein Wort zu verstehen war. Ein gespenstischer Wirrwarr von Lauten wisperte durch den Statuenwald. Als Vardanes näherkam, vermochte er herzzerreißendes Schluchzen, Stöhnen aus tiefster Seele, flehende Gebete, krächzendes Wahnsinnsgelächter und Flüche unterscheiden. Alle diese Töne mußten aus mindestens einem halben hundert Kehlen kommen, doch so sehr der Zamorier sich auch umschaute, er sah niemanden außer sich und die Skulpturen.

Schweiß perlte ihm über die Stirn und die schmalen Wangen. Unerklärliche Furcht stieg in ihm auf. Er hatte keinen anderen Wunsch als Hunderte von Meilen von hier fort zu sein.

Und dann sah er den goldenen Thron. Er stand in der Mitte der Halle und ragte über den Köpfen der Statuen hervor. Gierig stierte Vardanes auf das glänzende Gold und steuerte darauf zu.

Etwas ruhte auf diesem kostbaren Thron – die ausgetrocknete Mumie eines seit unendlicher Zeit toten Königs? Verschrumpelte Arme waren über einer eingefallenen Brust verschränkt. Von Hals bis Fuß war der dürre Körper in staubige Leichentücher gehüllt. Eine dünne Maske aus gehämmertem Gold, nach dem Antlitz einer überirdisch schönen Frau geschmiedet, bedeckte das Gesicht.

Brennende Habgier beschleunigte Vardanes' keuchenden Atem. Er vergaß seine Angst, denn zwischen den Brauen der goldenen Maske leuchtete ein schwarzer Saphir wie ein drittes Auge. Ein ungemein wertvoller Edelstein, für den man ein ganzes Königreich erstehen konnte!

Vom Fuß des Thrones aus starrte der Zamorier begehrlich zu der goldenen Maske empor. Die Augen waren mit geschlossenen Lidern dargestellt. Süß schlummerten die schläfrigen vollen Lippen in dem liebreizenden Goldgesicht. Als der Zamorier die Hand hob, blitzte der dunkle Saphir in düsterem Feuer.

Mit zitternden Fingern riß Vardanes die Maske an sich. Unter ihr befand sich ein braunes geschrumpftes Gesicht. Die Wangen waren eingefallen, das Fleisch war hart, trokken und ledrig. Ihm schauderte bei dem boshaften Ausdruck des toten Antlitzes.

Da öffneten sich die Augen und blickten ihn an.

Mit gellendem Schrei taumelte er zurück. Die Maske entglitt seinen schlaffen Fingern und schlug klirrend auf dem Marmorboden auf. Die Augen in dem Totenschädel starrten ihn an, und dann öffnete die Mumie ihr drittes Auge ...

8

DAS GESICHT DER GORGO

Conan schlich auf nackten Sohlen durch die Halle der grauen Statuen und streifte geschmeidig wie eine Dschungelkatze durch die düsteren Gänge. Schwaches Licht glitzerte von der scharfen Schneide des mächtigen Breitschwerts in seiner gewaltigen Faust. Seine Augen huschten von Seite zu Seite, und auf dem Nacken stellten sich ihm die Härchen auf. Der übelkeiterregende Geruch nach Tod und Furcht hing schwer in der Luft.

Warum hatte er sich nur von Enosh zu diesem törichten Abenteuer überreden lassen? Er war kein Erlöser, kein prophezeiter Befreier, kein Heiliger, den die Götter geschickt hatten, um Akhlat von der unsterblichen Dämonin zu retten. Das einzige, was ihn bewegte, war die Rache an Vardanes.

Doch der weise alte Scheich hatte viele kluge Worte gefunden und Conan überredet, die gefährliche Aufgabe auf sich zu nehmen. Zweierlei Tatsachen, auf die er hinwies, hatten den harten Barbaren überzeugt. Erstens, daß auch ihn dieses Land durch Schwarze Magie gefangenhielt und er Akhlat nicht verlassen konnte, ehe nicht die Macht der Dämonin gebrochen war. Zweitens, daß der zamorianische

Verräter unter dem Schwarzen Tempel der Göttin in einem Verlies steckte und bald dem Geschick ausgesetzt wäre, das sie alle vernichten würde, wenn es sich nicht abwenden ließ.

So war Conan auf unterirdischen Geheimwegen hergekommen, die Enosh ihm gezeigt hatte. Durch eine verborgene Tür in der Wand der gigantischen düsteren Halle war er eingetreten, denn der Scheich hatte erfahren, wann Vardanes vor der Göttin erscheinen sollte.

Genau wie der Zamorier fiel auch Conan die Natürlichkeit der grauen Statuen auf, aber im Gegensatz zu Vardanes kannte er die Lösung des Rätsels. Der Cimmerier senkte den Blick vor dem Ausdruck des Grauens auf den Steingesichtern.

Und genau wie der Verräter hörte er das Wimmern und Schluchzen. Je näher er zum Zentrum der gewaltigen Säulenhalle kam, desto deutlicher wurden die einzelnen Stimmen. Dann sah er auch den goldenen Thron und die mumiengleiche Figur darauf. Auf leisen Sohlen schlich er näher.

Ehe er den Thron ganz erreicht hatte, sprach eine der Statuen ihn an. Er erschrak zutiefst. Ein eisiger Schauder rann ihm über den Rücken, und Schweiß perlte ihm über das Gesicht, bis ihm klarwurde, was es mit den Stimmen auf sich hatte.

Sein Herz pochte vor Mitleid und Abscheu schneller, als er erkannte, daß die Gestalten nahe dem Thron noch nicht völlig tot waren. Versteinert waren sie lediglich bis etwa zum Hals, der Kopf bestand noch aus Fleisch und Blut. Verzweifelte Augen rollten in verzerrten Gesichtern, und trockene Lippen flehten ihn an, sein Schwert in ihr noch lebendes Gehirn zu stoßen, um ihren Qualen ein Ende zu bereiten.

Da hörte er einen Schrei. Der vertrauten Stimme nach konnte nur Vardanes ihn ausgestoßen haben. Hatte die

Göttin den Verräter getötet, ehe er, Conan, Rache an ihm zu nehmen vermochte? Hastig sprang er vorwärts, zur Seite des Thrones. Ein schrecklicher Anblick bot sich ihm. Der Zamorier stand vor dem Thron, die Augen quollen ihm schier aus dem Höhlen, und seine Lippen bewegten sich fieberhaft. Das Knirschen von Stein drang an Conans Ohr. Er starrte auf Vardanes' Beine. Wo dessen Füße den Boden berührten, kroch graue Blässe in sie hinein. Vor des Cimmeriers Augen stieg sie immer höher, erreichte die Knie, dann die Oberschenkel. Der Zamorier strengte sich an, einen Schritt vorwärts zu machen, aber selbst mit aller Kraft gelang es ihm nicht. Sein Schrei wurde gellender, als er Conan entdeckte, und die tödliche Angst eines Tieres in der Falle sprach aus seinen Augen.

Die Kreatur auf dem Thron stieß ein gackerndes trokkenes Gelächter aus. Noch während Conan sie beobachtete, glättete sich die runzlige Haut, festes Fleisch wuchs darunter, und das ledrige Braun wechselte zu gutdurchblutetem, rosig angehauchtem Elfenbeinschimmer. Mit jedem Zug Lebenssaft, den das Schreckensantlitz der Gorgo Vardanes' Körper entnahm, füllte sich ihr eigener.

»Crom und Mitra!« keuchte Conan.

Die Dämonin war so mit dem jetzt halbversteinerten Zamorier beschäftigt, daß sie auf Conan überhaupt nicht achtete. Sanfte Rundungen hoben die Leichentücher um den schwellenden Busen und und strafften sie an den Hüften. Sie streckte ihre festen, jugendlichen Arme aus, öffnete die feuchten roten Lippen zu neuem Lachen – diesmal zu dem vollen klangvollen Gelächter einer reifen Frau.

Das Grau der Versteinerung war inzwischen bis zu Vardanes' Lenden hochgekrochen. Conan wußte nicht, ob die Dämonin ihm einstweilen noch etwas Leben ließe, wie jenen Gestalten in Thronnähe, oder ihm auch das letzte Tröpfchen Lebenssaft zu entziehen gedachte. Der Zamorier war jung und kraftvoll und zweifellos eine beachtliche Stärkung für die Vampirgöttin.

Während das versteinernde Grau zu des Verräters Lenden glitt, entrang sich ihm ein weiterer Schrei – der schrecklichste, den der Cimmerier je aus Menschenmund gehört hatte. Conan reagierte instinktiv. Wie ein Panther sprang auf den Zamorier zu, und mit einem Schwung seiner mächtigen Klinge fiel Vardanes' Kopf vom Rumpf und rollte über den Boden.

Durch die Wucht erschüttert, kippte der Körper und krachte auf die Marmorfliesen. Die versteinerten Beine zerbarsten, die Scherben klirrten über den Boden, und Blut quoll aus den Rissen in dem halbversteinerten Fleisch.

So starb Vardanes, der Verräter. Nicht einmal Conan selbst vermochte zu sagen, ob er den Hieb aus Rache geführt hatte oder aus instinktivem Mitleid, um die Qualen einer hilflosen Kreatur zu beenden.

Der Cimmerier drehte sich zu der Göttin um. Unwillkürlich hob er die Augen.

9

DAS DRITTE AUGE

Das Antlitz der Göttin war eine Maske unirdischer Schönheit. Ihre weichen, feuchten Lippen wirkten so voll und rot wie eine reife Frucht. Glänzendes schwarzes Haar wallte über perlmuttfarbige Schultern und fiel über die Rundungen ihres Busens. Sie war die verkörperte Schönheit, wenn man von dem großen dunklen Augapfel zwischen ihren Brauen absah.

Dieses dritte Auge begegnete des Cimmeriers Blick und hielt ihn fest. Es war oval und größer als jedes menschliche

Auge, und nicht in Pupille, Iris und das Weiße geteilt, sondern gleichmäßig dunkel. Conans Blick schien in ihm zu versinken und sich in einem endlosen Ozean der Finsternis zu verlieren. Wie verzaubert war er und vergaß das Schwert in seiner Rechten. Schwarz wie die lichtlosen Meere zwischen den Sternen erschien ihm dieses Auge.

Ihm war, als stünde er am Rand eines bodenlosen schwarzen Brunnens, und dann stürzte er hinein – tief, immer tiefer fiel er durch tintige Nebel in einen gewaltigen eisigen Abgrund absoluter Schwärze. Doch etwas sagte ihm, wenn er nicht schnell die Augen abwendete, wäre er dieser Welt für immer verloren.

Alle Kraft seines Willens setzte er ein. Schweiß überzog seine Stirn. Seine Muskeln wanden sich wie Schlangen unter der bronzefarbigen Haut. Keuchend hob und senkte sich seine mächtige Brust.

Die Gorgo lachte – es war ein leiser, melodischer Laut, voll kalten grausamen Spottes. Conan errötete, und brennende Wut stieg in ihm auf.

Mit unvorstellbarer Willensanstrengung riß er die Augen von dem schwarzen Oval und starrte zu Boden. Geschwächt und benommen schwankte er auf den Beinen. Als er um die Kraft kämpfte, geradezustehen, fiel sein Blick auf seine Füße. Crom sei Dank, sie waren noch aus warmem Fleisch, nicht aus kaltem aschfarbigem Stein! Die ihm endlos dünkende Zeit, während der die Dämonin ihn gebannt hatte, war offenbar doch nur ein kurzer Augenblick gewesen, zu kurz, als daß die steinerne Flut ihn zu erfassen vermochte.

Erneut lachte die Gorgo. Conan, der den Kopf mit der wilden Mähne gesenkt hielt, spürte den Zwang ihres Willens. Seine Nackenmuskeln spannten sich vor Anstrengung, den Kopf nur ja nicht aufzurichten.

Immer noch war sein Blick zu Boden gerichtet. Vor ihm auf den Marmorfliesen lag die dünne goldene Maske mit

dem riesigen schwarzen Saphir als drittes Auge. Und plötzlich wußte Conan Bescheid.

Als er diesmal den Blick hob, schwang er gleichzeitig das Schwert. Die blitzende Klinge hieb durch die staubige Luft, erreichte das spöttische Gesicht der Göttin und – durchtrennte das dritte Auge.

Die Dämonin bewegte sich nicht. Mit den beiden verbliebenen wunderschönen Augen blickte sie den grimmigen Krieger schweigend an. Ihr Gesicht war weiß und unbewegt. Plötzlich veränderte es sich.

Aus dem zerstörten dritten Auge der Gorgo sickerte dunkle Flüssigkeit. Wie schwarze Tränen perlte sie herab. Und dann begann das herrliche Gesicht zu altern.

Während die dunkle Flüssigkeit immer stärker rann, entströmte die gestohlene Lebenskraft vieler Äonen ihrem Körper. Die Haut der Dämonin wurde dunkler und rauher, kräuselte sich zu Fältchen und Runzeln. Trockene Hautlappen hingen unter ihrem Kinn. Die glänzenden Augen wurden stumpf und milchig.

Der üppige Busen erschlaffte, die geschmeidigen Arme verwandelten sich zu hautüberzogenen Knochen. Eine Weile saß die verschrumpelte Gestalt einer ausgezehrten Greisin zitternd auf dem Thron. Dann löste sich die Pergamenthaut, das Fleisch schwand und gab morsche Knochen frei. Der Körper sackte zusammen und sank als ledriger Fetzen und morsches Gebein zusammen, zerbröckelte und wurde vor Conans Augen zu aschigem Staub.

Tiefes Seufzen breitete sich in der Halle aus, die sich flüchtig verdunkelte, als huschten durchsichtige Todesschwingen hindurch. Und dann waren das in der Luft hängende Grauen und die Bedrohung vorbei. Die Halle war nichts weiter als ein staubiger, verkommener Raum, ohne jegliche übernatürlichen Schrecken.

Die Versteinerten ruhten nun in Frieden, denn seit die

Gorgo nicht mehr in dieser Dimension existierte, brach ihr Zauberbann, auch jener, der den lebenden Toten nicht die Gnade zu sterben gestattet hatte. Conan wandte sich ab und ließ den leeren Thron, das bißchen neuen Staub und die zerschmetterte, kopflose Statue hinter sich, die einst ein lebenslustiger zamorianischer Abenteurer gewesen war.

»Bleibt bei uns, Conan!« bat Zillah mit ihrer weichen Stimme. »In Akhlat wird es Ämter von hohen Ehren für Männer wie Euch geben, nun da wir von dem Fluch befreit sind.«

Der Cimmerier grinste geschmeichelt, denn er spürte etwas Persönlicheres in dieser Bitte als nur den Wunsch einer guten Bürgerin, einen nützlichen Mann für die Neuordnung einer Stadt zu gewinnen. Unter dem forschenden Blick des Barbaren errötete sie zutiefst verwirrt.

Lord Enosh unterstützte seine Tochter in ihrer Bitte. Conans Sieg hatte dem älteren Mann neue Jugend und Lebenskraft verliehen. Seine Haltung war nun aufrecht und stolz, sein Schritt fest und seine Stimme selbstbewußt. Er bot dem Cimmerier Reichtum, Ehren, ein hohes Amt und Macht in der neugeborenen Stadt an. Enosh ließ sogar durchblicken, daß er Conan nicht ungern als den Mann seiner Tochter sähe.

Doch Conan, der wußte, daß er nicht in den Kreis ruhiger, alltäglicher Ehrbarkeit paßte, lehnte alle wohlgemeinten Angebote ab. Höfliche Phrasen glitten nicht leicht über die Lippen eines Mannes, der sein Leben auf dem Schlachtfeld und in Wein- und Freudenhäusern verbracht hatte. Aber mit soviel Takt, wie es seine offene barbarische Natur zuließ, erläuterte er seine Ablehnung.

»Nein, Freunde«, sagte er. »Aufgaben, die der Frieden mit sich bringt, sind nichts für Conan von Cimmerien. Sie würden mich allzu bald langweilen, und gegen Langeweile kenne ich ein paar Mittel, die euch nicht gefallen würden: mich vollaufen zu lassen, eine Rauferei anzufangen oder ein Mädchen zu verführen. Ein feiner Bürger wäre ich für eine Stadt, die den Frieden erstrebt und Ruhe, um ihre Kräfte wiederzugewinnen.«

»Wohin werdet Ihr ziehen, o Conan, nun da die magischen Schranken aufgehoben sind?« fragte Enosh.

Conan zuckte die Schultern, fuhr sich mit den Fingern durch die schwarze Mähne und sagte lachend: »Bei Crom, mein guter Lord, ich weiß es nicht. Zu meinem Glück sorgten die Diener der Dämonin gut für Vardanes' Stute. Akhlat, wie ich sehe, hat keine Pferde, nur Esel – und einer von meiner Statur sähe auf einem müden Esel, mit über den Boden schleifenden Füßen, ziemlich lächerlich aus.

Ich glaube, ich werde mich südostwärts halten. Irgendwo in dieser Richtung liegt die Stadt Zamboula, die ich noch nicht kenne. Ich hörte, es sei eine reiche Stadt, wo keiner hungrig geht und der Wein schier in der Gosse fließt. Ich habe gute Lust, die Freuden Zamboulas zu kosten und zu sehen, welche Abenteuer es mir zu bieten hat.«

»Aber Ihr braucht uns nicht als Bettler zu verlassen!« rief Enosh. »Wir schulden Euch soviel. Erlaubt, daß wir Euch das bißchen Gold und Silber, über das wir verfügen, für Eure Mühe geben.«

Conan schüttelte den Kopf. »Behaltet Euer Geld, Scheich. Akhlat ist keine reiche Metropole, und so werdet Ihr es brauchen, wenn die Handelskarawanen über die Rote Wüste ziehen und bei euch Station machen – was bestimmt bald der Fall sein wird. Wird es sich doch herumsprechen, daß Euer Land nicht mehr verflucht ist. So, und nun, da meine Wasserbeutel gefüllt sind und ich genügend Mundvorrat für viele Tage habe, möchte ich aufbrechen. Diesmal mache ich die Reise durch die Shan-e-Sorkh ohne Entbehrungen.«

Mit einem letzten kurzen Lebewohl schwang er sich in den Sattel und galoppierte aus dem Tal. Lange blickten sie ihm nach, Enosh stolz erhobenen Hauptes, Zillah mit tränenglänzenden Augen.

Als die Hügelkuppe erreicht war, hielt Conan die Rappstute an, warf einen letzten Blick zurück auf Akhlat und ritt dann hinein in die Wüste. Vielleicht war er ein Tor gewesen, den Gold- und Silberschatz nicht anzunehmen, aber das Silber in Vardanes Sattelbeutel war mehr als genug. Zufrieden klopfte er darauf und grinste. Er hatte es nicht nötig, Hungernden das letzte Brot wegzunehmen. Hin und wieder war Tugendhaftigkeit selbst für einen Cimmerier ein schönes Gefühl.

Mit einem [illegible] Tal [illegible] [illegible] Zukunft [illegible] glänzenden [illegible]

A[illegible] weit war [illegible] [illegible] und [illegible] der Kleidung [illegible]

Die Menschenfresser von Zamboula

KOTH
HYRKANIEN
HYRKANISCHE STEPPE
WÜSTE
VILAYET
Larsha
Schadizar
Tempel des Blutbefleckten Gottes
Dagoth Hügel
Wüste von Koth
Salzsee
Arenjun
Schahpur
Keschan
Khroscha
Korveka
Khauran Stadt
Maypur
Kherdpur
Insel der eisernen Statuen
Makkalet
Razadan
Dimmorz
Yivga Fl.
TURAN
Sultanapur
Khoraja
Khanyria
Akrel Oase
Pah - Dischah
Schumir
Fl. Wakla
Akif
MEER
Khoraf
ZUAGIRS
Schamla Paß
Vezek
Wüste
Altaku
SHAN -E- SORKH
Akhlat
Aghrapur
ZHURAZI ARCHIPEL
SOGDIA
Nippr
Kizil - Bezzin
Ilbars
Rhamdan
Styx
Makan - E - Mordan
Secunderam
Akbilana
Yukkub
Samara
Khorusun
Bakharus
Khorbul
Sabatea
Tamba - Syn
Schuschan
Onagrul
Aphaka Oase
Shangara
Zaporoska
Dagon
Kuthchemes
Stadt des Set
Khawarizm
XAPUR
Seyan
NACKTE WÜSTE
Rasht
Pteion
TAIA
Zamboula
Fl. Ghori
Menhire
COLCHIAN BERGE
Thuran
KHARAMUN WÜSTE
Kassali
ILBARS BERGE
KOSALA
Akrim
Kara - Schehr
Kushaf
Yota - Pong
Geisterschlucht
Keschia
Yanaidar
Anschan
KESHAN
PUNT
DRUJISTAN
Alkmeenon
Burg Gleg
KÖNIGREICHE
PLATEAU
Xuchotl
IRANISTAN
GOLDBERGE

Die Menschenfresser von Zamboula

Robert E. Howard

Wie geplant erreicht Conan Zamboula und verpraßt bald das kleine Vermögen, das er mitgebracht hat. Eine Woche lang kostet er sämtliche Vergnügungen der Stadt aus, dann sieht er sich wieder einmal ohne einen Silberling im Beutel.

1

EINE TROMMEL POCHT

»Gefahr lauert im Hause Aram Baksh'!«

Die Stimme des Sprechers zitterte, und seine schmalen Finger mit den schwarzen Nägeln griffen nach Conans muskelschwerem Arm, als er seine Warnung krächzte. Er war ein drahtiger sonnenverbrannter Mann mit wirrem schwarzem Bart, und seine zerlumpte Kleidung wies ihn als Nomaden aus. Im Vergleich zu dem riesenhaften Cimmerier mit seinen schwarzen Brauen, der mächtigen Brust und den kraftvollen Gliedern wirkte er klein und schmächtig. Die zwei Männer standen an einer Ecke des Basars der Schwertschmiede, und auf den Straßen drängte sich eine bunte, lärmende Menge, die in vielerlei Zungen daherschnatterte.

Conan löste unwillig den Blick von einer glutäugigen Ghanaerin, deren kurzer Rock bei jedem Schritt die braunen Schenkel offenbarte, und blickte finster auf den aufdringlichen Nomaden.

»Welcherlei Gefahr?« fragte er barsch.

Der Mann blickte hastig über die Schulter, ehe er kaum vernehmbar antwortete:

»Wer vermag das schon zu sagen? Aber es ist erwiesen, daß Nomaden und andere Reisende in Aram Baksh' Haus übernachteten und danach nie wieder gesehen noch gehört wurden. Was ist mit ihnen geschehen? Aram Baksh beschwört, daß sie nach dem Erwachen das Haus wieder verließen. Und es stimmt auch, daß noch nie ein Bürger der Stadt verschwand, nachdem er ihn besucht hatte. Doch keiner sah die Reisenden wieder, während ihr Eigentum, von so manchem erkannt, später in den Basars feilgeboten wurde. Wenn Aram es nicht verkaufte, nachdem er die Besitzer aus dem Weg geschafft hatte, wie kam es dann dorthin?«

»Ich habe keine Reichtümer«, knurrte der Cimmerier und legte die Hand um den mit Pferdeleder umwickelten Griff des Breitschwerts an seiner Hüfte. »Ich mußte sogar mein Pferd verkaufen.«

»Aber nicht nur reiche Fremde verschwinden des Nachts aus Aram Baksh' Haus!« gab der Zuagir zu bedenken. »Auch viele arme Wüstenmänner suchten dort Unterkunft – Aram verlangt weniger als andere Herbergen –, und dann sah man sie nicht mehr. Ein Häuptling der Zuagir, dessen Sohn derart verschwand, tat seinen Verdacht dem Satrap Jungir Khan kund, der daraufhin das Haus von Soldaten durchsuchen ließ.«

»Und sie fanden einen Keller voller Leichen?« fragte Conan in gutmütigem Spott.

»Nein, nichts Verdächtiges! Und der Häuptling wurde mit Schimpf und Schande aus der Stadt gejagt! Aber ...«, schaudernd drückte der Kleinere sich näher an Conan, »... etwas anderes wurde entdeckt. Am Rand der Wüste, außerhalb der Stadt, gibt es einen Palmenhain, in dem man auf eine Grube stieß – gefüllt mit verkohlten menschlichen Gebeinen!«

»Und was beweist das?« brummte der Cimmerier.

»Aram Baksh ist ein Dämon. Diese verfluchte Stadt wurde von Stygiern erbaut und wird von Hyrkaniern beherrscht; hier vermischen sich Weiße, Braune und Schwarze, um Bastarde aller Schattierungen und Rassenmerkmale hervorzubringen – wer vermag da zu sagen, wer ein Mensch und wer ein verkappter Dämon ist? Aram Baksh ist ein Dämon in Menschengestalt! Des Nachts nimmt er seine wahre Form an und schafft seine Hausgäste in die Wüste, wo er sich mit seinen Dämonenbrüdern trifft.«

»Und weshalb beseitigt er immer nur Fremde?« fragte Conan skeptisch.

»Die Bürger der Stadt würden nicht lange zusehen, wenn einige der ihrigen aus seinem Haus verschwänden. Doch es läßt sie kalt, was mit Fremden passiert, die ihm in die Hände fallen. Du, Conan, bist aus dem Westen und kennst die Geheimnisse dieses alten Landes nicht. Seit dem Beginn der Zeit dienen die Dämonen der Wüste Yog, dem Herrn der Leere, mit Feuer, das menschliche Opfer verschlingt.

Nimm meine Warnung ernst, Conan! Viele Monde hast du in den Zelten der Zuagir gelebt und bist unser Blutsbruder. Geh nicht ins Haus Aram Baksh'!«

»Schnell, versteck dich!« sagte Conan plötzlich. »Ein Trupp der Stadtwache biegt gerade um die Ecke dort. Wenn sie dich sehen, erinnern sie sich vielleicht an das Pferd, das aus des Satraps Stallungen gestohlen wurde ...«

Der Zuagir holte erschrocken Luft, zuckte zurück und duckte sich hastig zwischen einen Verkaufsstand und einen steinernen Pferdetrog. Ehe er sich ganz aus dem Staub machte, flüsterte er schnell noch: »Hör auf meine Warnung, Bruder! In Aram Baksh' Haus hausen die Dämonen!« Und schon war er in einer schmalen Gasse verschwunden.

Conan schob seinen breiten Schwertgürtel zurecht und erwiderte ruhig die Blicke, die ihm die vorübermarschierenden Wachmänner zuwarfen. Neugierig und mißtrauisch beäugten sie ihn, denn er hob sich selbst aus einer so buntgemischten Menge hervor, wie sie in den verschlungenen Straßen Zamboulas alltäglich war. Seine blauen Augen und die fremdartigen Züge, von seiner Statur zu schweigen, unterschieden ihn von den östlichen Rassen. Auch das geradklingige Schwert an seiner Seite war hier kaum bekannt.

Doch die Wachleute sprachen ihn nicht an, sondern marschierten weiter durch die Gasse aus Menschenleibern. Sie waren Pelishtier, stämmig, mit Hakennasen und blauschwarzen Bärten, die über den Kettenhemden bis zur Brust herabhingen – Söldner, für eine Arbeit angeheuert, die die herrschenden Turaner für unter ihrer Würde erachteten. Doch das machte sie bei der Bevölkerung nicht beliebter.

Conan blickte zur Sonne hoch, die sich gerade daranmachte, hinter den Flachdächern westlich des Basars unterzugehen. Dann rückte er seinen Gürtel erneut zurecht und stapfte in Richtung auf Aram Baksh' Herberge.

Mit weitausholenden Schritten bahnte er sich einen Weg durch das ständig wechselnde Volk auf den Straßen, wo die zerlumpten Kittel winselnder Bettler gegen die hermelinbesetzten Khalats wohlhabender Kaufleute und den perlenbestickten Satin reicher Kurtisanen streiften. Riesenhafte Schwarze schlurften daher und rempelten gegen blaubärtige Reisende aus shemitischen Städten, zerlumpte Nomaden aus den umliegenden Wüsten und Händler und Abenteurer aus allen Ländern des Ostens.

Die einheimische Bevölkerung war nicht weniger gemischt. Vor vielen Jahrhunderten hatten stygische Heere hier in der östlichen Wüste ein Reich gegründet. Damals war Zamboula nur eine winzige Handelsstadt zwischen einem

Ring von Oasen gewesen, mit einer geringen Bevölkerung, die von den Nomaden abstammte. Die Stygier hatten sie zu einer Metropole ausgebaut und ihre eigenen Leute hier angesiedelt, die ihre shemitischen und kushitischen Sklaven mitbrachten. Der stete Strom von Karawanen aus dem Osten in den Westen – und umgekehrt – hatte der Stadt Reichtum und eine weitere Rassenvermischung gebracht. Dann kamen die kriegerischen Turaner aus dem Osten, eroberten die Stadt und drängten die Grenzen Stygiens zurück. Und nun war Zamboula seit einer Generation der westlichste Außenposten des turanischen Reiches, dessen Statthalter hier herrschte.

Ein Wirrwarr von Sprachen drang an des Cimmeriers Ohr, während er den verschlungenen Straßen folgte. Hin und wieder begegnete er einer Schwadron turanischer leichter Reiterei – hochgewachsene, geschmeidige Krieger mit dunklen Geiergesichtern, rasselnden Metallrüstungen und Krummsäbeln. Die Menge beeilte sich, ihnen Platz zu machen, denn sie waren die Herren Zamboulas. Nur die großen düsteren Stygier in den Häuserschatten funkelten sie in Erinnerung ihres einstigen Ruhmes finster an. Die übrige Bevölkerung dagegen scherte es wenig, ob der König, der über sie bestimmte, seinen Hof im dunklen Khemi hielt oder im prunkvollen Aghrapur. Jungir Khan war der Statthalter Zamboulas, doch man raunte, daß Nafertati, seine Konkubine, in Wahrheit über die Stadt herrschte. Aber auch das war den Menschen gleichgültig, die hier feilschten, diskutierten, dem Glücksspiel nachgingen, sich des Weines und der Liebe erfreuten, wie es die Bürger Zamboulas taten, seit die Türme und Minarette der Stadt hoch über den Sand der Kharamun ragten.

Bronzelaternen mit durchbrochenem Drachenmuster wurden in den Straßen angezündet, ehe Conan das Haus Aram Baksh' erreichte. Die Herberge war das letzte bewohnte Haus an einer westwärts führenden Straße. Ein großer Garten, in dem mächtige Dattelpalmen wuchsen, hinter einer Mauer trennte es von den Nachbarhäusern im Osten. Westlich der Herberge stand ein Palmenhain, durch den die Straße zur Wüste verlief. Auf der anderen Straßenseite, der Herberge gegenüber, reihten sich ein paar verlassene, im Schatten vereinzelter Palmen liegende Hütten aneinander, in denen Fledermäuse und Schakale hausten. Als Conan diese Straße betrat, fragte er sich, weshalb die in Zamboula so zahlreichen Bettler nicht Unterschlupf in diesen Hütten suchten. Hier gab es keine Laternen mehr, außer der einen Lampe am Herbergstor, nur den schwachen Schein der Sterne, den weichen Straßenstaub unter den Füßen und das Rascheln der Palmen in der Wüstenbrise.

Arams Tor öffnete sich nicht zur Straße, sondern zu dem schmalen Weg zwischen der Herberge und dem Palmengarten. Conan zog kräftig an dem Klingelstrick neben der Laterne und machte sich zusätzlich noch bemerkbar, indem er mit dem Schwertgriff gegen das eisenbesetzte Teakholztor hämmerte. Eine winzige Öffnung im Tor schwang auf, und ein schwarzes Gesicht spähte heraus.

»Verdammt, macht schon auf!« fluchte Conan. »Ich bin ein Gast. Ich habe Aram für ein Zimmer bezahlt, und bei Crom, ich will mein Zimmer!«

Der Schwarze verrenkte sich fast den Hals, als er die sternenbeschienene Straße hinter Conan entlangsah, aber er öffnete das Tor wortlos. Hinter dem Cimmerier schloß er es wieder, versperrte und verriegelte es. Die Mauer war ungewöhnlich hoch, vermutlich der Diebe wegen, derer es viele in Zamboula gab, und sicher auch als Schutz gegen nächtliche Nomadenüberfälle – bei einem Haus so dicht am Rand der Wüste nicht weiter verwunderlich. Conan schritt durch den Garten, in dem große blasse Blüten dufteten, und betrat einen Schankraum, wo ein Stygier mit dem kahlgeschabten Schädel eines Weisen an einem Tisch über wer weiß welchen Rätseln brütete und mehrere unbedeutende Männer sich bei einem Würfelspiel in einer Ecke stritten.

Leisen Schrittes kam Aram Baksh auf den Cimmerier zu. Er war ein stattlicher Mann mit brustlangem schwarzem Bart, einer langen Hakennase und unruhigen schwarzen Perlenaugen.

»Wollt Ihr etwas zu essen oder trinken?« erkundigte er sich.

»Ich habe einen Laib Brot und eine Rinderkeule in der Stadt gegessen«, erklärte Conan. »Aber bringt mir einen Krug ghazanischen Wein. Ich habe gerade noch soviel, daß ich dafür bezahlen kann.« Er warf eine Kupfermünze auf die mit Wein befleckte Platte.

»Ihr habt also an den Spieltischen nichts gewonnen?«

»Mit nur einer Handvoll Silber als Einsatz? Ich bezahlte Euch heute morgen das Zimmer, weil ich mir schon dachte, daß ich verlieren würde. Ich wollte sichergehen, daß ich ein Dach über dem Kopf habe. Mir fiel auf, daß in Zamboula niemand auf der Straße schläft. Selbst die Bettler suchen sich einen Winkel, den sie verbarrikadieren können, ehe es dunkel wird. Es muß wohl eine Bande besonders blutdurstiger Diebe in der Stadt geben.«

Er trank genüßlich den billigen Wein, dann folgte er Aram aus der Schankstube. Die Spieler hinter ihm hielten mit dem Würfeln inne und blickten ihm mit abschätzender Überlegung nach. Keiner sagte ein Wort, doch der Stygier lachte höhnisch. Die anderen senkten unsicher den Blick und vermieden es, einander anzusehen.

Conan schritt hinter Aram einen mit Kupferlampen beleuchteten Korridor entlang, und irgendwie mißfiel ihm das lautlose Schreiten des Wirtes. Aram trug weiche Pantoffeln, und der Flur war mit dicken turanischen Läufern belegt. Aber das allein war es nicht, es war die fast schleichende Gangart des Zamboulaners.

Am Ende des gewundenen Korridors blieb Aram vor einer Tür stehen, die mit einem schweren Eisenriegel in starken Metallhalterungen verschlossen war. Der Wirt öffnete sie und zeigte dem Cimmerier ein gut eingerichtetes Zimmer, dessen Fenster, wie Conan sofort bemerkte, ein kunstvolles, teilweise vergoldetes Schmiedeeisengitter aufwiesen. Weiche Teppiche bedeckten den Boden, eine bequeme Ottomane stand an der Wand, außerdem befanden sich kostbare geschnitzte Stühle im Raum. Es war ein besser ausgestattetes Zimmer, als er sich für den gleichen Preis in der Stadt hätte nehmen können – das war auch der Grund, weshalb er sich hier einquartiert hatte, als ihm am Morgen klargeworden war, wie schmal sein Beutel nach den ausschweifenden Tagen in der Stadt geworden war, seit er vor einer Woche aus der Wüste in die Stadt geritten kam.

Aram hatte eine Bronzelampe angezündet und deutete nun auf die zwei Türen des Zimmers, die beide mit schweren Riegeln versehen waren.

»Hier könnt Ihr sicher schlafen, Cimmerier«, sagte Aram und blinzelte von der Türschwelle aus über seinen buschigen Bart.

Conan brummte etwas Unverständliches und warf sein blankes Schwert auf die Ottomane.

»Eure Riegel mögen stark sein«, brummte er, »aber ich schlafe immer mit meiner Klinge an der Seite.«

Aram antwortete nicht. Er zupfte an seinem Bart, während er einen Augenblick lang die grimmige Waffe betrachtete. Dann zog er sich stumm zurück und schloß die Tür hinter sich.

Conan legte den Riegel vor, durchquerte das Zimmer und schaute durch die zweite Tür hinaus. Das Gemach lag an der Straße zugewandten Hausseite. Die Tür öffnete sich zu einem kleinen Hof, der mit einer eigenen Mauer umgeben war. Wo sie an die Herberge grenzte, war sie hoch und ohne

Eingang, doch die Mauer entlang der Straße war niedrig, und an ihrem Tor befand sich kein Schloß.

Conan blieb eine Weile an der Tür stehen, das Licht aus der Bronzelampe in seinem Rücken, und blickte die Straße entlang bis dorthin, wo sie zwischen dichten Palmen verschwand. Die Blätter raschelten in der leichten Brise. Hinter dem Hain begann die kahle Wüste. Dann wandte der Cimmerier sich in die gegenüberliegende Richtung, der Stadt zu. Weit die Straße hinauf brannten Lichter, und der Lärm der Stadt drang schwach an sein Ohr. Hier dagegen gab es nur Sternenschein, das Säuseln der Palmen und jenseits der niedrigen Mauer den Staub der Straße und die verlassenen Hütten mit ihren Flachdächern unter nächtlichem Himmel. Irgendwo hinter dem Palmenhain begann eine Trommel zu pochen.

Conan dachte an die verwirrende Warnung des Zuagir, und jetzt erschien sie ihm weit weniger phantastisch als vorhin auf der sonnenhellen Straße. Erneut wunderte er sich über die leeren Hütten. Weshalb blieben die Bettler ihnen fern?

Er kehrte in sein Zimmer zurück, schloß die Tür und verriegelte sie.

Die Lampe begann zu flackern. Er untersuchte sie und stellte fest, daß das Öl so gut wie verbraucht war. Er öffnete den Mund, um nach Aram zu brüllen, doch dann zuckte er nur die Achseln und blies das Licht ganz aus. In der weichen Dunkelheit legte er sich angekleidet auf die Ottomane und nahm instinktiv den Griff des mächtigen Breitschwerts in die Hand. Schläfrig blickte er durch das Fenstergitter auf die Sterne hinaus und schlief ein, das sanfte Flüstern der Palmen im Ohr. Nur noch unbewußt nahm er den Trommelschlag von draußen aus der Wüste wahr – das tiefe Pochen einer lederbezogenen Trommel, die rhythmisch mit der offenen Handfläche eines Schwarzen geschlagen wurde . . .

2

GEFAHR IN DER NACHT

Das verstohlene Öffnen einer Tür weckte den Cimmerier. Er erwachte nicht, wie Menschen der Zivilisation es tun, verschlafen und benommen, sondern er war sofort bei klarem scharfen Verstand und erkannte das Geräusch, das seinen leichten Schlummer gestört hatte. Angespannt blieb er in der Dunkelheit liegen und beobachtete, wie die Außentür sich langsam öffnete. In dem immer weiter werdenden Spalt sah er eine mächtige dunkle Gestalt mit hängenden Schultern und unförmigem Kopf, die sich gegen das Sternenlicht abhob.

Conan spürte ein Kribbeln zwischen den Schulterblättern. Er hatte die Tür fest verriegelt. Wie anders als durch übernatürliche Kräfte konnte sie sich jetzt öffnen? Und wie konnte ein Mensch einen so mißgestalteten Kopf haben? Alle Geschichten, die er in den Zelten der Zuagir über Teufel und Kobolde gehört hatte, drängten sich in sein Gedächtnis, und der Schweiß trat ihm aus allen Poren. Das Ungeheuer glitt nun lautlos ins Zimmer. Es kam geduckt näher, und ein wohlbekannter Geruch schlug Conan entgegen, aber er beruhigte ihn nicht, denn nach den Legenden der Zuagir gab es auch Dämonen, die so rochen.

Geräuschlos zog der Cimmerier seine langen Beine an und schwang sein Schwert. Plötzlich und tödlich schlug es zu, wie ein Tiger auf Beutefang. Nicht einmal ein Dämon hätte diesem unerwarteten Angriff ausweichen können. Das Schwert drang durch Fleisch und Bein, und etwas stürzte mit würgendem Schrei schwer zu Boden. Das triefende Schwert in der Hand, beugte sich Conan hinunter. Ob Teufel, Tier oder Mensch – der Einbrecher war tot, denn der Cimmerier spürte den Tod, wie wilde Tiere es tun. Durch die nun halbgeöffnete Tür spähte er auf den sternenbeschienenen Hof hinaus. Er war leer, aber das Tor stand weit offen.

Conan schloß die Tür, verriegelte sie jedoch nicht. In der Dunkelheit tastete er nach der Lampe und zündete sie an. Das restliche Öl genügte noch für eine kurze Weile. Wieder beugte er sich über die stille Gestalt, die in einer Blutlache auf dem Boden lag.

Es war ein riesenhafter Schwarzer, nackt bist auf ein Lendentuch. Mit einer Hand umklammerte er noch im Tod eine schwere Keule. Das Kraushaar des Burschen war mit Zweigstücken und trockenem Lehm zu zwei Hörnern geformt. Diese barbarische Frisur hatte dem Kopf im Dunkeln die mißgestaltene Form verliehen. Mit diesem Hinweis auf das Rätsel schob Conan die wulstigen Lippen des Einbrechers zurück und knurrte etwas Unverständliches, als er auf spitz zugefeilte Zähne blickte.

Er wußte jetzt, auf welche Weise die Fremden aus Aram Baksh' Haus verschwunden waren, und er kannte das Rätsel der Trommel jenseits des Palmenhains und das der Grube mit den angekohlten Knochen – jener Grube, in der menschliches Fleisch unter den Sternen gebraten wurde, während schwarze Bestien darauf warteten, ihren abartigen Hunger zu stillen. Der Mann vor ihm auf dem Boden war ein menschenfressender Sklave aus Darfar.

Seiner Art gab es viele in der Stadt. Zwar wurde Kannibalismus in Zamboula nicht öffentlich geduldet, aber Conan wurde jetzt klar, weshalb die Menschen sich nachts hinter verriegelten Türen verkrochen und warum Bettler offene Gassen und türlose Ruinen mieden. Er knurrte voll Abscheu, als er sich vorstellte, wie dunkle Bestien des Nachts durch die Straßen schlichen, um Opfer zu suchen, und wie Menschen wie Aram Baksh ihnen Zugang zu ihrer Beute verschafften. Der Wirt war kein Dämon, er war etwas viel Schlimmeres. Die Sklaven von Darfar waren berüchtigte Diebe, und es bestand wohl kaum Zweifel, daß ein Teil ihrer Beute den Weg in Aram Baksh' Hände fand – als Bezahlung lieferte er Menschenfleisch.

Conan löschte die Lampe, trat durch die Tür und betastete die Verzierungen an der Außenseite. Eine davon war bewegbar und öffnete den inneren Riegel. Das Zimmer war also eine Falle, um menschliches Wild wie Kaninchen zu fangen. Doch diesmal hatte ein Säbelzahntiger dahinter gelauert!

Conan schritt zur anderen Tür, hob den Riegel und drückte dagegen, doch sie ließ sich nicht öffnen. Da erinnerte er sich des schweren Riegels auf der Außenseite. Der Wirt ging kein Risiko mit seinen Opfern oder seinen Handelspartnern ein.

Der Cimmerier schnallte sich den Schwertgürtel um und stapfte hinaus in den Hof, nachdem er die Tür hinter sich geschlossen hatte. Er beabsichtigte, keine Zeit verstreichen zu lassen, ehe er mit Aram Baksh abrechnete. Er fragte sich, wie viele arme Teufel hier im Schlaf erschlagen und hinaus auf die Straße und zur Röstgrube geschleift worden waren.

Im Hof blieb er stehen. Immer noch pochte die Trommel, und durch die Palmen sah er einen flackernden roten Lichtschein. Kannibalismus war für die Schwarzen von Darfar mehr als nur unnatürlicher Appetit, er war Bestandteil ihres grauenvollen Kultes. Die schwarzen Aasgeier hatten sich bereits erwartungsvoll versammelt. Aber was immer auch heute nacht ihre Mägen füllen mochte, cimmerisches Fleisch war es nicht!

Um an Aram Baksh heranzukommen, mußte er über die Mauer klettern, die den kleinen Hof vom großen trennte. Sie war zwar hoch, um die Menschenfresser abzuhalten, aber Conan war kein im Sumpfland aufgewachsener

Schwarzer. In seiner Kindheit schon hatte er seine Muskeln an den steilen Felsen seiner heimatlichen Berge gestählt. Er stand am Fuß der Mauer, als ihn ein Schrei unter den Bäumen innehalten ließ.

Lautlos rannte er zum Tor und spähte hinaus auf die Straße. Der Schrei war aus den Schatten der Hütten auf der anderen Straßenseite gekommen. Er hörte verzweifeltes Würgen und Gurgeln, wie von dem vergeblichen Versuch zu schreien, wenn eine Hand auf den Mund gepreßt wird. Eine Menschengruppe tauchte aus den Schatten auf und bewegte sich stadtauswärts. Es waren drei riesenhafte Schwarze, die eine schlanke, verzweifelt sich wehrende Gestalt trugen. Conan sah den Schimmer bleicher Arme und Beine, die sich im Sternenschein wanden, dann ein heftiges Rucken, als der Gefangene sich aus dem brutalen Griff der Schwarzen zu lösen vermochte. Und schon rannte er die Straße hoch – nur war der Er, wie nun ohne Zweifel zu erkennen war, eine grazile junge Frau, splitternackt wie ein Neugeborenes. Ganz deutlich konnte Conan sie sehen, ehe sie in den Schatten zwischen den Hütten verschwand. Die Schwarzen waren ihr dicht auf den Fersen und hatten sie offenbar schnell wieder eingefangen, denn ein schriller Schrei der Verzweiflung und Angst zerriß die Luft.

Brennende Wut stieg in Conan auf, und er hetzte über die Straße.

Weder Opfer noch Entführer waren sich seiner Anwesenheit bewußt, bis das leise Tappen seiner Füße zwei der Schwarzen herumwirbeln ließ. Doch da hatte er sie schon fast erreicht und stürmte mit der Gewalt des Bergwinds auf sie zu. Zwei Keulen hoben sich, doch die Burschen hatten seine Geschwindigkeit nicht richtig eingeschätzt. Einer fiel mit durchstochenem Bauch, ehe er zuschlagen konnte. Dem Hieb des anderen wich Conan flink wie eine Katze aus und schwang sein Schwert. Der Kopf des Schwarzen flog durch die Luft, der blutsprühende Körper taumelte noch drei Schritte, ehe er in den Staub sackte.

Der letzte Kannibale stieß einen würgenden Schrei aus, wich zurück und schleuderte seine Gefangene von sich. Sie stolperte und rollte in den Staub, während der Schwarze panikerfüllt zur Stadt floh, Conan dicht hinter ihm her. Angst beflügelte seine Füße, aber ehe er die östlichste Hütte erreicht hatte, spürte er den Tod im Rücken und brüllte wie ein Ochse im Schlachthof.

»Schwarzer Höllenhund!« Mit solcher Heftigkeit stieß ihm Conan die Klinge zwischen die Schultern, daß sie bis über die Hälfte aus der Brust herausragte. Der Menschenfresser stürzte gestreckter Länge zu Boden. Conan spreizte die Beine und zog sein Schwert aus der Leiche.

Nur eine sanfte Brise streichelte die Blätter. Conan schüttelte den Kopf wie ein Löwe seine Mähne und knurrte in ungestilltem Blutdurst. Doch keine weiteren Kannibalen stahlen sich aus den Schatten, und die sternenbeschienene Straße vor den Hütten blieb leer, bis schnelle Schritte herbeieilten und das Mädchen sich schluchzend an seine Brust warf.

»Ist ja gut, Kleines«, versuchte er sie zu beruhigen. »Alles ist wieder gut. Wie haben sie dich denn gefangen?«

Sie schluchzte irgend etwas Unverständliches. Conan vergaß Aram Baksh, als er sie im Sternenschein näher betrachtete. Sie war eine Weiße, doch mit braunem Haar – offenbar gehörte sie zu Zamboulas Mischlingen –, groß, schlank und grazil, wie unschwer zu erkennen war. Bewunderung brannte in des Cimmeriers eisblauen Augen, als sein Blick über ihren bezaubernden Busen und ihre geschmeidigen Beine streifte, die von Anstrengung und Angst noch zitterten. Er legte einen Arm um ihre schmale Taille und versuchte erneut, sie zu beruhigen. »Du hast nichts mehr zu befürchten, Mädchen! Hörst du? Du bist in Sicherheit.«

Seine Berührung schien sie aus dem Schock zu lösen. Sie warf ihre dichten, glänzenden Locken zurück und sah furchtsam über die Schulter, während sie sich enger an Conan schmiegte, als fände sie Sicherheit bei ihm.

»Sie fingen mich auf der Straße«, murmelte sie schaudernd. »Unter einem dunklen Torbogen lauerten sie – Schwarze, wie riesige Affen. Set habe Erbarmen mit mir! Ich werde lange davon träumen!«

»Was hattest du mitten in der Nacht auf der Straße zu suchen?« fragte er, erregt von der sanften Haut unter seinen streichelnden Fingern.

Sie strich das Haar zurück und starrte ihn ausdruckslos an. Seiner Zärtlichkeit schien sie sich nicht bewußt zu sein.

»Mein Liebster«, murmelte sie. »Wahnsinn befiel ihn, und er versuchte, mich umzubringen. Als ich vor ihm floh, packten mich diese Bestien.«

»Schönheit wie deine mag einen Mann schon in den Wahnsinn treiben«, sagte Conan, und seine Finger spielten mit ihren seidigen Locken.

Sie schüttelte den Kopf, als löste sich plötzlich ihre Benommenheit. Sie zitterte nicht mehr, und ihre Stimme klang fest.

»Nein, die Rachsucht eines Priesters war daran schuld – Totrasmeks, des Hohenpriesters von Hanuman, der mich für sich begehrte – dieser Hund!«

»Das darfst du ihm nicht verübeln.« Conan grinste. »Die alte Hyäne hat einen besseren Geschmack, als ich ihr zutraute.«

Sie achtete nicht auf das plumpe Kompliment und fand schnell ihre Fassung wieder.

»Mein Liebster ist ein – ein junger turanischer Soldat. Um mir zu schaden, gab Totrasmek ihm ein Mittel, das ihn in den Wahnsinn trieb. Heute abend griff er nach einem Säbel, um mich in seiner Besessenheit zu töten. Aber es gelang mir, vor ihm auf die Straße zu fliehen. Die Schwarzen fingen mich und brachten mich zu – *was war das?*«

Conan hatte sofort reagiert. Lautlos wie ein Schatten zog er sie hinter die nächste Hütte unter den Palmen. In angespannter Stille warteten sie, bis das leise Murmeln, das beide gehört hatten, lauter wurde und Stimmen zu unterscheiden waren. Etwa neun oder zehn Neger kamen die Straße aus der Stadt entlang. Das Mädchen krallte ihre Nägel in Conans Arm, und er spürte ihr Zittern, als sie sich verängstigt an ihn drückte.

Jetzt waren die gutturalen Stimmen der Schwarzen deutlich zu hören.

»Unsere Brüder haben sich bereits an der Grube versammelt«, sagte einer. »Wir hatten kein Glück. Hoffentlich fanden sie genügend, damit es auch für uns reicht.«

»Aram versprach uns einen Mann«, erklärte ein anderer, und Conan wünschte Aram stumm etwas ganz anderes.

»Aram hält sein Wort«, brummte ein dritter. »Viele Männer konnten wir aus seiner Herberge holen. Aber wir bezahlen ihn gut dafür. Ich persönlich habe ihm bereits zehn Ballen Seide gegeben, die ich von meinem Herrn stahl. Und es war wirklich kostbare Seide, bei Set!«

Die Schwarzen schlurften vorbei. Ihre Füße wirbelten den Staub der Straße auf, und ihre Stimmen verschwanden bald in Richtung auf den Hain.

»Gut für uns, daß ihre toten Kameraden hinter den Hütten liegen«, brummte Conan. »Wenn sie in Arams Zimmer nachsehen, werden sie noch einen finden. Komm, wir verschwinden!«

»Ja, schnell«, flüsterte das Mädchen, fast hysterisch. »Mein Liebster wandert allein durch die Straßen, wie leicht können da die Neger ihn packen.«

»Eine schöne Sitte ist das!« knurrte Conan, als er mit ihr hinter den Hütten zur Stadt lief. »Weshalb säubern die

Bürger ihre Stadt denn nicht von diesem mörderischen Ungeziefer?«

»Sie sind wertvolle Sklaven«, antwortete das Mädchen. »Es gibt ihrer so viele, daß es vielleicht zum Aufruhr käme, wenn sie das Fleisch nicht erhielten, nach dem sie gieren. Die Zamboulaner wissen, daß sie des Nachts durch die Straßen schleichen, und bleiben deshalb hinter verschlossenen Türen zu Hause – außer es passiert etwas Unerwartetes, wie es bei mir der Fall war. Natürlich lauern die Schwarzen allen auf, aber sie erwischen gewöhnlich nur Fremde, und was mit diesen geschieht, interessiert die Bürger nicht.

Männer wie Aram Baksh verkaufen die Fremden, die bei ihm übernachten wollen, an die Schwarzen. Mit einem Zamboulaner würde er das nicht wagen.«

Voll Abscheu spuckte Conan aus und führte seine Begleiterin zur Straße zurück; durch Hinterwege zu schleichen, lag ihm nicht. Häuser, allerdings zu dieser Nachtzeit unbeleuchtet, säumten sie nun zu beiden Seiten ein.

»Wohin willst du eigentlich?« fragte er das Mädchen. Sein Arm um ihre Taille schien sie nicht zu stören.

»In mein Haus, um meine Diener zu wecken, damit sie nach meinem Liebsten suchen. Ich möchte nicht, daß die Stadt – die Priester, überhaupt irgend jemand – von seinem Wahnsinn erfährt. Er – er ist ein junger Offizier mit großer Zukunft. Vielleicht können wir ihn wieder zur Vernunft bringen, wenn wir ihn finden.«

»*Wir?*« brummte Conan. »Glaubst du vielleicht, ich habe Lust, die ganze Nacht die Straßen nach einem Verrückten abzusuchen?«

Sie warf ihm einen schnellen, verstohlenen Blick zu und deutete seinen Gesichtsausdruck richtig. Wenn sie sich geschickt anstellte, würde er ihr folgen, wohin immer sie ihn führte – für eine Weile zumindest. Aber sie ließ sich diese Erkenntnis nicht anmerken.

»Bitte«, flehte sie, und ihre Augen glänzten feucht. »Ich habe niemanden sonst, den ich um Hilfe bitten könnte – du warst so gut zu mir ...«

»Na schön!« brummte Conan. »Wie heißt der Bursche?«

»A-Alafdhal. Ich bin Zabibi, eine Tänzerin. Ich zeige meine Künste häufig vor dem Statthalter Jungir Khan und seiner Konkubine Nafertati sowie vor den Edlen von Zamboula und ihren Damen. Totrasmek begehrte mich, und da ich ihn abwies, machte er mich zum unschuldigen Werkzeug seiner Rache gegen Alafdhal. Ich bat Totrasmek um einen Liebestrunk, ohne die Tiefe seines Hasses und seiner Verschlagenheit zu ahnen. Er gab mir ein Pulver, das ich in den Wein meines Liebsten mischen sollte, und er versicherte mir, daß Alafdhal mich, nachdem er ihn getrunken hatte, noch wahnsinniger lieben und mir jeden Wunsch erfüllen würde. Ich tat wie geheißen, doch nachdem mein Liebster getrunken hatte, wurde er wahrhaftig wahnsinnig – aber nicht aus Liebe. Und es kam, wie ich es dir erzählte. Totrasmek, diese Schlange, sei verflucht – ahhh!«

Hastig umklammerte sie seinen Arm, und beide blieben abrupt stehen. Sie hatten den Basar erreicht und sahen an der Ecke einer dunklen Gasse einen Mann völlig reglos und still stehen. Er hatte den Kopf gesenkt, aber Conan bemerkte die von Wahnsinn gezeichneten Augen, die sie unbewegt musterten. Seine Haut kribbelte, nicht aus Angst vor dem Säbel in der Hand des Burschen, sondern vor dem Irrsinn, den auch seine ganze Haltung verriet. Conan schob das Mädchen zur Seite und zog sein Schwert.

»Töte ihn nicht!« rief sie. »Im Namen Sets; laß ihn am Leben! Du bist stark, überwältige ihn nur!«

»Wir werden sehen«, brummte er. Das Schwert in der Rechten, ballte er die Linke zur schlegelgleichen Faust.

Er machte einen vorsichtigen Schritt auf die Gasse zu – da stürmte der Turaner mit schrecklichem, krächzendem

Gelächter auf ihn zu. Er schwang seinen Säbel und stellte sich auf die Zehenspitzen, um ihn mit aller Kraft hinuntersausen zu lassen. Funken sprühten, als Conan die Klinge parierte, und im nächsten Moment lag der Wahnsinnige, von des Cimmeriers Kinnhaken niedergestreckt, bewußtlos im Straßenstaub.

Das Mädchen rannte auf ihn zu.

»Er – er ist doch nicht ...«

Conan bückte sich, drehte den Mann auf die Seite und untersuchte ihn schnell.

»Er ist nicht schlimm verletzt«, versicherte er Zabibi. »Seine Nase blutet, aber das kann nach einem so schweren Hieb auf das Kinn schon vorkommen. In einer Weile wird er wieder bei sich sein, vielleicht hat er da auch seinen Verstand wieder. Inzwischen werde ich ihm die Hände mit seinem Schwertgürtel fesseln – so. Wohin soll ich ihn schaffen?«

»Warte!« Sie kniete neben dem Bewußtlosen nieder, faßte seine gebundenen Hände und betrachtete sie eindringlich. Dann schüttelte sie überrascht und sichtlich enttäuscht den Kopf. Sie trat zu dem Cimmerier und drückte ihre schlanken Finger auf seine mächtige Brust. Ihre dunklen Augen, die wie glänzende schwarze Edelsteine funkelten, durchdrangen die seinen.

»Du bist ein Mann! Hilf mir. Totrasmek muß sterben! Töte ihn für mich!«

»Und ich stecke dafür meinen Hals in eine turanische Schlinge«, knurrte er.

»Nein!« Die schlanken Arme, stark wie biegsamer Stahl, legten sich um seinen Hals. Ihr geschmeidiger Körper schmiegte sich an ihn. »Die Hyrkanier sind Totrasmek nicht gewogen, und die Priester Sets fürchten ihn. Er ist ein Bastard, der sich die Furcht und den Aberglauben der Menschen zunütze macht. Ich bete Set an, und die Turaner verehren Erlik, aber Totrasmek opfert Hanuman, dem Verfluchten. Die turanischen Lords fürchten seine Schwarze Magie und seine Macht über die gemischte Bevölkerung, und sie hassen ihn. Selbst Jungir Khan und seine Konkubine Nafertati fürchten und hassen ihn. Würde er des Nachts in seinem Tempel getötet, gäben sie sich ganz gewiß keine große Mühe, seinen Mörder zu suchen.«

»Und was ist mit seinen Zauberkräften?« gab der Cimmerier zu bedenken.

»Du bist ein Krieger«, sagte sie. »Dein Leben einzusetzen, gehört doch zu deinem Beruf, oder nicht?«

»Nicht umsonst«, brummte er.

»Du wirst es nicht umsonst tun müssen«, hauchte sie. Sie stellte sich auf die Zehenspitzen und blickte ihm in die Augen.

Die Nähe ihres verführerischen Körpers ließ Conans Blut wallen, und der Duft ihrer Lippen stieg ihm zu Kopf. Doch als seine Arme sie an sich drücken wollten, wich sie geschmeidig aus. »Warte. Hilf mir zuerst.«

»Was soll ich deiner Meinung nach jetzt tun?« Das Reden fiel ihm schwer.

»Heb meinen Liebsten auf«, wies sie ihn an. Der Cimmerier bückte sich und legte sich den hochgewachsenen jungen Mann mühelos über die Schulter. In diesem Augenblick war er fast sicher, Jungir Khans Palast mit derselben Leichtigkeit umstoßen zu können. Das Mädchen flüsterte dem Bewußtlosen Zärtlichkeiten zu. Es war ganz offensichtlich, daß sie Alafdhal ehrlich liebte. Welche Abmachungen sie auch immer mit Conan traf – sie würden nichts an ihren Beziehungen zu Alafdhal ändern. Frauen sind in diesen Dingen eben praktischer veranlagt als Männer.

»Folge mir!« sie eilte die Straße entlang, während ihr Conan langen Schrittes und mühelos trotz seiner Last folgte. Wachsam hielt er Ausschau nach lauernden schwarzen

Gestalten in den engen Gassen und Torbogen, aber er sah nichts Verdächtiges. Zweifellos saßen alle Darfari wartend um die Röstgrube. Das Mädchen bog in eine schmale Seitenstraße ein und klopfte leise an eine Tür.

Fast sofort öffnete sich ein Fensterchen, und ein schwarzes Gesicht blickte heraus. Sie beugte sich näher heran und wisperte hastig. Riegel knarrten in ihren Halterungen, und die Tür schwang auf. Ein riesenhafter Schwarzer hob sich vor dem weichen Lichtschein einer Kupferlampe ab. Ein schneller Blick verriet Conan, daß es kein Darfari war. Seine Zähne waren nicht spitz zugefeilt, und sein Kraushaar war kurzgeschnitten. Er war vermutlich ein Wadai.

Auf einen Wink Zabibis hob Conan den bewußtlosen Alafdhal auf des Schwarzen Arme, der ihn auf einen Samtdiwan legte. Es sah nicht so aus, als würde er bald wieder zu sich kommen. Der Schlag, der ihn ausgeschaltet hatte, hätte einen Ochsen gefällt. Zabibi beugte sich über ihn und zupfte nervös an ihren Fingern, dann richtete sie sich auf und bedeutete dem Cimmerier, mit ihr zu kommen.

Das Tor schloß sich hinter ihnen, der Riegel wurde vorgeschoben, und das Fensterchen, das gleich darauf wieder geschlossen wurde, verbarg den Lampenschein. Auf der sternenbeschienenen Straße griff Zabibi nach Conans Hand. Ihre eigene zitterte ein wenig.

»Du wirst tun, worum ich dich bitte?« fragte sie.

Er nickte.

»Dann wollen wir zu Hanumans Tempel gehen – mögen die Götter unseren Seelen gnädig sein!«

Wie Phantome schritten sie fast lautlos durch die stillen Straßen. Beide schwiegen. Vielleicht dachte das Mädchen an ihren Liebsten, der bewußtlos auf dem Diwan unter den Kupferlampen lag, oder sie machte sich Sorgen über das, was ihnen in Hanumans Tempel bevorstand. Der Barbar dachte nur an eines: an die Frau, die so leichtfüßig neben ihm dahinhuschte. Das Parfüm ihres Seidenhaares stieg ihm in die Nase, und seine Sinne waren von ihr erfüllt.

Einmal hörten sie das Rasseln von Waffen, die beim Marschieren gegen Rüstungen schlugen, und drückten sich gleich in die Schatten eines Torbogens, um einen Trupp Pelishtier vorbeizulassen. Ihrer fünfzehn waren es, in enggeschlossener Formation, die Piken stichbereit, und die hintersten hatten Messingschilde über den Rücken gehängt, um sich gegen einen heimtückischen Messerwurf zu schützen. Die Menschenfresser stellten offenbar sogar für bewaffnete Trupps eine Bedrohung dar.

Als die Soldaten außer Sicht waren, kamen Conan und das Mädchen aus ihrem Versteck und eilten weiter. Bald darauf lag das niedrige Gebäude, das sie suchten, vor ihnen.

Hanumans Tempel stand allein in der Mitte eines breiten, menschenleeren Platzes. Eine Marmormauer mit weiter Öffnung unmittelbar vor dem Portikus umgab ihn. Diese Öffnung war weder durch eine Tür noch eine Barriere verschlossen.

»Weshalb suchen die Schwarzen hier keine Beute?« brummte Conan. »Es hindert sie doch nichts daran, den Tempel zu betreten.«

Er spürte, wie Zabibi zitterte, als sie sich enger an ihn preßte.

»Sie fürchten Totrasmek, wie alle in Zamboula ihn fürchten, selbst Jungir Khan und Nafertati. Komm! Komm schnell, ehe der Mut mich verläßt.«

Die Angst des Mädchens war unverkennbar, aber sie zauderte nicht. Conan zog sein Schwert und schritt ihr voraus durch den Torbogen. Er kannte die entsetzlichen Überraschungen der Priester des Ostens und wußte, daß einen ungebetenen Besucher die schlimmsten Schrecken erwarten mochten, genau wie ihm durchaus klar war, daß möglicherweise weder er noch Zabibi den Tempel lebend verlassen würden. Aber viel zu oft schon hatte er sein Leben aufs Spiel gesetzt, um diesem Gedanken weiter nachzuhängen.

Sie betraten einen marmorgepflasterten Hof, der im Sternenschein weiß schimmerte. Ein breiter marmorner Treppenaufgang führte zu der Säulenhalle. Die beiden Flügel des Tempelportals standen weit offen, seit Jahrhunderten schon. Doch keine Gläubigen im Innern brannten Räucherwerk ab. Des Tages kamen vermutlich Anbeter, um ihre Opfergaben auf den schwarzen Altar des Affengottes zu legen. Aber des Nachts mieden die Menschen den Tempel wie Hasen das Nest einer Schlange.

Brennende Räucherschalen tauchten den Tempelraum in weiches, gespenstisches Glühen und vermittelten eine Illusion der Unwirklichkeit. In der Nähe der hinteren Wand, nur wenige Fuß vom Altar entfernt, saß der Gott, den Blick immerwährend auf das offene Portal gerichtet, durch das viele Jahrhunderte lang seine Opfer an Rosenketten hereingezerrt worden waren. Eine flache Furche führte von der Schwelle des Tempels zum Altar. Als Conans Fuß sie spürte zuckte er hastig zurück, als wäre er auf eine Schlange getreten. Die Füße einer Unzahl furchterfüllter Opfer, die schreiend auf dem schwarzen Altar ihr Leben aushauchen sollten, hatten sie getreten.

In dem gespenstischen Licht schien Hanuman die beiden Besucher mit seiner steingehauenen Maske anzustarren. Er saß nicht wie ein Affe, sondern wie ein Mensch, trotzdem wirkte er nicht weniger tierisch. Die Statue bestand aus schwarzem Marmor mit eingesetzten Rubinen als Augen. Rot und gierig funkelten sie, wie die Kohlen der tiefsten Hölle. Die mächtigen Pranken mit den Handflächen nach oben ruhten in seinem Schoß, die krallenbewehrten Finger zugreifend gekrümmt. Die abstoßende Betonung seiner Attribute und der gierige Hohn seiner satyrhaften Fratze verrieten den abscheulichen Zynismus des degenerierten Kultes, dessen Gottheit er war.

Das Mädchen schlich um die Statue herum zur hinteren Wand. Als sie dabei versehentlich gegen ein Marmorknie streifte, erschauderte sie wie bei der Berührung einer Schlange. Zwischen dem Rücken der Götzenfigur und der Marmorwand mit ihrem Fries goldenen Laubes gab es einen Zwischenraum von mehreren Fuß. Links und rechts von der Statue befand sich in der Wand eine Elfenbeintür in einem goldenen Torbogen.

»Diese beiden Türen«, erklärte Zabibi, »führen zu den zwei Enden eines Korridors in Hufeisenform. Ich war einmal im Innern des Schreines – einmal!« Unwillkürlich schüttelte sie sich bei der Erinnerung daran. »Totrasmeks Gemächer liegen im Innern dieses Hufeisens und haben Türen zu dem Korridor. Aber es gibt auch hier eine Pforte, eine Geheimtür, die direkt in einen seiner Räume führt.«

Suchend tastete sie die glatte Wand ab, die keinerlei Spalten oder Fugen aufwies. Conan stand mit dem Schwert in der Hand neben ihr und blickte sich wachsam um. Das Schweigen, die Leere des Tempels und seine Phantasie, die sich ausmalte, was hinter der Wand liegen mochte, ließen ihn sich wie ein Tier fühlen, das eine Falle beschnüffelt.

»Ah!« Das Mädchen hatte endlich den verborgenen Öffnungsmechanismus entdeckt und drückte darauf. Gleich darauf tat sich absolute Schwärze vor ihnen auf. »Set!« schrillte Zabibi plötzlich. Als Conan neben sie sprang, sah er, daß eine riesige mißgestaltene Hand sie am Haar gepackt hatte und durch die Öffnung zog. Dem Cimmerier, der das Mädchen festhalten wollte, glitten die Finger von der nackten Gestalt ab. Gleich darauf war sie verschwunden, und die Wand war schwarz wie zuvor, doch dahinter hörte er die gedämpften Geräusche eines Kampfes, einen Schrei und ein leises Lachen, das ihm das Blut stocken ließ.

3

SCHWARZE PRANKEN

Mit einem wilden Fluch schlug der Cimmerier den Schwertknauf gegen die Wand. Marmor splitterte ab, und Risse durchzogen die Mauer. Aber die Geheimtür öffnete sich nicht. Zweifellos war sie an der anderen Seite verriegelt worden. Wütend wirbelte er herum und rannte zu einer der beiden Elfenbeintüren.

Er hob das Schwert, um die Füllungen einzuschlagen, aber vorsichtshalber probierte er erst, sie mit der Linken zu öffnen. Tatsächlich – sie schwang mühelos auf. Er starrte auf einen langen Korridor, der am fernen Ende abbog, wie er im gedämpften Licht ähnlicher Räucherschalen wie im Tempel sehen konnte. Der goldene Riegel der Tür fühlte sich warm an. Doch nur einem Mann, dessen Sinne denen eines Wolfes nahekamen, wäre dies aufgefallen. Der Riegel war demnach vor nur wenigen Herzschlägen berührt, also geöffnet worden. Das Ganze nahm immer mehr die Form einer Falle mit frischem Köder an. Er hätte sich von vornherein denken können, daß Totrasmek sofort erführe, wenn jemand in den Tempel eindrang.

Betrat er den Korridor, würde er zweifellos geradewegs in die Falle geraten. Trotzdem zögerte Conan nicht. Irgendwo in diesen Gemächern wurde Zabibi gefangengehalten, und nach allem, was er über die Hanumanpriester wußte, brauchte sie dringend Hilfe. Mit der Wachsamkeit und Sprungbereitschaft eine Panthers schlich Conan in den Korridor.

Zu seiner Linken befanden sich mehrere Elfenbeintüren. Er versuchte, sie der Reihe nach zu öffnen. Sie waren alle verschlossen. Nachdem er etwa fünfundsiebzig Fuß weit gekommen war, bog der Gang scharf nach links ab und beschrieb den Hufeisenbogen. Auch hier befand sich eine Tür, und sie ließ sich öffnen. Sie führte in ein breites quadratisches Gemach, das etwas heller als der Korridor beleuchtet war. Die Wände bestanden aus weißem Marmor, der Boden aus Elfenbein, die Decke war mit Silberfiligran überzogen. Conan sah Diwane, mit kostbarem Satin bedeckt, mit Gold verzierte Elfenbeinschemel, einen runden Tisch aus schwerem metallähnlichem Material. Auf einem der Diwane lag ein Mann, die Augen der Tür zugewandt. Er lachte über den verdutzten Blick des Cimmeriers.

Von einem Lendenschurz und hochgeschnürten Sandalen abgesehen, war der braunhäutige Mann nackt. Sein schwarzes Haar war sehr kurz geschnitten, und die dunklen Augen in dem breiten arroganten Gesicht wirkten ruhelos. Er war von titanischer Statur, mit ungeheuren Muskeln, die sich bei jeder Bewegung wie Schlangen wanden. Seine Hände waren die größten, die Conan je gesehen hatte. Und er war sichtlich von seinen Körperkräften und seiner Unschlagbarkeit überzeugt.

»Warum kommst du nicht herein, Barbar?« erkundigte er sich spöttisch und machte eine übertrieben einladende Geste.

Conans Augen schwelten unheildrohend. Er trat wachsam in das Gemach, das blanke Schwert in der Hand.

»Wer, zum Teufel, bist du?« fragte er.

»Ich bin Baal-pteor«, antwortete der Riese. »Vor langer Zeit, in einem anderen Land, kannte man mich unter einem anderen Namen. Aber Baal-pteor ist ein guter Name, und weshalb Totrasmek ihn mir gab, kann dir jede Tempeldienerin sagen.«

»Du bist also sein Wachhund!« knurrte Conan. »Verflucht sei dein braunes Fell, Baal-pteor. Wo ist das Mädchen, das du durch die Wand gezogen hast?«

»Mein Herr vergnügt sich mit ihr«, erwiderte der Riese lachend. »Hörst du?«

Hinter einer zweiten Tür war ein gedämpfter Schrei – der einer Frau – zu hören.

»Verdammt!« fluchte Conan und machte einen Schritt auf die Tür zu. Dann wirbelte er mit kribbelnder Haut herum. Baal-pteor lachte. Die Drohung, die aus diesem Lachen klang, stellte des Cimmeriers Nackenhärchen auf, und er sah rot vor Wut.

Die Knöchel seiner Schwerthand zeichneten sich weiß ab, als er auf den Riesen zustapfte. Mit einer schnellen Bewegung seiner braunen Pranke warf der Bursche ihm etwas zu – eine glänzende Kristallkugel, die in dem gespenstischen Licht glitzerte.

Instinktiv duckte sich Conan, aber wie durch ein Wunder hielt die Kugel mitten in der Luft an, ein paar Fuß von seinem Gesicht entfernt. Wie von unsichtbaren Fäden gehalten, blieb sie gut fünf Fuß über dem Boden hängen. Während der Cimmerier sie verblüfft betrachtete, begann sie sich mit wachsender Geschwindigkeit zu drehen. Und während sie sich drehte, schien sie größer und nebelhaft zu werden, bis sie scheinbar den ganzen Raum ausfüllte und ihn umhüllte. Die Zimmereinrichtung, das spöttische Gesicht Baal-pteors, die Wände — alles verschwand. Conan war in einem bläulichen Wirbel gefangen. Ein gewaltiger Sturm heulte an ihm vorbei, zerrte an ihm, versuchte, ihn von den Füßen zu reißen und in einen Strudel zu ziehen.

Mit einem würgenden Schrei schwankte Conan rückwärts, taumelte, bis er die feste Wand in seinem Rücken spürte. Bei dieser Berührung hörte die Illusion auf. Die riesige wirbelnde Kugel löste sich auf wie eine Seifenblase. Conan richtete sich hoch auf, während graue Dunstschwaden sich um seine Beine kräuselten, und er sah, wie Baal-pteor sich vor lautlosem Gelächter schüttelte.

»Sohn einer Hure!« Conan machte einen Satz auf ihn zu, doch da wallte der Dunst vom Boden auf und verhüllte die gigantische braune Gestalt. Während der Cimmerier in der blendenden, wallenden Wolke umhertastete, hatte er das Gefühl, an einen anderen Ort versetzt zu werden – und dann waren das quadratische Gemach, der Dunst und der braune Riese verschwunden. Er stand allein im hohen Schilf einer Marschlandschaft, und ein Büffel stürmte mit gesenktem Kopf auf ihn zu. Hastig sprang Conan aus der Gefahrenzone der säbelscharfen Hörner und stieß sein Schwert hinter dem Vorderbein durch die Rippen ins Herz des Tieres. Und plötzlich war es nicht der Büffel, der im Schlamm sein Leben ließ, sondern der braunhäutige Baalpteor. Mit wildem Fluch schlug ihm Conan den Kopf ab. Doch da erhob sich der Kopf vom Boden und schnappte mit mächtigen Hauern nach der Kehle des Cimmeriers. Die Zähne drangen in Conans Hals, und trotz seiner fast übermenschlichen Kraft gelang es ihm nicht, sie loszureißen. Er keuchte, würgte und vernahm ein Rauschen und Brüllen; erneut war ihm, als würde er durch den Raum gerissen, und dann war er wiederum in dem quadratischen Gemach, wo Baal-pteor, den Kopf fest auf den Schultern, lachend auf seinem Diwan lag.

»Hypnotismus!« murmelte Conan. Er duckte sich und preßte die Zehen fest gegen den Marmorboden.

Seine Augen funkelten. Der braune Hund spielte mit ihm, machte sich über ihn lustig. Aber dieser Kinderschreck, dieser Dunst, diese Illusionen konnten ihm nichts anhaben. Er brauchte nur zu springen und zuzuschlagen, und schon war der braune Akoluth eine verstümmelte Leiche. Diesmal würde er sich nicht mehr von Unwirklichkeiten täuschen lassen – und trotzdem kam er nicht dagegen an.

Blutrünstiges Knurren erklang hinter ihm. Er wirbelte herum, und in der gleichen Bewegung noch hieb er auf den Panther ein, der auf dem Metalltisch kauerte, um ihn anzuspringen. Noch ehe die Klinge getroffen hatte, war die

Erscheinung verschwunden, und das Schwert prallte klirrend von der harten Platte ab. Und da geschah wieder etwas Unnatürliches: Die Klinge klebte am Tisch fest. Alles Reißen half nichts, er bekam sie nicht frei. Das allerdings war kein hypnotischer Trick. Der Tisch war ein riesenhafter Magnet. Er packte den Griff mit beiden Händen, als ihn eine Stimme direkt hinter seiner Schulter herumwirbeln ließ. Er blickte geradewegs in das Gesicht des Braunen, der sich endlich von seinem Diwan erhoben hatte. Wie ein gigantischer Muskelprotz stand der etwas größere und bedeutend schwerere Baal-pteor nun vor Conan. Seine gewaltigen Arme waren ungewöhnlich lang, und seine Prankenhände öffneten und schlossen sich wie im Krampf. Conan ließ den Griff seines nutzlosen Schwertes los und beobachtete seinen Gegner schweigend durch verengte Augen.

»Deinen Kopf, Cimmerier!« höhnte Baal-pteor. »Ich werde ihn mir mit bloßen Händen holen, ihn dir von den Schultern drehen wie den Kopf eines Huhnes. So bieten die Söhne Kosalas Yajur ihre Opfer dar. Barbar, sieh vor dir einen Würger von Yota-pong! In frühester Kindheit wählten mich die Priester Yajurs aus. Und von da an, bis ich erwachsen war, bildete man mich in der Kunst aus, mit bloßen Händen zu töten. Denn nur auf diese Weise werden die Opfer dargeboten. Yajur liebt Blut, und wir vergeuden nicht einen Tropfen. Als Kind gab man mir Säuglinge zum Würgen, als Knaben junge Mädchen, als jungem Burschen Frauen, alte Männer und Jungen. Erst als ich meine volle Reife erlangt hatte, gestattete man mir, starke Männer an Yota-pongs Altar zu töten.

Viele Jahre bot ich Yajur Opfer dar. Hunderte von Hälsen habe ich mit diesen meinen Fingern gebrochen.« Er fuchtelte mit ihnen vor Conans wütenden Augen herum. »Weshalb ich von Yota-pong floh, um Totrasmeks Diener zu werden, dürfte dich nicht interessieren. Bald wirst du ohnedies keine

Neugier mehr verspüren. Die Priester Kosalas, die Würger von Yajur, sind über alle Maßen stark – und ich war stärker als jeder von ihnen. Mit meinen Händen, Barbar, werde ich dir den Kopf abdrehen!«

Und wie zuschnellende Zwillings-Kobras schlossen sich die gewaltigen Pranken um Conans Hals. Der Cimmerier machte keine Anstalten, ihnen auszuweichen oder sie abzuwehren. Statt dessen schossen seine eigenen Fäuste zu des Kosalers Stiernacken. Baal-pteors Augen weiteten sich, als er die mächtigen Muskelstränge spürte, die des Barbaren Kehle schützten. Mit einem wilden Knurren nahm er seine ganze übermenschliche Kraft zu Hilfe, so daß die Sehnen und Muskeln seiner Arme schier aus der Haut quollen. Und dann entrang sich ihm ein würgendes Keuchen, als Conans Finger sich um seine Kehle schlossen. Einen Augenblick standen beide Männer wie Statuen, die Gesichter zu starren Masken angespannt, und ihre Schläfenadern drangen blau hervor. Conan zog die Lippen in einem fletschenden Grinsen von den Zähnen zurück. Baal-pteors Augen quollen aus den Höhlen, sie verrieten Staunen und den ersten Anflug von Angst. Immer noch standen beide wie aus Stein gemeißelt, nur die Muskeln an den starren Armen und gespreizten Beinen schwollen weiter an. Aber unter der fast reglosen Haltung kämpften Kräfte jenseits jeder Vorstellung – Kräfte, die Bäume entwurzeln und Ochsenschädel einschlagen konnten.

Der Atem schoß pfeifend durch Baal-pteors leicht geöffnete Lippen. Sein Gesicht lief bereits blau an. Die Furcht in seinen Augen wurde stärker. Die Muskeln und Sehnen seiner Arme drohten zu bersten, aber Conans Halsmuskeln gaben nicht nach. Sie fühlten sich unter den Fingern des Tempeldieners wie eine Masse geflochtener Eisenstricke an. Doch sein eigenes Fleisch gab unter den unerbittlichen Fingern des Cimmeriers nach, sie drangen immer tiefer in die nachgiebigen Halsmuskeln und drückten sie gegen Luftröhre und Halsschlagader.

Plötzlich endete die statuenhafte Unbeweglichkeit, als der Kosaler sich wand und zurückzuwerfen versuchte. Er gab Conans Kehle frei und griff nach dessen Handgelenken, um die unerbittlichen Finger loszureißen.

Da warf der Cimmerier selbst ihn zurück, bis Baal-pteors Nacken auf den Metalltisch schlug, und drückte den Kopf über die Tischkante – tiefer, immer tiefer, bis es nicht mehr lange dauern konnte, daß die Wirbelsäule brach.

Jetzt war es Conan, der lachte – erbarmungslos, höhnisch, wie zuvor der andere.

»Du Narr«, sagte er leise. »Ich glaube, du bist bisher nie einem Mann aus dem Westen begegnet. Hieltst du dich für stark, weil du imstande warst, Stadtmenschen den Hals umzudrehen, bedauernswerten Schwächlingen mit Muskeln wie verrottende Stricke? Brich erst einem wilden cimmerischen Stier den Hals, ehe du dich stark nennst. Ich habe es fertiggebracht, noch ehe ich erwachsen war – so!«

Mit heftigem Ruck drehte er Baal-pteors Kopf, bis das Gesicht auf grauenvolle Weise über die linke Schulter blickte und die Wirbelsaule wie ein morscher Ast brach.

Conan warf die Leiche auf den Boden und wandte sich wieder seinem Schwert zu. Erneut packte er den Griff mit beiden Händen und stemmte die Füße gespreizt auf den Boden. Blut sickerte ihm über die breite Brust, aus den leichten Wunden, die des Kosalers Nägel in seinen Hals gebohrt hatten. Sein schwarzes Haar klebte am Kopf, Schweiß rann ihm übers Gesicht, und seine Brust hob und senkte sich heftig, denn trotz seiner spöttischen Worte über Baal-pteors Kraft hatte er in dem riesenhaften Kosaler einen fast ebenbürtigen Gegner gefunden. Doch ohne sich Zeit zum Verschnaufen zu nehmen, legte er seine ganze Kraft in die Hände und entriß dem Magneten das Schwert.

Einen Herzschlag später hatte er die Tür aufgerissen, hinter der der Schrei zu hören gewesen war. Er sah einen langen Korridor mit einer Reihe von Elfenbeintüren vor sich. Ein dicker Samtvorhang bildete das Ende des Ganges, und durch ihn drangen die teuflischen Klänge einer Musik, wie Conan sie noch nie zuvor gehört hatte, nicht einmal in Alpträumen. Sie stellte ihm die Härchen im Nacken auf. Vermischt mit der Musik war das keuchende, hysterische Schluchzen einer Frau zu vernehmen. Das blanke Schwert in der Rechten, eilte Conan auf leisen Sohlen den Gang entlang.

4

TANZ, MÄDCHEN! TANZ!

Als Zabibi durch die Öffnung in der Wand hinter dem Götzenbild gerissen worden war, hatte sie sich schon tot gewähnt. Instinktiv schloß sie die Augen und wartete auf den vernichtenden Schlag, doch er kam nicht. Statt dessen fiel sie unsanft auf den Marmorboden, der ihr Knie und Hüfte aufschürfte. Als sie die Augen hob, sah sie einen braunhäutigen Riesen mit Lendentuch über sich stehen, und an einer Seite des Gemachs saß ein Mann auf einem Diwan, den Rücken einem dicken schwarzen Samtvorhang zugewandt. Es war ein beleibter Mann mit feisten weißen Händen und Schlangenaugen. Ein Schauder rann ihr über den Rücken, denn es war Totrasmek, der Priester Hanumans, der seit Jahren sein schleimiges Netz über Zamboula spann, um seine Macht zu erweitern.

»Der Barbar plagt sich, seinen Weg durch die Wand zu schlagen«, bemerkte Totrasmek höhnisch, »aber der Riegel wird halten.«

Das Mädchen sah, daß ein schwerer Riegel vor die

Geheimtür geschoben war, die von dieser Seite gut zu erkennen war. Riegel und Halterung sahen aus, als würden sie selbst dem Ansturm eines Elefanten standhalten.

»Geh, mach eine der Türen für ihn auf, Baal-pteor!« befahl Totrasmek. »Töte ihn im quadratischen Raum am Ende des Korridors.«

Der Kosaler verbeugte sich und verließ das Gemach durch eine Tür in der Längswand. Zabibi erhob sich und blickte furchterfüllt auf den Priester, dessen Augen ihre liebreizende Figur zu verschlingen schienen. Dies störte sie nicht – eine zamboulinische Tänzerin war gewohnt, ihre Nacktheit zu Markte zu tragen. Doch die Grausamkeit seiner Miene ließ sie erzittern.

»Wieder einmal läßt du dich in meinem Domizil sehen, meine Schöne«, sagte er zynisch. »Es ist mir eine unerwartete Ehre. Dabei schien mir, als hätte dich dein letzter Besuch nicht so recht erbaut, so daß ich gar nicht an eine Wiederholung zu hoffen wagte. Dabei tat ich alles in meiner Macht Stehende, um dir ein interessantes Experiment zu bieten.«

Eine zamboulische Tänzerin errötete nicht, wohl aber vermischte sich Wut mit Furcht in Zabibis geweiteten Augen.

»Fettes Schwein! Nicht aus Liebe zu dir kam ich hierher.«

»Nein«! Totrasmek lachte. »Wie eine Närrin kamst du durch die Nacht geschlichen, um mir von einem dummen Barbaren die Kehle durchschneiden zu lassen. Weshalb bist du auf mein Leben aus?«

»Das weißt du genau!« rief sie, denn sie wußte, daß es keinen Sinn hatte, sich zu verstellen.

»Du denkst an deinen Liebsten!« Wieder lachte er spöttisch. »Allein, daß du hier bist, um mich zu töten, beweist mir, daß er das Mittel zu sich nahm, das ich dir gab. Batest du denn nicht darum? Und sandte ich dir denn nicht das Gewünschte – aus reiner Liebe zu dir?«

»Ich ersuchte dich um ein Mittel, das ihn für ein paar Stunden in sanften Schlummer wiege, ohne ihm zu schaden«, erwiderte sie bitter. »Und du – du hast mir einen Diener mit einem Gift geschickt, das ihn in den Wahnsinn trieb! Ja, ich war eine Törin, weil ich dir traute. Ich hätte dich durchschauen, hätte wissen müssen, daß deine Freundschaftsbeteuerungen Lüge und nichts als eine Tarnung für deinen Haß und Groll waren.«

»Weshalb wolltest du überhaupt, daß dein Liebster so tief schliefe?« entgegnete er. »Doch nur damit du ihm das einzige stehlen könntest, was er dir nie freiwillig gäbe – den Ring mit dem Stein, den man den Stern von Khorala nennt. Er wurde der Königin von Ophir gestohlen, und sie würde für seine Rückgabe eine ganze Kammer voll Gold zahlen. Und du kennst ja den Grund, weshalb dein Liebster ihn dir als einziges versagt. Er weiß, daß dieser Stein einen Zauber ausübt, der, richtig angewandt, das Herz eines jedweden des anderen Geschlechts zu versklaven vermag. Du wolltest ihm den Ring stehlen, weil du befürchtetest, seine Magier könnten den Schlüssel zu dem Zauber entdecken, und er vergäße dich schließlich über seinen Eroberungen aller Königinnen dieser Welt. Du möchtest den Ring Marala von Ophir zurückverkaufen, die ihn zu benutzen weiß und mich damit wieder versklaven würde, wie sie es getan hatte, ehe ihr das Kleinod gestohlen wurde.«

»Und weshalb wolltest *du* ihn?« fragte sie bedrückt.

»Ich verstehe mit seinen Kräften umzugehen, sie würden meine Macht verstärken.«

»Nun hast du ihn ja!« fauchte sie.

»*Ich* soll den Stern von Khorala haben? Du irrst dich!«

»Weshalb machst du dir noch die Mühe, mich zu belügen?« fragte sie bitter. »Mein Liebster trug den Ring am Finger, als er mich auf der Straße verfolgte, doch er hatte ihn nicht mehr, als ich ihn wiedersah. Dein Diener muß das

Haus bewacht und ihm den Ring abgenommen haben, nachdem ich weg war. Zum Teufel damit, behalt ihn ruhig! Ich möchte nur meinen Liebsten gesund und mit klarem Verstand zurück. Du hast uns beide genug bestraft. Befreie ihn von seinem Wahnsinn. Das kannst du doch!«

»Ich könnte es«, antwortete er. Er genoß ihre Verzweiflung sichtlich. Überlegend holte er ein Fläschchen aus seinem wallenden Gewand. »Dies hier enthält den Saft des goldenen Lotus. Bekäme dein Liebster ihn zu trinken, würde er wieder zu seinem normalen Selbst werden. Ja, ich will gnädig sein. Du und dein Liebster, ihr habt euch gegen mich gewandt, mich verächtlich gemacht, und das nicht nur einmal. Ständig widersetzte er sich meinen Wünschen. Aber ich werde trotzdem gnädig sein. Komm, hol dir das Fläschchen aus meiner Hand!«

Zitternd vor Verlangen starrte sie Totrasmek an, aber sie befürchtete, er triebe nur seinen grausamen Scherz mit ihr. Wachsam näherte sie sich ihm, streckte eine Hand aus. Da lachte er herzlos und brachte das Fläschchen hinter seinem Rücken in Sicherheit. Während ihre Lippen sich öffneten, um ihn zu verfluchen, ließ ein Instinkt ihre Augen nach oben richten. Von der vergoldeten Zimmerdecke fielen vier jadefarbene Gefäße herab. Rasch wich sie ihnen aus, aber sie hätten sie nicht getroffen. Sie schlugen auf dem Boden auf und bildeten die vier Ecken eines Quadrats. Sie schrie gellend, als sie sah, daß aus jedem der zerschmetterten Gefäße eine Kobra den Kopf hob. Die Schlange, der sie am nächsten stand, ringelte sich auf ihre nackten Beine zu. Zabibi sprang zur Seite, doch brachte sie das in bedrohliche Nähe der zweiten Kobra. Und wieder mußte sie weghüpfen, um den zustoßenden Giftzähnen zu entgehen.

Sie war in einer schrecklichen Falle gefangen. Alle vier Kobras wiegten sich und stießen nach ihren Füßen, Knöcheln, Waden, Knien, Oberschenkeln und Hüften, was immer ihnen am nächsten war. Und es war unmöglich, über die Schlangen zu springen oder zwischen ihnen hindurchzuschlüpfen, um sich in Sicherheit zu bringen. So konnte sie sich nur drehen und zur Seite hüpfen. Sie verrenkte sich fast die Glieder, um ihnen zu entgehen. Doch jedesmal, wenn sie einer auswich, kam sie einer anderen zu nahe, so daß sie sich mit unvorstellbarer Flinkheit bewegen mußte, und dazu blieb ihr in jeder Richtung nur wenig Raum. Ständig bedrohten sie die keilförmigen Schlangenschädel. Nur eine Tänzerin von Zamboula konnte überhaupt so lange in diesem schrecklichen Quadrat überleben.

Zabibi tanzte wie nie zuvor. In ihrer Schnelligkeit wirkten ihre Bewegungen für einen Zuschauer verschwommen. Die zustoßenden Köpfe verfehlten sie nur um Haaresbreite, aber sie verfehlten sie, während sie ihre wirbelnden Beine und scharfen Augen gegen die blitzartige Geschwindigkeit der beschuppten Dämonen einsetzte, die ihr Feind aus der leeren Luft beschworen hatte.

Irgendwo erhob sich eine dünne, wimmernde Musik, die sich mit dem Zischen der Schlangen mischte, und erinnerte an den Nachtwind, der durch die leeren Augenhöhlen eines Totenschädels pfeift. Selbst in ihrer rastlosen Behendigkeit erkannte Zabibi, daß die Schlangen nicht länger aufs Geratewohl zustießen. Sie gehorchten den gräßlichen Klängen der gespenstischen Musik. In schrecklichem Rhythmus schnellten sie auf sie zu, und zwangsweise paßte auch ihr wirbelnder Körper sich ihrem Rhythmus an. Ihre verzweifelten Bewegungen wurden zu einem Tanz, mit dem verglichen selbst die wildeste Tarantella Zamoras gemessen gewirkt hätte. Voller Scham und Furcht hörte Zambibi das verhaßte Gelächter ihres erbarmungslosen Peinigers.

»Der Tanz der Kobras, meine Schöne!« rief Totrasmek höhnisch. »So tanzten vor Jahrhunderten die Jungfrauen im Opferritual vor Hanuman – doch an Schönheit und Geschmeidigkeit übertriffst du sie bei weitem. Tanze, Mädchen! Tanze! Wie lange wird es dir noch gelingen, den Fängen der Giftigen zu entgehen? Allmählich wirst du ermüden. Deine behenden sicheren Füße werden stolpern, deine Beine nachgeben, deine Hüften sich langsamer wiegen. Und dann stoßen die Zähne in dein weiches Fleisch ...«

Der Vorhang hinter ihm bewegte sich plötzlich wie unter einer heftigen Bö – und Totrasmek schrie gellend. Seine Augen weiteten sich, und seine Hände griffen zuckend nach der Klinge, die plötzlich aus seiner Brust gedrungen war.

Die Musik erstarb. Das Mädchen schwankte vor Schwindel und schrie in Erwartung der tödlichen Fänge – doch da kräuselten nur noch vier harmlose Rauchschwaden vom Boden empor, während Totrasmek kopfüber vom Diwan fiel.

Conan trat hinter dem Vorhang hervor und wischte seine blutige Klinge ab. Hinter dem Stoff versteckt, hatte er das Mädchen verzweifelt zwischen den Rauchschwaden tanzen gesehen, aber es war ihm klargewesen, daß Zabibi sie als etwas ganz anderes sah. Da wußte er, daß er Totrasmek sofort töten mußte.

Zabibi sank schweratmend zu Boden, doch hastig erhob sie sich wieder, obgleich ihre Beine vor Erschöpfung bebten.

»Das Fläschchen«, keuchte sie. »Das Fläschchen!«

Totrasmek hielt es noch in seiner erstarrenden Hand. Ohne Zaudern entriß sie es seinen verkrampften Fingern und durchwühlte verzweifelt seine Kleidung.

»Was suchst du?« fragte der Cimmerier.

»Einen Ring — er stahl ihn von Alafdhal. Er muß ihn an sich gebracht haben, während mein Liebster in seinem Wahn durch die Straßen streifte. Sets Teufel!«

Sie hatte sich überzeugt, daß der Priester ihn nicht bei

sich trug. Und so fing sie an, das Gemach zu durchsuchen, zerriß den Diwanbezug und den doppelten Stoff der Vorhänge und schaute in alle Gefäße.

Schließlich hielt sie inne und strich eine feuchte Locke aus der Stirn.

»Ich vergaß Baal-pteor!« murmelte sie.

»Er befindet sich mit gebrochenem Hals in der Hölle«, beruhigte Conan sie.

Sie verlieh ihrer Freude darüber lautstark Ausdruck, doch gleich darauf stieß sie sehr unmädchenhafte Verwünschungen aus.

»Wir können nicht hierbleiben. Das Morgengrauen dürfte nicht mehr allzu fern sein, die Zeit, da die Unterpriester in den Tempel kommen. Wenn man uns hier mit den Leichen entdeckt, reißt uns das Volk in Stücke, da können auch die Turaner uns nicht helfen.«

Sie hob den Riegel der Geheimtür zum Tempelraum, und kurz darauf waren sie auf der Straße und entfernten sich eilig von dem leeren Platz mit dem Tempel, der an ein kauerndes Raubtier erinnerte.

In einer der nächsten Gassen blieb Conan stehen und legte seine schwere Hand auf die nackte Schulter seiner Begleiterin.

»Vergiß nicht – du hast mir etwas versprochen . . .«

»Ich habe es nicht vergessen!« Sie befreite sich aus seinem Griff. »Aber zuerst müssen wir nach – nach Alafdhal sehen.«

Bald danach öffnete der schwarze Sklave das Tor für sie. Der junge Turaner lag noch mit gebundenen Armen und Beinen auf dem Diwan. Er hatte die Augen geöffnet, und der Wahnsinn in ihnen war unverkennbar. Schaum stand ihm auf den Lippen. Zabibi schauderte.

»Öffne ihm den Mund«, bat sie Conan, und er tat es.

Das Mädchen leerte das Fläschchen in die Kehle des

Besessenen. Die Wirkung war wundersam. Sofort beruhigte sich der Kranke. Die Augen verloren den irren Blick. Er schaute verwirrt zu Zabibi herauf, aber es war offensichtlich, daß er sie erkannte. Plötzlich schlief er ein.

»Wenn er erwacht, wird er wieder völlig normal sein«, wisperte sie und gab dem stummen Sklaven einen Wink.

Mit einer tiefen Verbeugung überreichte er ihr einen kleinen Lederbeutel und legte ihr einen Seidenumhang über die Schultern. Ihr Benehmen hatte sich verändert, als sie Conan bat, ihr aus dem Gemach zu folgen.

In einem Torbogen, der zur Straße führte, wandte sie sich ihm zu und richtete sich in neuer majestätischer Haltung auf.

»Ich muß dir jetzt die Wahrheit gestehen«, sagte sie. »Ich bin nicht Zabibi, ich bin Nafertati. Und *er* ist nicht Alafdhal, ein kleiner Hauptmann der Wache, sondern Jungir Khan, der Satrap von Zamboula.«

Conan schwieg, sein narbiges dunkles Gesicht war unbewegt.

»Ich belog dich, weil ich es nicht wagte, irgend jemandem die Wahrheit zu erzählen. Wir waren allein, als Jungir Khan dem Wahnsinn verfiel. Niemand wußte es außer mir. Wäre bekanntgeworden, daß der Statthalter von Zamboula verrückt war, hätte es sofort Aufruhr und Revolution gegeben, so wie Totrasmek, der auf unsere Vernichtung hinarbeitete, es geplant hatte.

Du verstehst jetzt also sicher, daß ich dir nicht die Belohnung geben kann, die du dir erwartet hast. Die Konkubine des Satraps ist nicht – kann nicht für dich sein. Bitte nimm diesen Beutel mit Gold.«

Sie reichte ihm das Ledersäckchen, das sie sich von dem Sklaven hatte geben lassen.

»Geh jetzt. Und wenn die Sonne am Himmel steht, dann komm zum Palast. Ich werde dafür sorgen, daß Jungir Khan dich zum Hauptmann seiner Wache macht. Doch insgeheim wirst du deine Befehle von mir annehmen. Dein erster Auftrag ist, mit einem Trupp zum Tempel Hanumans zu marschieren, angeblich, um nach Spuren des Mörders zu suchen, In Wirklichkeit aber, um den Stern von Khorala zu finden. Er muß irgendwo in den Gemächern Totrasmeks versteckt sein. Wenn du ihn hast, bring ihn zu mir. Du hast meine Erlaubnis, jetzt zu gehen.«

Der Cimmerier nickte und schritt von dannen. Das Mädchen blickte ihm nach. Es ärgerte sie ein wenig, weil nichts an seiner Haltung verriet, daß er wütend über ihr Benehmen war.

Als er um eine Ecke gebogen war, warf er einen Blick über die Schulter. Dann änderte er die Richtung und beschleunigte seinen Schritt. Kurze Zeit später hatte er den Stadtteil erreicht, in dem sich der Pferdemarkt befand. Dort hämmerte er an eine Tür, bis aus einem Fenster ein bärtiger Mann schaute und erbost nach dem Grund der Störung fragte.

»Ich brauche ein Pferd«, erklärte Conan. »Das flinkste, das Ihr habt.«

»Ich öffne des Nachts mein Tor nicht«, brummte der Roßhändler.

Conan ließ die Münzen im Beutel klingeln.

»Sohn eines Hundes!« fluchte er. »Verdammt, seht Ihr denn nicht, daß ich weiß bin und allein? Kommt herunter, ehe ich Euch das Tor einschlage!«

Kurz darauf ritt Conan auf einem Fuchshengst zum Haus von Aram Baksh.

Er bog von der Straße in den Weg, der zwischen der Herberge und dem Palmenhain lag, doch hielt er am Tor nicht an. Er ritt zur Nordostecke der Mauer, dann an der Nordseite weiter bis kurz vor die Nordwestecke. Hier wuchsen zwar keine Bäume in Mauernähe, wohl aber ein paar hohe Büsche. Er band sein Pferd fest und wollte gerade auf den Sattel steigen, als er murmelnde Stimmen hörte.

Er nahm den Fuß wieder aus dem Steigbügel und schlich zur Ecke, um sich umzusehen. Drei Männer schritten auf der Straße in Richtung Palmenhain daher. Ihrer Haltung nach waren es Neger. Sie blieben stehen, als er sie leise anrief, und drückten sich beim Anblick seines im Mondschein schimmernden Schwertes aneinander. Die Gier nach Menschenfleisch stand in ihre Augen geschrieben, aber sie wußten auch, daß sie mit ihren drei Keulen nicht gegen seine mächtige Klinge ankamen, und Conan wußte es ebenfalls.

»Wohin geht ihr?« fragte er sie.

»Zu unseren Brüdern, um ihnen zu sagen, daß sie das Feuer in der Grube auslöschen können«, war die mißmutige Antwort. »Aram Baksh versprach uns einen Mann, aber er log. Wir fanden einen Bruder tot im Fallengemach. Wir werden heute nacht hungrig nach Hause gehen müssen.«

»Das glaube ich nicht.« Conan lächelte. »Aram Baksh wird euch einen Mann geben. Seht ihr diese Tür?«

Er deutete auf ein kleines eisenbeschlagenes Portal in der Mitte der Westmauer.

»Wartet dort. Ihr werdet einen Mann bekommen.«

Wachsam zog Conan sich rückwärts aus der Reichweite der Keulen zurück, dann bog er um die Ecke. Bei seinem Pferd angelangt, vergewisserte er sich, daß die Schwarzen ihm nicht heimlich nachgeschlichen waren. Dann kletterte er auf den Sattel, beruhigte den Hengst und richtete sich auf, um nach der Mauerkrone zu greifen, zu der er sich hochzog. Er blickte sich kurz um. Die Herberge stand an der Südwestecke der Umzäunung, den Rest nahmen Haine und Gärten ein. Zu sehen war niemand. Das Haus war dunkel und still, und er wußte, daß alle Türen und Fenster geschlossen und verriegelt waren.

Er wußte auch, daß Aram Baksh in einem Zimmer schlief, das auf den zypressenumsäumten Pfad zur Tür in der Westmauer führte. Wie ein Schatten glitt er zwischen den Bäumen hindurch, und wenige Augenblicke später klopfte er leise an die Tür des Gemachs.

»Was ist los?« erkundigte sich eine schläfrige Stimme.

»Aram Baksh!« zischte Conan. »Die Schwarzen kommen über die Mauer!«

In Herzschlagschnelle öffnete sich die Tür. Mit nichts als einem Hemd angetan, stand der Wirt mit einem Dolch auf der Schwelle.

Er streckte den Hals aus, um den Warner sehen zu können.

»Was ist das für eine ... *Ihr*!«

Conans Finger würgten seinen Schrei ab. Ineinander verschlungen stürzten die Männer zu Boden, und der Cimmerier entriß seinem Feind das Messer. Die Klinge blitzte im Sternenlicht, Blut spritzte. Grauenvolle Geräusche entrangen sich den Lippen, aus denen Blut quoll. Conan riß Aram Baksh auf die Beine, und wieder tat der Dolch sein Werk. Ein großer Teil des Bartes fiel auf den Boden.

Seinen Gefangenen an der Kehle packend – denn auch ohne oder nur mit halber Zunge kann ein Mann schreien –, stapfte Conan den von Zypressen beschatteten Pfad entlang zur eisenbeschlagenen Tür in der Außenmauer. Mit einer Hand hob er den Riegel, riß die Tür auf und warf den Wirt in die Arme der wartenden schwarzen Aasgeier.

Ein schrecklicher, vom eigenen Blut abgewürgter Schrei entrang sich des Zamboulaners Kehle, doch in der stillen Herberge rührte sich niemand. Die Menschen dort waren an Schreie außerhalb der Mauer gewöhnt. Aram Baksh wehrte sich wie ein Wahnsinniger, und seine angstverzerrten Augen flehten verzweifelt um Conans Beistand, doch er las kein Erbarmen im Gesicht des Cimmeriers. Conan dachte an die

vielen bedauernswerten Menschen, die ein Opfer der Habgier dieses Burschen geworden waren.

Zufrieden zerrten die Neger ihn die Straße entlang und spotteten über seine unverständlichen Laute. Wie sollten sie auch in der halbnackten, blutigen Gestalt mit dem seltsam gestutzten Bart Aram Baksh erkennen? Conan blickte der kleinen Gruppe nach, bis sie zwischen den Palmen verschwunden war. Dann schloß er die Tür hinter sich, kehrte zu seinem Pferd zurück und ritt westwärts, der offenen Wüste entgegen. Um den finsteren Palmenhain machte er einen weiten Bogen.

Nach einer Weile holte er aus seinem Gürtel einen Ring, dessen funkelnder Stein die Sterne geradezu erblassen ließ. Er hielt ihn hoch, um ihn zu bewundern, und drehte ihn nach allen Seiten. Das Gold im Beutel klingelte angenehm am Sattelknauf, als verspräche es ihm noch größeren Reichtum.

»Wie gut, daß ich die beiden sofort erkannte und wußte, daß sie Nafertati und er Jungir Khan waren!« murmelte er. »Auch den Stern von Khorala erkannte ich sofort. Sie wird toben, falls sie je dahinterkommt, daß ich ihn Jungir Khan vom Finger nahm, als ich ihn mit seinem Schwertgürtel band. Aber erwischen können sie mich nicht, nicht mit meinem Vorsprung!«

Er blickte zurück auf den schattendunklen Palmenhain, aus dessen Mitte ein roter Schein wuchs. Ein Gesang erhob sich zu den Sternen, aus dem wilde Befriedigung klang. Ein gräßlicher Laut mischte sich mit ihm, eine verzweifelt schreiende Stimme, die keiner Worte mehr fähig war. Eine Weile verfolgten diese Geräusche Conan noch, während er weiter westwärts ritt.

Der Eiserne Teufel

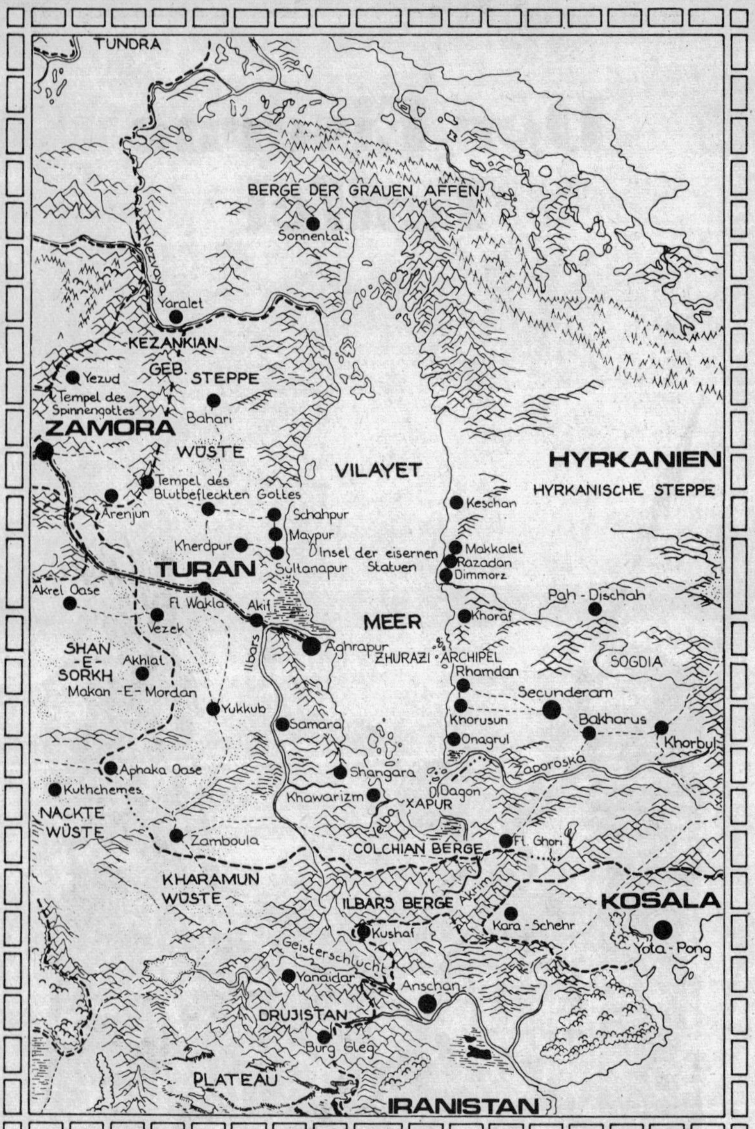

TUNDRA
BERGE DER GRAUEN AFFEN
Sonnental
Nezvoya
Yaralet
KEZANKIAN
GEB.
STEPPE
Yezud
Tempel des
Spinnengottes
Bahari
ZAMORA
WÜSTE
VILAYET
HYRKANIEN
HYRKANISCHE STEPPE
Tempel des
Blutbefleckten Gottes
Arenjun
Schahpur
Maypur
Kherdpur
Insel der eisernen
Statuen
Sultanapur
TURAN
Keschan
Makkalet
Razadan
Dimmorz
Akrel Oase
Fl. Wakla
Akif
Vezek
MEER
Pah-Dischah
Khoraf
Ilbars
Aghrapur
ZHURAZI ARCHIPEL
SHAN
-E-
SORKH
Akhlat
Makan-E-Mordan
Rhamdan
SOGDIA
Secunderam
Yukkub
Samara
Khorusun
Bakharus
Khorbul
Onagrul
Zaporoska
Aphaka Oase
Kuthchemes
Shangara
Dagon
Khawarizm
XAPUR
NACKTE
WÜSTE
Zamboula
Ilbars
Fl. Ghori
COLCHIAN BERGE
KHARAMUN
WÜSTE
Akrim
ILBARS BERGE
KOSALA
Kara-Schehr
Kushaf
Yota-Pong
Geisterschlucht
Yanaidar
Anschan
DRUJISTAN
Burg Gleg
PLATEAU
IRANISTAN

Der Eiserne Teufel

Robert E. Howard

Mit dem Stern von Khorala im Gürtel reitet Conan von Zamboula westwärts durchs Weideland von Shem nach Ophir, um Königin Marala gegen eine Belohnung den Ring zurückzugeben, aber Marala wird von ihrem unter dem Einfluß seines Vetters stehenden Gatten gefangengehalten. Conan befreit sie, bringt sie in Sicherheit, und der Ring hilft ihnen aus einer fast aussichtslosen Situation. Danach besucht Conan sein heimatliches Cimmerien, doch viele seiner alten Freunde sind tot, und er findet das Leben dort langweiliger denn je. Als er erfährt, daß die Kozaki sich wieder erholt haben und König Yezdigerd große Schwierigkeiten bereiten, eilt er nach Turan zurück, um sich ihnen anzuschließen.

Obgleich er fast mit leeren Händen aus dem Nordland zurückkehrt, nehmen ihn seine alten Freunde – sowohl unter den Kozaki als auch in der Roten Bruderschaft der Vilayetsee – mit offenen Armen auf. Bald schon befehligt Conan größere Kontingente beider Gruppen von Gesetzlosen, und die Beute ist reicher denn je.

1

Der Fischer lockerte den Dolch in der Scheide, aber es war eine rein instinktive Geste. Denn was er fürchtete, war nichts, gegen das ein Messer etwas ausrichten konnte, nicht einmal die krumme Klinge mit den Sägezähnen der Yuetshi. Weder Mensch noch Tier bedrohten ihn in der Einsamkeit der befestigten Insel von Xapur.

Er hatte die Klippen erklommen, war durch den Dschungel dahinter gedrungen und stand nun vor den Überresten einer ehemaligen Stadt. Zerbrochene Säulen schimmerten zwischen den Bäumen, zerfallene Mauern verloren sich in den Schatten, und unter seinen Sohlen bahnten sich Wurzeln einen Weg durch gespaltene Fliesen.

Der Fischer war ein typischer Vertreter seiner Rasse, eines fremdartigen Volkes – dessen Abstammung sich in grauer Vorzeit verlor –, das seit schier endloser Zeit in einfachen Fischerhütten entlang der Südküste der Vilayetsee lebte. Er war breit gebaut, mit langen, affenähnlichen Armen und einer mächtigen Brust, doch mit schmalen Hüften und dünnen O-Beinen. Sein breites Gesicht wies eine niedrige, fliehende Stirn auf, sein dichtes Haar war zerzaust. Ein Gürtel, an dem die Scheide seines Dolches hing, und ein Lumpen als Lendentuch waren seine ganze Bekleidung.

Daß er bis hierher vorgedrungen war, bewies, daß er weniger stumpfsinnig und neugieriger war als seine Genossen. Selten kam jemand nach Xapur. Die Insel war unbewohnt, fast vergessen und nur ein Eiland unter unzähligen anderen in dem großen Binnenmeer. Man nannte sie Xapur, die Befestigte, der Ruinen wegen, die Überreste eines vorgeschichtlichen Königreichs darstellten, das verloren und vergessen war, ehe die hyborischen Eroberer südwärts gezogen waren. Niemand wußte, wer diese Stadt erbaut hatte, obgleich sich Legenden unter den Yuetshi hielten, die auf eine uralte Verbindung zwischen den Fischern und diesem unbekannten, uralten Inselreich schließen ließen.

Aber schon seit tausend Jahren verstanden die Yuetshi die Bedeutung dieser Sagen nicht mehr. Sie gaben sie lediglich als eine sinnlose Aneinanderreihung von Worten wieder, um ihrer Sitte Genüge zu tun. Seit einem guten Jahrhundert hatte keines Yuetshis Fuß die Insel betreten. Der ihr gegenüberliegende Küstenstreifen war unbewohnt – ein von Ried überwuchertes Marschland, Jagdrevier gefährlicher Raubtiere. Das Fischerdorf lag auf dem Festland, weiter südlich. Ein heftiger Sturm hatte den leichten Kahn des Mannes von seinen gewohnten Fischgründen abgetrieben und ihn schließlich in der von Blitzen erhellten Nacht gegen die Klippen geschmettert. Jetzt, am frühen Morgen, war der Himmel blau und klar, und die aufgehende Sonne zauberte funkelnde Edelsteine in die noch nassen Blätter. Er war die Klippe hochgeklettert, an die er sich während der Nacht geklammert hatte. Denn auf dem Höhepunkt des Gewitters hatte ein besonders greller Blitz eingeschlagen, und der folgende Donner schien die ganze Insel zu erschüttern. Das berstende Krachen, das er gehört hatte, rührte mit Sicherheit von etwas Größerem her als einem gespaltenen oder entwurzelten Baum.

Eine für seine Rasse ungewöhnliche Neugier hatte den Fischer veranlaßt, dieser Beobachtung nachzugehen. Jetzt hatte er gefunden, was er suchte, und nun quälte ihn so etwas wie die instinktive Ahnung eines Tieres vor drohender Gefahr.

Über den Bäumen erhob sich die Ruine eines Kuppelbaus, errichtet aus gigantischen Quadern des ungewöhnlichen eisenähnlichen grünen Gesteins, das nur auf den Inseln der Vilayetsee zu finden war. Es war unvorstellbar, daß Menschenhand sie behauen und zusammengefügt hatten, und ganz ohne Zweifel war keine von Menschen angewandte Kraft dazu imstande, diesem Bauwerk etwas anzuhaben. Doch der Blitz hatte die tonnenschweren Quader zersplittert, als bestünden sie aus Glas, andere schier zu Staub aufgelöst und die ganze Wölbung der Kuppel weggerissen.

Der Fischer kletterte über die Trümmer und schaute ins

Innere. Was er sah, ließ ihn den Atem anhalten. In der Ruine lag, von Steinstaub und kleinen Trümmerstücken umgeben, ein Mann auf einem goldenen Block. Er trug eine Art Kilt und einen Pferdeledergürtel. Sein schwarzes Haar, das gerade geschnitten war und bis auf die mächtigen Schultern fiel, wurde von einem schmalen Stirnreif aus Gold gehalten. Auf seiner nackten, muskelschwellenden Brust ruhte ein seltsamer Dolch mit Edelsteinknauf, einem mit Pferdeleder überzogenen Griff und einer breiten sichelförmigen Klinge, ähnlich der, die von der Hüfte des Fischers hing, doch ohne die Sägeschneide. Außerdem war sie von weit besserer Schmiedequalität.

Diese Klinge hätte der Yuetshi gern besessen – und der Mann, dem sie gehört hatte, war tot, seit vielen Jahrhunderten schon. Die Kuppel war seine Grabkammer. Der Fischer machte sich keine Gedanken darüber, welche vergessenen Künste den Leichnam so lebensecht erhalten hatten, mit immer noch ungewöhnlich mächtigen Muskeln und straffer Haut. Nichts als das Verlangen nach der herrlichen Klinge erfüllte den stumpfen Verstand des Yuetshi.

Er kletterte hinunter und hob die Sichelklinge von der Brust des Leichnams. In diesem Moment geschah etwas Grauenvolles. Die sehnigen Hände ballten sich zu Fäusten, die Lider hoben sich und offenbarten magnetische dunkle Augen, deren Blick den erschrockenen Fischer wie ein Schlag traf. Er wich zurück und ließ verwirrt den wertvollen Dolch fallen. Der Mann auf dem goldenen Block setzte sich auf, und jetzt erst wurde dem Yuetshi seine mächtige Statur bewußt. Die leicht zusammengekniffenen Augen des unheimlichen Mannes ließen keinen Blick von ihm und verrieten weder Dankbarkeit noch Freundlichkeit. Ein Feuer brannte in ihnen wie in den Augen eines Tigers.

Plötzlich erhob der Mann sich ganz und ragte hoch und drohend empor. Im stumpfen Geist des Fischers war kein

Platz für Furcht, wie sie normalerweise einen Menschen erfaßt, wenn er Zeuge eines Geschehens wird, das allen Gesetzen der Natur widerspricht. Als die mächtigen Hände auf seine Schulter fielen, hob er seinen Sägezahndolch und schlug ihn mit der gleichen Bewegung hoch. Die Klinge zersplitterte am muskelstraffen Leib des Fremden, und dann legten sich die Prankenhände um den Hals des Fischers und brachen ihn wie einen morschen Zweig.

2

Jehungir Agha, Lord von Khawarizm und Hüter der Küstengrenze, überflog noch einmal die reich verzierte Pergamentrolle mit dem Pfauensiegel, dann lachte er kurz und spöttisch.

»Nun?« Sein Ratgeber Ghaznavi blickte ihn fragend an.

Jehungir zuckte die Schultern. Er war gutaussehend, mit dem erbarmungslosen Stolz eines Mannes von hoher Geburt und beachtlichen Leistungen.

»Der König wird ungeduldig«, antwortete er. »Er beschwert sich bitter über meine Unfähigkeit, wie er es nennt, die Grenze zu schützen. Bei Tarim! Wenn ich diesen Steppenräubern nicht zumindest bald eine tüchtige Niederlage zufügen kann, wird es nicht lange dauern, bis Khawarizm einen neuen Herrn hat.«

Ghaznavi zupfte nachdenklich an seinem graumelierten Bart. Yezdigerd, der König von Turan, war der mächtigste Monarch der Welt. In seinem Palast in der großen Hafenstadt Aghrapur hauften sich die Schätze geplünderter Reiche. Seine Flotte aus Kriegsgaleeren mit ihren Purpursegeln hatten die Vilayetsee zu einem hyrkanischen Gewässer gemacht. Die dunkelhäutigen Zamorier zahlten ihm Tribut, genau wie die östlichen Provinzen von Koth. Die Shemiten beugten sich bis Shushan, weit im Westen, seiner Herrschaft. Seine Heere drangen verwüstend über die Grenzen von Stygien im Süden und über die der schneebedeckten Lande der Hyperboreaner im Norden. Seine Reiterei brandschatzte Brythunien, Ophir und Corinthien, ja drang westwärts bis zu den Grenzen von Nemedien vor. Seine Schwertreiter mit ihren vergoldeten Helmen hatten ganze Heere unter den Hufen ihrer Pferde zertrampelt; und befestigte Städte waren auf seinen Befehl hin den Flammen zum Opfer gefallen. Auf den überfüllten Sklavenmärkten von Aghrapur, Sultanapur, Khawarizm, Shahpur und Khorusun wurden Frauen für drei kleine Silbermünzen ersteigert: blonde Brythunierinnen, braunhäutige Stygierinnen, dunkelhaarige Zamorierinnen, schwarze Kushitinnen und olivfarbige Shemitinnen.

Doch während seine Kavallerie fern der turanischen Grenzen gewaltige Armeen niederstreckte, trieb gerade an den heimischen Grenzen ein unverschämter, verwegener Feind sein Unwesen.

In den weiten Steppen zwischen der Vilayetsee und den Grenzen der östlichsten hyborischen Reiche war im vergangenen halben Jahrhundert eine neue Rasse entstanden: aus flüchtigen Verurteilten, Gewalttätern, entflohenen Sklaven und desertierten Soldaten. Männer waren es, die Untaten und Gesetzwidrigkeiten aller Arten begangen hatten und den verschiedensten Ländern entstammten. Inzwischen waren schon viele neue Menschen in den Steppen geboren, und weitere, die aus den Königreichen des Westens geflohen waren, schlossen sich ihnen an. Kozaki nannte man sie, was soviel wie Tunichtgute bedeutete.

Durch ihr Leben in den wilden freien Steppen, wo sie keinem Gesetz, außer ihrem eigenen, gehorchten, waren sie zu einem Volk geworden, das sich sogar dem großen Monarchen zu widersetzen vermochte. Unaufhörlich überfielen sie auf ihren Plünderzügen die Grenzgebiete, und zogen sich, wenn sie geschlagen wurden, in die Steppen zurück. Vereint mit den Piraten der Vilayetsee, Männern von etwa der gleichen Art, machten sie die Küste unsicher und raubten die Kauffahrer aus, die Handel mit den hyrkanischen Häfen trieben.

»Wie kann ich diese Wölfe niedermachen?« fragte Jehungir, ohne eine Antwort zu erwarten. »Folge ich ihnen in die Steppe, gehe ich die Gefahr ein, von ihnen entweder abgeschnitten und vernichtet oder abgehängt zu werden, während sie in meiner Abwesenheit die Stadt brandschatzen. Seit einiger Zeit sind sie unverschämter denn je.«

»Weil sie einen neuen Anführer haben«, sagte Ghaznavi. »Ihr wißt schon, wen.«

»Ja«, erwiderte Jehungir heftig. »Diesen Teufel Conan, der noch wilder als die Kozaki und dabei listig wie ein Berglöwe ist.«

»Aber das verdankt er mehr seinem Raubtierinstinkt als seiner Intelligenz«, entgegnete der Ratgeber. »Die anderen Kozaki stammen zumindest von Zivilisierten ab. Er dagegen ist ein Barbar. Uns seiner zu entledigen, wäre ein Schlag für sie, von dem sie sich nicht so schnell erholten.«

»Aber wie?« Jehungir seufzte. »Mehr als einmal ist er ausweglosen Lagen entkommen, die für jeden anderen den Tod bedeutet hätten. Und ob nun Instinkt oder List und Intelligenz, er ist noch in keine Falle gegangen.«

»Für jeden, ob Mensch oder Tier, gibt es eine Falle, der er nicht zu widerstehen vermag«, zitierte Ghaznavi einen bekannten Spruch. »Als wir wegen des Lösegelds für einige Gefangene mit den Kozaki verhandelten, beobachtete ich diesen Conan. Er hat etwas für Frauen und scharfe Getränke übrig. Laßt Eure Gefangene Octavia holen.«

Jehungir klatschte in die Hände. Ein kushitischer Eunuch, unbewegt wie eine Ebenholzstatue in seidenem Beinkleid, verbeugte sich tief und nickte zu dem Auftrag. Er verließ den Raum und kehrte kurz darauf mit einem großen schönen Mädchen zurück, das er am Handgelenk führte. Ihr blondes Haar, die blauen Augen und helle Haut wiesen sie als reinblütige Angehörige ihrer Rasse aus. Die dünne, durch einen Gürtel zusammengehaltene Seidentunika verriet die Rundungen ihrer herrlichen Figur. Verachtung glitzerte in ihren klaren Augen und war im Schwung ihrer roten Lippen zu lesen. Aber sie hatte in ihrer Gefangenschaft Gehorsam gelernt. So stand sie mit hängendem Kopf vor ihren Herrn, bis er sie anwies, sich auf den Diwan neben ihn zu setzen. Dann blickte er Ghaznavi fragend an.

»Wir müssen Conan von den Kozaki fortlocken«, sagte der Ratgeber. »Sie haben ihr Feldlager zur Zeit am unteren Zaporoska in dem marschigen Dschungel, wo diese Teufel unsere letzte Strafexpedition niedermachten, wie Ihr wißt.«

»Das werde ich wohl kaum vergessen«, entgegnete Jehungir trocken.

»Ganz in der Nähe liegt eine unbewohnte Insel«, fuhr Ghaznavi fort. »Xapur nennt man sie, die Befestigte, weil es dort alte Ruinen gibt. Ungewöhnlich an ihr ist, daß sie keinerlei Strand hat. Ihre Klippen ragen gut hundertfünfzig Fuß steil aus dem Wasser. Nicht einmal einem Affen gelänge es, sie zu erklettern. Die einzige Stelle, wo man hochsteigen und natürlich auch wieder herunterkommen kann, ist ein schmaler Pfad an der Westseite, eine abgetretene Treppe, die in den Fels gehauen ist.

Wenn wir Conan auf diese Insel allein locken, dürfte es nicht schwerfallen, ihn wie einen Löwen mit Pfeil und Bogen zu jagen und abzuschießen.«

»Genausogut können wir uns den Mond herunterwünschen«, sagte Jehungir verdrossen. »Sollen wir ihm vielleicht einen Boten schicken, der ihn ersucht, die Klippen zu ersteigen und auf unser Kommen zu warten?«

»Im Prinzip, ja!« Ghaznavi lächelte leicht über Jehungirs verblüfften Gesichtsausdruck und fuhr fort: »Wir werden die Kozaki wegen der Gefangenen um eine Unterhandlung am Rand der Steppe bei Fort Ghori bitten. Wie üblich werden wir mit einem größeren Trupp aufbrechen und unser Lager außerhalb der Burg aufschlagen. Die Kozaki kommen sicher in gleicher Stärke, und die Unterhandlung wird sich im gewohnten Mißtrauen dahinziehen. Aber diesmal nehmen wir, scheinbar zur Unterhaltung, Eure schöne Gefangene mit.« Octavia erbleichte und lauschte mit zunehmendem Interesse. »Sie wird ihre sämtlichen Reize spielen lassen, um Conans Aufmerksamkeit auf sich zu lenken. Das dürfte ihr nicht schwerfallen. Für diesen wilden Banditen dürfte sie ein Bild blendender Schönheit darstellen. Mit ihrer Lebhaftigkeit und den ansehnlichen Kurven sollte sie ihm besser zusagen als eine der puppenhaften Schönheiten aus Eurem Harem.«

Mit geballten Fäusten sprang Octavia auf. Ihre Augen blitzten, und sie zitterte vor Empörung.

»Ihr wollt mich zwingen, für diesen Barbaren die Verführerin zu spielen?« rief sie. »Das tue ich nicht! Ich bin keine Dirne, die einem Steppenräuber schöne Augen macht und ihm um den Bart streicht! Ich bin die Tochter eines nemedischen Lords ...«

»Du gehörtest vielleicht dem nemedischen Adel an, ehe meine Reiter dich herbrachten«, sagte Jehungir zynisch, »doch jetzt bist du nichts weiter als eine Sklavin, die zu tun hat, was ihr befohlen wird!«

»Nein!« schrie sie.

»O doch«, sagte Jehungir erbarmungslos. »Mir gefällt Ghaznavis Plan. Fahrt fort, König unter den Ratgebern.«

»Conan wird sie vermutlich kaufen wollen. Ihr werdet

Euch natürlich weigern, sie herzugeben, auch nicht im Austausch gegen hyrkanische Gefangene. Möglicherweise versucht er dann, sie zu stehlen – doch nein, ich glaube nicht, daß er den Waffenstillstand bricht. Nun, jedenfalls müssen wir auf alles vorbereitet sein, was er tun könnte.

Kurz nach der Unterhandlung, ehe er Zeit hat, sie zu vergessen, werden wir einen Boten unter weißer Fahne senden, ihn beschuldigen, das Mädchen entführt zu haben, und auf ihrer Rückgabe bestehen. Er wird vielleicht den Boten töten, doch zumindest wird er glauben, daß sie geflohen ist.

Danach schicken wir einen Spion – einen Yuetshi-Fischer – zum Kozakilager, der Conan ausrichtet, daß Octavia sich auf Xapur versteckt hält. Wie ich den Burschen einschätze, wird er sich beeilen, dorthin zu kommen.«

»Aber es ist nicht gesagt, daß er sich allein auf die Insel begibt«, gab Jehungir zu bedenken.

»Nimmt ein Mann seine Kameraden mit, wenn er sich mit der Frau trifft, die er begehrt?« entgegnete Ghaznavi. »Ich glaube, es besteht kein Zweifel, daß er allein kommt. Aber wir werden natürlich auch auf die andere Möglichkeit vorbereitet sein. Wir erwarten ihn nicht auf Xapur, wo wir dann vielleicht selbst in der Falle stecken, sondern im Ried einer Landzunge, die bis auf dreitausend Fuß an Xapur heranreicht. Bringt er einen größeren Trupp mit, ziehen wir uns zurück und lassen uns etwas anderes einfallen. Kommt er allein oder nur mit ein paar Mann, entgeht er uns nicht mehr. Ihr könnt Euch darauf verlassen, daß er sich die Chance eines Rendezvous mit Eurer bezaubernden Sklavin, die ihm so schöne Augen machte, nicht entgehen läßt.«

»Dazu werde ich mich nie hergeben!« rief Octavia wild vor Wut und Scham. »Lieber sterbe ich!«

»Du wirst zwar nicht sterben, meine kleine Rebellin«, sagte Jehungir mit drohendem Ton, »sondern einer sehr schmerzhaften und demütigenden Behandlung unterzogen.«

Er klatschte in die Hände. Das Mädchen erbleichte. Diesmal trat nicht der Kushit ein, sondern ein Shemit, ein muskulöser Mann mittlerer Größe mit kurzem blauschwarzem Krausbart.

»Ich habe Arbeit für dich, Gilzan«, wandte Jehungir sich an ihn. »Nimm diese Närrin und beschäftige dich eine Weile mit ihr. Doch paß auf, daß ihre Schönheit nicht in Mitleidenschaft gezogen wird.«

Mit einem unverständlichen Grunzen packte der Shemit Octavia am Handgelenk. Beim Griff seiner eisernen Finger verließ alle Auflehnung sie. Mit einem mitleiderregenden Schrei riß sie sich los und warf sich vor ihrem unerbittlichen Herrn auf die Knie und flehte schluchzend um Erbarmen.

Jehungir entließ den enttäuschten Foltermeister mit einem Wink und sagte zu Ghaznavi: »Wenn Euer Plan Erfolg hat, schenke ich Euch einen ganzen Sack voll Gold!«

3

In der Dunkelheit vor dem Morgengrauen störte ein ungewohntes Geräusch die Stille des einsamen Marschlandes und der dunstverhangenen Küste. Nicht von einem verschlafenen Schwimmvogel rührte es her, auch nicht von einem erwachenden Raubtier, sondern von einem Menschen, der sich seinen Weg durchs dichte, übermannshohe Ried bahnte.

Eine Frau war es, eine sehr schöne Frau, groß und blond, deren nasse, zerfetzte Tunika ihre makellose Figur mehr offenbarte als verhüllte. Octavia war wirklich geflohen. Jede Faser ihres Seins zitterte noch vor Empörung über das, was sie in ihrer Gefangenschaft mitgemacht hatte.

Jehungir als Herr war schlimm genug gewesen, aber in wohlerwägter Bosheit hatte er sie einem Edelmann geschenkt, der selbst in einer ausschweifenden Stadt wie Khawarizm für seine Abartigkeit berüchtigt war.

Octavia wand sich in der Erinnerung noch jetzt vor Scham. Die Verzweiflung hatte ihr den Mut verliehen, an zusammengeknüpften Vorhangstreifen aus Jelal Khans Burg zu klettern, und der Zufall hatte sie zu einem angepflockten Pferd geführt. Sie war die ganze Nacht über geritten, und kurz vor dem Morgengrauen war das Tier an der marschigen Küste der See zusammengebrochen. Zitternd vor Ekel bei dem Gedanken, eingefangen und zurückgezerrt zu werden, um das von Jelal Khan für sie bestimmte Schicksal zu erleiden, rannte sie in den Morast, um ein Versteck zu suchen, denn sie war überzeugt, daß man sie verfolgte. Als das Schilf sich lichtete und das Wasser ihr bis zu den Hüften reichte, sah sie in der Düsternis eine Insel vor sich aufragen. Ein breiter Streifen Wasser war zu überbrücken, um dorthin zu gelangen, aber sie zögerte nicht. Sie watete weiter, bis das Wasser ihr bis zur Mitte ging, dann begann sie mit kräftigen, gleichmäßigen Bewegungen zu schwimmen.

Noch ehe sie die Insel ganz erreicht hatte, sah sie, daß sich steile, burgähnliche Klippen aus dem Wasser hoben. Nirgends waren Vorsprünge zu sehen, auf denen sie Fuß fassen oder sich festhalten konnte. Also schwamm sie weiter um die Insel herum. Die Anstrengungen ihrer langen Flucht begannen sich bemerkbar zu machen, und ihre Glieder wurden immer schwerer. Sie hielt sich dicht bei den Klippen und versuchte immer wieder, mit Händen oder Füßen Halt zu finden. Endlich stieß sie auf eine Vertiefung. Mit einem Schluchzen der Erleichterung zog sie sich aus dem Wasser und klammerte sich an das Gestein – eine triefnasse weiße Göttin im schwachen Sternenschein.

Sie war auf etwas gestoßen, das in den Fels gehauene

Stufen sein mochten. Jedenfalls boten sie ihr die Möglichkeit, die Klippe zu erklimmen. Als sie gedämpften Ruderschlag vernahm, preßte sie sich gegen die Felswand und strengte ihre Augen an. Sie glaubte etwas Dunkles an der schilfbewachsenen Landspitze zu sehen, von der sie weggeschwommen war. Aber die Entfernung war zu groß, als daß sie in der Dunkelheit Genaues erkennen konnte. Schließlich verklangen die schwachen Geräusche, und sie kletterte weiter. Falls es ihre Verfolger waren, konnte sie nichts Besseres tun als sich auf der Insel zu verstecken. Sie wußte, daß die meisten Inseln der marschigen Küste gegenüber unbewohnt waren. Natürlich mochte diese hier ein Piratennest sein, aber Piraten waren der menschlichen Bestie immer noch vorzuziehen, der sie entkommen war.

Unwillkürlich dachte sie an den Kozakiführer, dem sie im Lager vor Fort Ghori (wo die hyrkanischen Lords mit den Steppenkriegern verhandelt hatten) gezwungenermaßen schöne Augen gemacht hatte, und verglich ihn mit ihrem ehemaligen Herrn. Sein brennender Blick hatte sie erschreckt und gedemütigt, aber seine elementare Wildheit stellte ihn über Jelal Khan, der ein Ungeheuer war, wie nur eine übersättigte Zivilisation es hervorbringen konnte.

Sie kletterte über den Klippenrand und blickte ein wenig ängstlich auf die dichten Schatten vor sich. Die Bäume wuchsen bis nahe an die Klippen und bildeten eine Mauer fast absoluter Schwärze. Etwas schwirrte über sie hinweg, und sie duckte sich, obwohl sie wußte, daß es nur eine Fledermaus war.

Die dunklen Schatten gefielen ihr gar nicht, aber sie biß die Zähne zusammen und ging darauf zu. Sie versuchte, nicht an Schlangen zu denken. Ihre bloßen Füße verursachten kein Geräusch auf dem feuchten Boden unter den Bäumen.

Die Dunkelheit schloß sich erschreckend um sie. Schon

nach einem Dutzend Schritten konnte sie beim Zurückschauen die Klippen und die See dahinter nicht mehr sehen. Nach ein paar weiteren Schritten hatte sie bereits jegliches Gefühl für die Richtung verloren. Kein Stern drang durch die dichten Zweige. Blindlings stolpernd bahnte sie sich einen Weg – und hielt abrupt inne.

Irgendwo vor ihr begann rhythmisch eine Trommel zu pochen. Das war das letzte, was sie an diesem Ort und zu dieser Zeit erwartet hätte. Doch dann dachte sie nicht mehr daran, weil sie sich plötzlich bewußt wurde, daß sie nicht allein war. Sie konnte nichts sehen, aber sie zweifelte nicht im geringsten daran, daß etwas oder jemand in dieser Finsternis neben ihr stand.

Mit einem würgenden Schrei wich sie zurück. Sofort legte sich etwas um ihre Taille, das sie sogar in ihrer Panik als den Arm eines Menschen erkannte. Sie schrie gellend auf und legte ihre ganze geschmeidige Kraft in einen Versuch, sich zu befreien. Der, der sie hielt, hob sie wie ein kleines Kind hoch und achtete kaum auf ihre Gegenwehr. Daß er keinen Laut von sich gab und nicht auf ihren Protest und ihr Flehen antwortete, erhöhte ihre Furcht noch. Gleichmütig trug er sie durch die Dunkelheit, dem fernen Trommelwirbel entgegen.

4

Als der erste zögernde Schein der Morgenröte die See tönte, näherte sich ein kleines Boot mit nur einem Mann den Klippen. Ein malerisches Bild bot dieser Ruderer. Er hatte sich ein grellrotes Tuch um den Kopf geknotet, und seine bauschige Seidenkniehose von flammendem Orange wurde von einer breiten Schärpe gehalten, in der ein Krummsäbel in einer Pferdelederscheide hing. Seine goldverzierten Lederstiefel verrieten, daß er ein Reiter und kein Seemann war, trotzdem verstand er es, geschickt mit dem Boot umzugehen. Durch sein geöffnetes weißes Seidenhemd war die mächtige sonnenverbrannte Brust zu sehen.

Die Muskeln seiner kräftigen Arme spielten geschmeidig unter der bronzefarbenen Haut, als er die Ruder durch das Wasser zog. Eine wilde Kraft, die aus jeder Bewegung sprach, hob ihn von Durchschnittsmenschen ab. Trotzdem wirkte er weder gewalttätig noch finster, allerdings deuteten seine schwelenden blauen Augen darauf hin, daß die angeborene Wildheit in ihm schnell zu wecken war. Dieser Mann war Conan, der mit nichts als seinem Verstand und seinem Schwert in das Lager der schwerbewaffneten Kozaki getreten war und sich bald zu deren Anführer hochgekämpft hatte.

Er ruderte zu der in die Klippe gehauenen Treppe wie einer, der sich genau auskannte, und vertäute das Boot an einem Felsvorsprung. Ohne zu zögern, stieg er die abgetretenen Stufen hinauf. Seine Sinne waren geschärft, nicht weil er bewußt Gefahr vermutete, sondern weil Wachsamkeit ein Teil seines der Wildnis angepaßten Wesens war.

Was Ghaznavi als tierischen Instinkt oder einen sechsten Sinn erachtete, waren in Wirklichkeit angeeignete Fähigkeiten und der vom rauhen Leben geschärfte Verstand des Barbaren. Kein Instinkt verriet ihm, daß er von einem Versteck im Ried einer Landspitze aus beobachtet wurde.

Während er die Treppe hinaufstieg, atmete einer der Beobachter tief ein und hob den Bogen. Jehungir packte ihn am Handgelenk und zischte heftig: »Narr! Willst du unsere Anwesenheit verraten? Merkst du denn nicht, daß er außer Schußweite ist? Soll er die Insel doch erst einmal betreten. Er wird das Mädchen suchen. Wir bleiben einstweilen hier. Es könnte ja sein, daß sein Instinkt ihm sagt, daß wir hier sind, oder daß er unser Komplott ahnt. Vielleicht hat er auch seine Krieger in der Nähe versteckt. Wir warten ab. Wenn die Sonne ein wenig höher steht und sich bis dahin nichts Verdächtiges getan hat, rudern wir zum Fuß der Klippentreppe und warten dort auf ihn. Kehrt er im Laufe des Tages nicht zurück, werden einige von uns vor Sonnenuntergang auf die Insel klettern und ihn in die Enge treiben. Aber wenn es irgendwie möglich ist, möchte ich das vermeiden, denn zweifellos wird er einige von uns in den Tod schicken, wenn wir ihn gestellt haben. Es ist sicherer, ihn aus der Ferne mit Pfeilen zu spicken.«

Inzwischen war der ahnungslose Conan im Wald verschwunden. Lautlos schlich er in seinen weichen Lederstiefeln dahin, und sein Blick erforschte jeden Schatten nach der bezaubernd schönen Blondine, von der er träumte, seit er sie in Jehungir Aghas Zelt vor Fort Ghori gesehen hatte. Er hätte sie begehrt, selbst wenn sie ihm gegenüber abweisend gewesen wäre. Doch ihr Lächeln und ihre auffordernden Blicke hatten sein Blut in Wallung gebracht. Und nun verlangte er mit aller Wildheit seiner Natur nach dieser weißhäutigen goldhaarigen Frau aus der Zivilisation.

Er war nicht zum erstenmal auf Xapur. Vor nicht ganz einem Monat hatte er hier eine geheime Zusammenkunft mit den Piraten abgehalten. Er wußte, daß er sich einer Stelle näherte, von wo aus die geheimnisvollen Ruinen zu sehen waren, die der Insel ihren Namen verliehen. Er fragte sich, ob das Mädchen sich wohl irgendwo in ihnen versteckt hatte. Plötzlich blieb er wie angewurzelt stehen.

Vor ihm erhob sich etwas zwischen den Bäumen, das in der Realität einfach nicht möglich war: *ein mächtige dunkelgrüne Mauer, hinter deren Brustwehr Türme emporragten!*

Eine Weile starrte er sie wie gelähmt an. So unwahrscheinlich dieser Anblick war, so zweifelte er doch weder an seinem Verstand noch an seinen Augen. Etwas ging nicht mit rechten Dingen zu! Vor weniger als einem Monat hatte er durch die Bäume hindurch nichts als zerfallene Ruinen gesehen. Vermochten Menschenhände in so kurzer Zeit das zu errichten, was vor ihm lag? Unmöglich! Außerdem hätten die Piraten, die pausenlos durch die Vilayetsee streiften, davon gehört, wenn Bauarbeiten dieses Ausmaßes vorgenommen würden, und sie hätten die Kozaki davon unterrichtet.

Nein, eine Erklärung für das, was sein Auge sah, gab es nicht. Er befand sich auf Xapur, diese phantastische Mauer befand sich auf Xapur – aber es war widernatürlich, ein Wahnsinn! Trotzdem zweifelte er nicht an ihrer Wirklichkeit.

Er wirbelte herum, um durch den Wald zur Treppe zu eilen und über die See zum fernen Lager an der Mündung des Zaporoskas zurückzukehren. In diesem Augenblick der Panik war selbst der Gedanke unerträglich, so nahe an diesem Binnenmeer zu bleiben. Er würde weiterhetzen, das Lager und die Steppe verlassen und tausend Meilen zwischen sich und den unheimlichen blauen Osten legen, wo die elementarsten Naturgesetze offenbar keine Gültigkeit mehr hatten, wo wer weiß welche Teufelei sie widerlegte.

Einen Augenblick befand sich das zukünftige Geschick von Königreichen, das von diesem Barbaren abhing, in der Schwebe. Eine winzige Kleinigkeit neigte die Waagschale – ein Seidenfetzen, der an einem Zweig hing, lenkte Conans Aufmerksamkeit auf sich. Er beugte sich vor, die Nasenflügel gebläht. Von diesem kleinen Stoffetzen ging ein Duft aus, den der Cimmerier weniger durch seine körperlichen Sinne als durch seinen ungewöhnlichen Instinkt als den der blonden Frau erkannte, die er in Jehungirs Zelt gesehen hatte. Der Fischer hatte also nicht gelogen: Sie war tatsächlich hier! Da sah er in dem weichen Lehmboden den

Abdruck eines nackten Fußes, lang und schmal, den Fuß eines Mannes, nicht den einer Frau. Aber er war tiefer, als er eigentlich sein durfte. Die Folgerung war, daß dieser Mann etwas Schweres trug, höchstwahrscheinlich das Mädchen, von dem der Stoffetzen stammte.

Stumm blickte Conan auf die dunklen Türme, die durch die Bäume zu erkennen waren. Seine blauen Augen funkelten wie Höllenfeuer. Das Verlangen nach der Goldhaarigen vermischte sich mit plötzlicher Wut auf ihren Entführer. Seine Leidenschaft war stärker als die Urangst vor dem Übernatürlichen. Wie ein jagender Panther schlich er im Schutz des dichten Unterholzes auf die Mauer zu.

Als er näherkam, erkannte er, daß sie aus dem gleichen grünen Stein errichtet war, wie die ehemaligen Ruinen, und er empfand das vage Gefühl von Vertrautheit. Ihm war, als blickte er auf etwas, das er zwar noch nie zuvor mit den Augen, wohl aber in Träumen oder in seiner Phantasie gesehen hatte. Und dann wurde ihm klar, woher dieses Gefühl kam. Mauer und Türme folgten genau dem Verlauf der früheren Ruinen, als wären sie aus dem zerfallenen Gestein in ihrer ursprünglichen Form auferstanden.

Nicht der geringste Laut störte die Morgenruhe, als Conan sich zum Fuß der Wand stahl, die sich steil aus der üppigen Vegetation erhob. Auf der Südseite des Binnenmeers war der Pflanzenwuchs fast tropisch. Niemand war auf der Brustwehr zu sehen, und auch aus den Wehrgängen hörte er kein Geräusch. Ein Stück links befand sich ein schweres Tor, das, wie er annahm, verschlossen und bewacht war. Aber er war auch überzeugt davon, daß die gesuchte Frau sich irgendwo jenseits der Mauer befand. Also ging er auf seine übliche tollkühne Weise vor.

Über ihm hingen lianenumschlungene Äste bis fast zur Brustwehr. Wie eine Katze kletterte er den dicken Baum hinauf, und als er sich etwas höher als die Zinnen befand, griff er mit beiden Händen nach einem kräftigen Ast, schaukelte ein paarmal hin und her, bis er genügend Schwung hatte, und ließ ihn dann los. Er katapultierte durch die Luft wie eine Katze und landete auf der Brustwehr. Hier duckte er sich und blickte zwischen den Zinnen hinunter auf die Straßen einer Stadt.

Das von der Mauer umschlossene Gebiet war nicht sehr groß, aber die Zahl der grünen Steinbauten darauf erstaunlich. Es waren zum größten Teil zwei- oder dreistöckige Gebäude mit Flachdächern von beachtlicher Architektur. Die Straßen verliefen wie die Speichen eines Rades zu einem achteckigen Platz in der Stadtmitte, auf dem sich ein gewaltiges, die ganze Stadt überragendes Bauwerk mit Kuppeln und Türmen erhob. Keine Menschenseele befand sich auf den Straßen, auch aus den Fenstern schaute niemand, obgleich die Sonne bereits aufgegangen war. Diese Stille ließ auf eine tote, verlassene Stadt schließen. Eine schmale Steintreppe führte ganz in Conans Nähe die Mauer hinab, und er stieg sie hinunter.

Die Häuser drängten sich so nahe an die Wand, daß er sich etwa in halber Höhe der Treppe dicht vor einem Fenster befand und stehenblieb, um hineinzusehen. Das Fenster war ohne Gitterwerk, und Satinkordeln hielten die Seidenvorhänge zurück. Er blickte in ein Gemach mit dunklen Samtbehängen. Dicke Teppiche bedeckten den Boden. Ein paar Bänke aus poliertem Ebenholz und ein Elfenbeindiwan mit Pelzen waren zu sehen.

Er wollte die Stufen gerade weiter hinuntersteigen, als er auf der Straße Schritte hörte. Ehe dieser Mensch um die Ecke biegen und ihn auf der Treppe sehen konnte, stieg Conan schnell mit blankem Krummsäbel durch das Fenster. Einen Augenblick blieb er reglos lauschend stehen. Als nichts zu hören war, schlich er über die Teppiche zu einer Bogentür. Plötzlich wurden Vorhänge zur Seite gezogen. Sie gaben einen mit Kissen gepolsterten Alkoven frei, aus dem ihn ein schlankes dunkelhaariges Mädchen verschlafen betrachtete.

Conan blickte sie angespannt an. Er erwartete, daß sie jeden Augenblick schreien würde. Aber sie legte nur gähnend eine Hand vor die Lippen, erhob sich und lehnte sich müde gegen den Vorhang, den sie mit einer Hand festhielt.

Sie gehörte zweifellos einer weißen Rasse an, obgleich ihre Haut sehr dunkel war. Ihr gerade geschnittenes Haar war schwarz wie die Nacht, und ihr einziges Kleidungsstück bildete ein dünnes Seidengespinst um die geschmeidigen Hüften.

Sie sagte etwas in einer fremden Sprache. Er schüttelte den Kopf. Wieder gähnte sie, räkelte sich und wechselte ohne Anzeichen von Furcht oder Staunen zu einer Sprache über, die er verstand: einem Yuetshi-Dialekt, der jedoch seltsam archaisch klang.

»Sucht Ihr jemand?« fragte sie gleichmütig, als wäre sie es gewöhnt, daß bewaffnete Fremde einfach in ihr Zimmer drangen.

»Wer seid Ihr?« fragte er.

»Ich bin Yateli«, antwortete sie, erneut gähnend. »Das Festmahl muß wohl bis spät in die Nacht gedauert haben, da ich noch so schläfrig bin. Wer seid Ihr?«

»Conan, ein Hetman der Kozaki«, antwortete er und beobachtete sie scharf. Er glaubte, daß sie sich nur verstellte und auf eine Gelegenheit wartete, aus dem Gemach zu fliehen und das Haus zu wecken. Doch obgleich eine Seidenkordel, die eine Klingelschnur sein mochte, dicht neben ihr hing, griff sie nicht danach.

»Conan«, echote sie müde. »Ihr seid kein Dagonier. Ein Söldner vermutlich. Habt Ihr vielen Yuetshi den Kopf abgehauen?«

»Ich führe keinen Krieg gegen Wasserratten«, schnaubte er abfällig.

»Aber sie sind schrecklich«, murmelte sie. »Ich erinnere mich, als sie noch unsere Sklaven waren. Aber sie erhoben sich gegen uns, legten Feuer und mordeten. Nur die Magie Khosatral Khels hielt sie von den Mauern fern ...« Sie hielt inne, und Verwirrung vermischte sich mit ihrer Schläfrigkeit. »Ich vergaß«, murmelte sie. »Sie haben vergangene Nacht die Mauer bezwungen. Ich sah das Feuer und hörte die Schreie, und man rief vergeblich nach Khosatral.« Sie schüttelte den Kopf, als könnte sie dadurch ihre Benommenheit abschütteln. »Aber das ist nicht möglich«, flüsterte sie. »Ich lebe, und ich dachte, ich sei tot. O zum Teufel!«

Sie durchquerte das Gemach, nahm Conans Hand und zog ihn zum Diwan. Er gestattete es unsicher. Das Mädchen lächelte ihn an wie ein schläfriges Kind. Ihre langen, seidigen Wimpern senkten sich über dunklen Augen. Wie um sich der Wirklichkeit zu vergewissern, strich sie ihm durch die schwarze Mähne.

»Es war ein Traum«, murmelte sie gähnend. »Vielleicht ist alles ein Traum. Mir ist auch jetzt, als ob ich träumte. Aber es ist mir gleichgültig. Ich kann mich nicht erinnern ... ich habe es vergessen ... da ist etwas, das ich nicht verstehe. Aber ich werde so müde, wenn ich zu denken versuche ... Doch wie dem auch sei ... es spielt keine Rolle.«

»Was habt Ihr gemeint?« fragte Conan beunruhigt. »Ihr sagtet, sie hätten vergangene Nacht die Mauer bezwungen. Wer?«

»Die Yuetshi. Nun, zumindest dachte ich es. Eine Rauchwolke verhüllte alles. Aber ein nackter blutbesudelter Teufel packte mich am Hals und stieß mir seinen Dolch in die Brust. Oh, es tat weh! Aber es war ein Traum, denn seht, ich finde keine Narbe.« Sie betrachtete ihren makellosen

Busen, dann ließ sie sich auf Conans Schoß fallen und legte ihre weichen Arme um seinen Hals. »Ich kann mich einfach nicht erinnern«, murmelte sie und drückte ihren dunklen Kopf an seine breite Brust. »Alles ist so verschwommen, so nebelhaft. Aber das macht nichts. Ihr seid kein Traum. Ihr seid stark! Laßt uns leben, solange wir es können. Liebt mich!«

Er bettete den Kopf des Mädchens in seine Armbeuge und küßte mit ehrlichem Genuß ihre vollen roten Lippen.

»Ihr seid stark«, murmelte sie erneut. »Liebt mich – liebt ...« Das schläfrige Gemurmel verklang, die dunklen Augen schlossen sich, so daß die langen Wimpern über die sanften Wangen fielen. Das grazile Mädchen entspannte sich in Conans Armen.

Stirnrunzelnd blickte er auf sie hinab. Gehörte sie zu der Illusion, wie die ganze Stadt es zu sein schien? Aber nein! Es war ein fester elastischer Körper, ein lebendes Mädchen, das er im Arm hielt, keine Sinnestäuschung, kein Traum. Noch beunruhigter legte Conan sie auf die weichen Pelze. Ihr Schlaf war zu tief, um natürlich sein zu können. War sie vielleicht lotussüchtig?

Da entdeckte er noch etwas, das ihm zu denken gab. Unter den Pelzen befand sich ein herrliches geflecktes Fell von goldener Grundtönung. Es war keine geschickte Nachahmung, sondern das Fell eines echten Tieres, und dieses Tier, das wußte Conan, war seit mindestens tausend Jahren ausgestorben. Es lebte nur noch in hyborischen Legenden, in alten Skulpturen und auf Zeichnungen, denn die Künstler vergangener Zeit hatten den großen goldenen Leoparden gern als Modell genommen.

Conan schüttelte verwirrt den Kopf und schritt durch die Bogentür auf einen verwinkelten Korridor. Im Haus herrschte absolute Stille, aber von draußen vernahm er Geräusche, die ihm verrieten, daß jemand die Treppe von der Stadtmauer herunterkam. Einen Augenblick später hörte er etwas Weiches, Schweres auf den Boden des Gemachs plumpsen, das er soeben verlassen hatte. Hastig drehte er sich um und rannte den Gang zurück, bis etwas auf den Fliesen vor ihm ihn anhalten ließ.

Ein Mann lag halb auf dem Korridor, halb in einer Öffnung, die offensichtlich normalerweise durch eine Geheimtür – ein Paneel in der Wand – verborgen war. Der Mann war dunkelhäutig und schlank, mit kahlgeschorenem Schädel und grausamen Zügen, und er trug nur ein seidenes Lendentuch. Er sah aus, als hätte der Tod ihn überrascht, als er gerade aus der Geheimtür trat.

Conan beugte sich über ihn, um seine Todesursache festzustellen, und entdeckte, daß ihn lediglich der gleiche tiefe Schlaf wie das Mädchen überwältigt hatte.

Während er noch darüber nachdachte, hörte er ein Geräusch hinter sich. Jemand kam den Korridor entlang. Ein schneller Blick zeigte Conan, daß der Gang in der anderen Richtung an einer großen Tür endete, die höchstwahrscheinlich verschlossen war. Hastig zerrte er den Schlafenden ganz aus der Geheimtür, trat geduckt hindurch und schloß das Paneel hinter sich. Ein Klicken verriet ihm, daß es eingerastet war. Er stand nun in absoluter Dunkelheit und hörte, wie ein scharrendes Tappen unmittelbar vor der Tür anhielt. Die Härchen auf dem Nacken stellten sich auf. Das waren nicht die Schritte eines Menschen, auch nicht das Tappen eines ihm bekannten Tieres!

Einen Augenblick herrschte Stille, dann war das Knarren von Holz und Metall zu hören. Conan hielt die Hand an das Paneel und spürte, wie die Geheimtür sich nach innen bewegte, als drückte etwas Schweres gleichmäßig dagegen. Als er gerade nach dem Säbel griff, hörte das Knarren auf, und statt dessen hörte er lautes Schmatzen, das ihm einen Schauer über den Rücken jagte. Die Klinge in der Hand, wich er zurück und wäre dabei fast eine Treppe hinuntergestürzt, deren oberste Stufe seine Ferse gerade noch rechtzeitig erspürte.

Er drehte sich um und tastete sich in der Dunkelheit hinunter. Es gab weder Treppenabsätze noch weitere Öffnungen. Schier endlos führten die Stufen in die Tiefe. Schließlich aber hatte er die letzte Stufe erreicht, und vor ihm befand sich ein gerader Gang.

5

Vorsichtig tastete sich Conan durch den dunklen stillen Gang, jeden Augenblick gewärtig, in eine Fallgrube zu stürzen. Doch endlich stießen seine Zehen wieder gegen eine Stufe. Er stieg die Treppe empor bis zu einer Tür, die nicht versperrt war. Sie führte in einen hohen düsteren Saal. Phantastische Säulen reihten sich entlang den gemaserten Wänden und trugen eine Decke, die gleichzeitig durchsichtig und dunkel war. Sie erinnerte an einen wolkenbehangenen Nachthimmel und täuschte ungeheure Höhe vor. Falls Licht einfiel, war es auf seltsame Weise verändert.

Im trüben Zwielicht schlich Conan über den kahlen grünen Boden. Der riesige Raum war kreisförmig und wies eine gewaltige bronzene Flügeltür auf. Ihr genau gegenüber befand sich eine Plattform, zu der halbkreisförmig breite Stufen hinaufführten. Auf ihr stand ein kupferner Thron. Als Conan sah, was sich darauf zusammengerollt hatte, wich er hastig zurück und zog den Säbel.

Da die Kreatur sich nicht bewegte, betrachtete er sie eingehender und stieg schließlich die gläsernen Stufen zur Plattform hinauf. Die Riesenschlange auf dem Thron, die völlig lebensecht aussah, bestand offenbar aus einer jadeähnlichen Substanz. Der Künstler, der sie geschaffen hatte, hatte jede einzelne Schuppe fein ausgearbeitet und die schillernden Farben genau getroffen. Der große keilförmige Schädel blieb halb in dem zusammengerollten Körper verborgen. So konnte Conan weder Augen noch Kiefer erkennen, trotzdem erinnerte sie ihn an etwas Bestimmtes. Ganz offensichtlich sollte sie ein Exemplar jener schrecklichen Marschungeheuer darstellen, die vor langer Zeit an der schilfigen Südküste der Vilayetsee ihr Unwesen getrieben hatten. Doch genau wie der goldene Leopard war auch diese Schlangenart seit vielen Hunderten von Jahren ausgestorben. Conan hatte einfache Miniaturbilder in den Idolhütten der Yuetshi gesehen, und im *Buche Skelos* gab es eine Beschreibung, die sich auf vorgeschichtliche Quellen stützte.

Conan bewunderte den Schuppenkörper, der so dick wie sein Oberschenkel und offenbar von gewaltiger Länge war, und berührte ihn neugierig. Sein Herz setzte fast aus, das Blut drohte ihm in den Adern zu stocken, und die Härchen in seinem Nacken stellten sich auf. Unter seinen Fingern spürte er nicht die glatte, spröde Oberfläche von Glas, Metall oder Stein, sondern die nachgiebige, atmende Haut eines *Lebewesens*. Kalter Lebenssaft floß schwerfällig unter dem Schuppenpanzer.

In unwillkürlichem Abscheu riß Conan die Finger zurück. Der Säbel zitterte in seinem Griff. Grauen, Ekel und Furcht würgten ihn, während er vorsichtig die Glasstufen rückwärts hinunterstieg und dabei gebannt auf die Kreatur starrte, die auf dem Kupferthron schlummerte. Glücklicherweise bewegte sie sich nicht.

Er erreichte die bronzene Flügeltür. Sein Herz klopfte heftig, als er danach griff. Schweiß perlte auf seiner Stirn, denn er befürchtete, daß sie von außen verriegelt war — und dann wäre er mit dem schuppigen Grauen eingeschlossen. Aber sie gab unter seiner Berührung sofort nach. Er öffnete sie nur einen Spalt, schlüpfte hinaus und schloß sie hastig.

Er stand nun in einem breiten hohen Gang mit kostbaren Wandbehängen. Das gleiche trübe Zwielicht herrschte hier wie im Thronsaal und ließ ferne Gegenstände kaum erkennen. Es beunruhigte ihn, denn wie leicht konnten Schlangen unbemerkt durch die Düsternis gleiten! Die Tür am anderen Ende schien in dem trügerischen Licht Meilen entfernt zu sein. Ein Wandbehang in seiner Nähe faltete sich auf eine Weise, daß er annahm, es befände sich eine Türöffnung dahinter. Vorsichtig hob er den Vorhang und entdeckte eine schmale, nach oben führende Treppe.

Während er noch zögerte, hörte er aus dem Thronsaal das gleiche schwere Tappen wie auf dem Gang, durch dessen Geheimtür er geschlüpft war. Hatte man ihn durch den Tunnel verfolgt? Hastig ließ er den Wandbehang hinter sich fallen und rannte die Stufen hinauf.

Er kam auf einen gewundenen Korridor und trat durch die erstbeste Tür, die sich öffnen ließ. Er hatte zwei Gründe für sein scheinbar zielloses Herumirren: Einmal wollte er hinaus aus diesem Gebäude mit seinen Rätseln, und dann mußte er die Nemedierin finden, die irgendwo in diesem Bauwerk gefangengehalten wurde. Dies mußte der große Kuppelbau in der Stadtmitte sein, in dem zweifellos der Herrscher der Stadt lebte. Und zu ihm würde man sicher alle Gefangenen bringen.

Die Tür führte nicht auf einen weiteren Korridor, sondern in ein Gemach. Er wollte es eben wieder verlassen, als er eine Stimme hinter einer Wand hörte. Als er sich dagegenlehnte, verstand er ganz deutlich die Worte. Eisiger Schauder rann über seinen Rücken. Die Sprache war Nemedisch, doch die Stimme stammte nicht von einem Menschen. Sie hallte ehern wie eine Glocke, die Mitternacht schlägt.

»Kein Leben gab es im Abyssus, außer dem meinen«, dröhnte die Stimme. »Auch kein Licht, keine Bewegung, keinen Laut. Nur der Zwang hinter dem Leben lenkte und drängte mich nach oben, blind, gefühllos, unerbittlich. Durch Äonen um Äonen bahnte ich mir einen Weg durch die ewig gleiche Dunkelheit ...«

Gebannt von der ehernen Stimme, kauerte Conan nieder und vergaß alles. Hypnotische Kräfte erhöhten seine Sinne auf eine Weise, daß er alles, was die Stimme erzählte, vor sich sah und die Worte selbst kaum noch wahrnahm, es sei denn als Hintergrundgeräusch. Aus seiner Zeit und Persönlichkeit entführt, erlebte er die Verwandlung dieses Wesens mit, das die Menschen Khosatral Khel nannten und das vor undenklicher Zeit aus Nacht und Abyssus gekrochen war, um sich in die Substanz des materiellen Universums zu kleiden.

Doch menschliches Fleisch war zu gebrechlich, zu erbärmlich, um die schreckliche Essenz dessen zu beherbergen, was Khosatral Khel war. So nahm er zwar die Gestalt und das Aussehen eines Menschen an, doch sein Fleisch war kein Fleisch, seine Knochen keine Knochen, sein Blut kein Blut. Er wurde zur Blasphemie alles Natürlichen, denn er zwang eine Grundsubstanz, die nie zuvor den Puls des Lebens gespürt hatte, zu leben und zu denken.

Er wandelte durch die Welt wie ein Gott, denn keine irdische Waffe vermochte ihm etwas anzuhaben, und für ihn dauerte ein Jahrhundert nicht länger als für einen Sterblichen ein kurzer Augenblick. Bei seinen Wanderungen gelangte er zu einem primitiven Volk, das auf der Insel Dagonien zu Hause war, und es gefiel ihm, dieser Rasse Kultur und Zivilisation zu bringen. Mit seiner Hilfe errichtete man die Stadt Dagon, wo das Volk nun lebte und ihn anbetete. Fremdartig und grauenvoll waren seine Diener, die er aus den dunklen Winkeln der Welt zu sich rief, wo es immer noch Überlebende längst vergessener Zeiten gab. Sein Palast war mit jedem anderen Gebäude der Stadt durch Tunnel verbunden, durch die kahlköpfige Priester ihre Opfer schleppten.

Nach vielen Menschenaltern erschien ein wildes tierisches Volk an der Küste des Binnenmeers. Sie nannten sich Yuetshi. In einer heftigen Schlacht wurden sie geschlagen und versklavt. Fast eine Generation lang starben sie auf Khosatrals Altären.

Sein Zauber hielt sie in Bann. Da verschwand eines Tages ihr Priester, ein seltsamer hagerer Mann unbekannter Rasse, in die Wildnis. Als er zurückkam, trug er ein Messer, das aus keiner irdischen Substanz geschmiedet war, sondern aus einem Stück Stern, das flammend wie ein Blitz aus dem Himmel in ein fernes Tal gefallen war. Die Sklaven erhoben sich. Ihre Sägeklingen metzelten die Menschen von Dagon nieder wie Schafe, und Khosatrals Zauber war gegen das unirdische Messer unwirksam. Während ein Blutbad sich in rotem Rauch auf den Straßen ausbreitete, fand der scheußlichste Akt des grimmigen Dramas in der Kuppelhalle hinter dem Thronsaal statt.

Aus dieser Kuppelhalle trat der Yuetshipriester allein. Er hatte seinen Feind nicht getötet, weil er mit der Drohung, ihn freizulassen, seine rebellischen Yuetshi in Schach halten wollte. Er hatte Khosatral auf der goldenen Plattform mit dem Sternendolch auf der Brust liegengelassen, der ihn bis zum Jüngsten Tag reglos und scheinbar leblos in Bann halten würde.

Die Zeit verging, der Priester starb, das verlassene Dagon zerfiel, und die Kunde seines Untergangs wurde zur immer mehr verfälschten Legende. Kriege, Seuchen und Hungersnöte forderten ihren Tribut unter den Yuetshi, bis nur noch wenige übrigblieben, die ihr Dasein als Fischer in armseligen Hütten entlang der Küste fristeten.

Nur die geheimnisvolle Kuppel widerstand der Zeit, bis ein zufälliger Blitz sie öffnete, ein neugieriger Fischer hineinkletterte und den Dolch von Khosatrals Brust nahm. Dadurch wurde der Bann gebrochen. Der Gott erhob sich und war mächtig wie zuvor. Es gefiel ihm, die Stadt wieder so zu errichten, wie sie vor ihrer Vernichtung gewesen war. Durch seine Magie hob er die Türme aus dem Verfall vergessener Jahrtausende, und die Menschen, die seit Äonen Staub gewesen waren, wandelten erneut durch die Straßen.

Doch Lebewesen, die den Tod gekostet haben, sind von ihm gezeichnet. Des Nachts liebten, haßten und praßten die Dagonier und erinnerten sich nur dumpf des Falls ihrer Stadt und ihres eigenen Todes, als wäre alles nur ein Traum gewesen. Sie lebten in verzauberter Illusion, fühlten die Fremdartigkeit ihrer Existenz, gingen diesem Geheimnis jedoch nicht nach. Mit dem Morgengrauen fielen sie in tiefen Schlaf, aus dem erst die Nacht, die Schwester des Todes, sie wieder weckte.

All das erfuhr Conan, als erlebte er es selbst, während er neben der teppichbehangenen Wand kauerte. Seine Vernunft geriet ins Wanken. Alles, was er für unerschütterlich, für einzige Wirklichkeit gehalten hatte, wurde durch ein schattenhaftes Universum verwischt, durch das sich vermummte Gestalten mit schrecklichen Kräften stahlen. Doch plötzlich riß ein echtes Geräusch Conan aus dem Bann der ehernen Glockenstimme, die triumphierend über die Naturgesetze einer Welt zu lachen schien. Das hysterische Schluchzen einer Frau war es, das ihn aufrüttelte.

Wie von einer Nadel gestochen sprang er auf.

6

Mit wachsender Ungeduld wartete Jehungir Agha in seinem Boot im Ried. Die Sonne war ein gutes Stück höher gestiegen, doch Conan war noch nicht zurückgekehrt. Zweifellos suchte er immer noch die Insel nach der jungen Frau ab, von der er glaubte, daß sie sich hier versteckt hielt. Außer Ungeduld griff jetzt auch Unruhe nach dem Agha. Angenommen, der Hetman hatte einigen seiner Krieger befohlen, in der Nähe zu warten. Zweifellos würden sie Verdacht schöpfen, wenn ihr Anführer so lange ausblieb, und nach ihm suchen. Jehungir flüsterte seinen Ruderern etwas zu, und gleich darauf glitt das lange Boot aus dem Ried und näherte sich den in die Klippe gehauenen Stufen.

Er ließ ein halbes Dutzend Männer im Boot zurück und nahm den Rest mit sich: zehn geschickte Bogenschützen aus Khawarizm in Tigerfellumhängen und mit Spitzhelmen. Wie Löwenjäger stahlen sie sich durch die Bäume, die Pfeile schußbereit an den Bogensehnen. Schweigen herrschte über dem Wald, bis ein großer grüner Vogel mit heftigem Flügelschlag über sie hinwegflog und in der Düsternis der Kronen verschwand. Abrupt hielt Jehungir Agha seinen kleinen Trupp an. Ungläubig starrten sie alle auf die Türme, die durch das Grün in der Ferne zu erkennen waren.

»Tarim!« fluchte Jehungir leise. »Die Piraten haben die Ruinen wieder aufgebaut. Zweifellos hält Conan sich dort auf. Wir müssen uns die Sache näher ansehen! Eine befestigte Stadt so nahe an der Küste! Kommt!«

Noch vorsichtiger schlichen sie weiter. Ihre Rolle hatte sich geändert. Aus Verfolgern und Jägern wurden nun Kundschafter und Spione.

Doch während sie sich einen Weg durchs dichte Unterholz bahnten, drohte dem Mann, den sie suchten, größere Gefahr als durch ihre Pfeile.

Mit prickelnder Haut wurde Conan klar, daß die eherne Simme jenseits der Wand verstummt war. Reglos wie eine Statue starrte er auf die brokatbehangene Tür, durch die, dessen war er sicher, jeden Augenblick das Grauen in Person treten würde.

Es war düster in dem Gemach. Während seine Augen sich weiteten, standen ihm die Haare zu Berge. Ein Kopf und gigantische Schultern wuchsen aus dem Zwielicht. Nicht der leiseste Schritt war zu hören, aber die dunkle Gestalt nahm immer mehr Form an, bis der Cimmerier ganz deutlich einen Mann sah, der Sandalen trug, einen Kilt und einen breiten Pferdeledergürtel. Ein goldener Stirnreif hielt sein gerade geschnittenes Haar. Immer weiter wurden Conans Augen beim Anblick der unglaublich breiten Schultern, der mächtigen Brust, der Prankenhände und der ungeheuren Muskeln. Kein Erbarmen sprach aus dem makellos geschnittenen Gesicht, und es verriet auch keine Schwäche. Die Augen brannten in dunklem Feuer. Das konnte nur Khosatral Khel sein, das Urwesen aus dem Abyssus, der Gott der Dagonier.

Kein Wort fiel, keines war nötig. Khosatral breitete die gewaltigen Arme aus, und Conan, der sich darunter duckte, hieb mit dem Säbel nach dem Bauch des Giganten. Erschrocken sprang er zurück. Verwirrung zeichnete sich in seinem Gesicht ab. Die scharfe Klinge war klirrend abgeprallt, ohne auch nur einen Kratzer eingeritzt zu haben. Unausweichlich stapfte Khosatral auf ihn zu.

Es kam zu einem flüchtigen Zusammenstoß, Glieder umschlangen sich, Leiber preßten sich gegeneinander, und dann gelang es Conan, zurückzuspringen. Jeder Muskel zitterte von der Heftigkeit seiner Anstrengung. Blut tropfte, wo die Nägel des Gegners seine Haut zerkratzt hatten. In dem Augenblick der Berührung hatte er den abgrundtiefen Wahnsinn des Widernatürlichen gespürt. Kein menschliches

Fleisch hatte seines gestreift, sondern atmendes, denkendes *Metall.* Der Körper seines Gegners war aus lebendem Eisen!

In der Düsternis ragte Khosatral über ihm auf. Wenn diese mächtigen Pranken sich erst einmal um ihn schlossen, würden sie sich nicht mehr lösen, bis kein Leben mehr in ihm war. Der bevorstehende Kampf zwischen ihnen würde wie zu einem Alptraum werden, doch zu einem, aus dem es kein Erwachen gab.

Conan warf seinen nutzlosen Säbel von sich, hob eine schwere Bank und schleuderte sie seinem Feind entgegen. Es war ein Geschoß, wie wenige Menschen es nur zu heben vermochten. Doch das massive Holz zersplitterte an Khosatrals Brust, dessen Gesicht ein wenig von seiner Menschenähnlichkeit verlor, als Feuer um seinen Kopf sprühte und er wie ein wandelnder Turm näherkam.

Verzweifelt riß Conan einen der Teppiche von der Wand. Mit noch größerer Anstrengung als zuvor wirbelte er ihn über seinen Kopf und warf ihn über den Schädel des Riesen. Einen Moment zappelte Khosatral, flüchtig der Sicht und Bewegungsfreiheit beraubt, wie weder Holz noch Stahl es vermochten. Hastig griff Conan nach seinem Säbel und raste auf den Korridor. Ohne anzuhalten, warf er sich durch die gegenüberliegende Türöffnung, schlug die Tür zu und verriegelte sie.

Als er herumwirbelte und stehenblieb, schoß ihm das Blut in den Kopf. Inmitten eines Kissennests, das goldene Haar über die nackten Schultern gebreitet, die Augen angstverzerrt, kauerte die Frau, für die er soviel gewagt hatte. Fast vergaß er das Grauen, das ihm auf den Fersen war, bis ein splitterndes Krachen ihn wieder zur Besinnung brachte. Er hob das Mädchen hoch und sprang zur gegenüberliegenden Tür. Octavia war vor Furcht viel zu benommen, um sich zu wehren oder ihm zu helfen. Offenbar war sie nur eines Wimmerns fähig.

Conan vergeudete keine Zeit mit der Tür. Ein schmetternder Schlag seines Säbels sprengte das Schloß, und als er zur Treppe nach oben hastete und einen kurzen Blick zurückwarf, sah er Kopf und Schultern Khosatrals durch die andere Tür dringen. Der Koloß sprengte die massiven Paneele, als wären sie aus Pergament.

Der Cimmerier stürmte die Treppe hinauf. Er schien die Last des Mädchens über seiner Schulter nicht zu spüren. Wohin die Stufen führten, wußte er nicht. Sie endeten am Eingang zu einem Kuppelgemach. Khosatral folgte ihnen die Treppe hoch, leise wie der Todeswind und ebenso schnell.

Die Wand des Gemachs bestand aus festem Stahl, genau wie die Tür, die Conan hastig schloß und vor die er den mächtigen Riegel schob. Er vermutete, daß dies Khosatrals Privatgemach war, in das er sich einschloß, um sicher vor den Ungeheuern zu schlafen, die er aus den Abgründen der Hölle gerufen hatte, damit sie ihm dienten.

Kaum war der Riegel vorgelegt, als die gewaltige Tür unter dem Angriff des Giganten erzitterte. Conan zuckte die Schultern. Hier ging es sichtlich nicht mehr weiter. Das Gemach wies weder eine zweite Tür noch ein Fenster auf. Luft und das merkwürdig dunstige Licht kamen offenbar durch die Verzierungen in der Kuppel. Nun, da er in die Enge getrieben war, verhielt er sich völlig kühl. Er überprüfte die schartige Schneide seines Säbels, auch wenn sie ihm gegen Khosatral nichts nutzen würde. Er hatte wahrhaftig sein Bestes getan, ihm zu entkommen. Da er sich ihm nun stellen mußte, würde er sein ganze Kraft gegen ihn einsetzen, nicht weil er hoffte, damit etwas zu erreichen, sondern weil es in seinem Wesen lag, kämpfend zu sterben – wenn es schon sein mußte. Da er im Augenblick nichts unternehmen konnte, war seine Ruhe durchaus nicht erzwungen oder vorgetäuscht.

Der Blick, den er seiner schönen Begleiterin widmete, war

bewundernd und begehrend, als hätte er noch hundert Jahre zu leben. Als er die Tür schloß, hatte er die Frau auf dem Boden abgesetzt, doch inzwischen hatte sie sich auf die Knie erhoben. Mechanisch strich sie sich das Haar und die spärliche Kleidung zurecht. Zufrieden betrachtete er ihr dichtes Goldhaar, die klaren blauen Augen, die milchige Haut, die beste Gesundheit verriet, die festen Rundungen von Busen und Hüften.

Ein leiser Schrei entfuhr ihren Lippen, als die Tür ächzte und eine Angel nachgab.

Conan drehte sich gar nicht um. Er wußte, daß die Tür dem Ansturm noch eine Weile widerstehen würde.

»Man sagte mir, du seist geflohen«, wandte er sich an das Mädchen. »Ein Yuetshifischer verriet mir, daß du dich hier versteckt hältst. Wie heißt du?«

»Octavia«, antwortete sie mechanisch. Und dann überschlugen ihre Worte sich schier. Sie klammerte sich mit verzweifelten Fingern an ihn. »O Mitra! Was ist dies für ein Alptraum? Die Menschen – dunkelhäutige Menschen – einer fing mich im Wald und brachte mich hierher. Sie schleppten mich zu – zu diesem – Ungeheuer. Er sagte mir – er sagte ... Bin ich wahnsinnig? Ist es ein Traum?«

Conan warf einen Blick auf die Tür, die sich wie unter einem Rammbock bog.

»Nein«, antwortete er. »Es ist kein Traum. Die Halterung gibt nach. Seltsam, daß ein Teufel eine Tür wie ein normaler Sterblicher einbrechen muß. Aber schließlich ist allein seine Kraft schon teuflisch.«

»Kannst du ihn denn nicht töten?« keuchte sie. »Du bist stark!«

Conan war zu ehrlich, sie zu belügen. »Könnte ein Sterblicher ihn besiegen, wäre er längst tot«, antwortete er. »Meine Klinge holte sich Kerben an seinem Bauch.«

Ihre Augen verloren jeden Glanz. »Dann mußt du sterben, und ich . . . O Mitra!« schrillte sie plötzlich hysterisch. Conan griff hastig nach ihren Händen, weil er befürchtete, sie würde sich etwas antun. »Er – er sagte mir, was er mit mir machen wird!« schluchzte sie. »Töte mich! Schnell, töte mich mit deinem Säbel, ehe er die Tür sprengt!«

Conan blickte sie an und schüttelte den Kopf.

»Ich werde tun, was ich kann«, versprach er ihr. »Es wird nicht viel sein, doch es sollte genügen, dir die Chance zu geben, an ihm vorbei die Treppe hinunterzulaufen. Dann eil zu den Klippen. Am Fuß der Treppe habe ich ein Boot vertäut. Wenn du aus dem Palast bist, kannst du ihm entgehen. Die Menschen dieser Stadt schlafen alle.«

Sie schlug die Hände vors Gesicht. Conan nahm den Säbel und stellte sich vor die nachgebende Tür. Ein Beobachter hätte ihm nicht angesehen, daß er des unausbleiblichen Todes harrte. Seine Augen schwelten noch tiefer, und seine muskelschwere Hand umklammerte den Säbelgriff noch fester. Das war alles.

Die Angeln hatten nun völlig nachgegeben, und die nur noch vom Riegel gehaltene Tür bog sich immer mehr nach innen. Gebannt beobachtete es Conan, und er beneidete den Giganten um seine unmenschliche Kraft.

Ganz plötzlich endete der Ansturm. In der Stille vernahm Conan andere Geräusche auf dem Treppenabsatz – Flügelschlag, eine murmelnde Stimme wie das Säuseln des Windes durch mitternächtliches Laub. Und dann herrschte mit einemmal völlige Stille, und etwas hatte sich verändert. Nur die scharfen Sinne eines Barbaren vermochten es zu spüren. Conan wußte, ohne es zu sehen oder zu hören, daß der Herr von Dagon den Treppenabsatz verlassen hatte.

Er spähte durch einen Riß in der Tür. Nichts und niemand befand sich mehr davor. Er mußte sich anstrengen, um den völlig verbogenen Riegel zurückziehen zu können, dann fing er die hereinfallende Tür auf und lehnte sie an die Wand.

Auch auf der Treppe befand sich Khosatral nicht mehr. Doch tief unten war das Krachen einer zuschlagenden Metalltür zu hören.

Conan wußte nicht, ob der Riese sich eine neue Teufelei ausdachte oder durch die säuselnde Stimme weggeholt worden war. Jedenfalls vergeudete er keine Zeit mit unnützen Überlegungen.

Er rief Octavia. Der veränderte Ton seiner Stimme ließ sie unwillkürlich auf die Füße springen und an seine Seite eilen.

»Was ist los?« fragte sie schweratmend.

»Sprich jetzt nicht!« Er faßte sie am Handgelenk. »Komm!« Die Chance, wieder handeln zu können, hatte ihn verwandelt. Seine Augen blitzten, seine Stimme vibrierte. »Der Dolch!« murmelte er, während er das Mädchen in wilder Eile die Treppe hinunterzerrte. »Die magische Yuetshiklinge! Er hat sie in der Kuppelhalle gelassen! Ich ...« Seine Stimme setzte aus, als ein Bild sich vor sein inneres Auge schob. Die Kuppelhalle schloß an den Saal mit dem Kupferthron an! Schweiß benetzte ihm den Rücken. Der einzige Weg dorthin führte durch den Raum, in dem das schreckliche Schlangenungeheuer schlummerte.

Trotzdem zögerte er nicht. Weiter eilten sie die Treppe hinunter, durch das Gemach hindurch, die nächste Treppe abwärts und den düsteren Korridor mit den Wandteppichen entlang. Von dem Koloß entdeckten sie keine Spur. Vor der gewaltigen Bronzeflügeltür faßte Conan Octavia an den Schultern und schüttelte sie.

»Hör zu!« sagte er. »Ich gehe jetzt in den Saal hinter diesem Portal und verriegle die Tür von innen. Bleib hier und paß auf. Wenn Khosatral kommt, dann ruf es mir zu. Hörst du aber mich brüllen, daß du verschwinden sollst, dann renn, als wäre der Teufel hinter dir her – was ohnedies leicht der Fall sein kann. Lauf zur Tür am anderen Ende des Korridors, denn ich werde nicht mehr in der Lage sein, dir zu helfen. Ich will jetzt den Yuetshidolch holen!«

Ehe sie protestieren konnte, war er durch die Flügeltür geschlüpft und legte vorsichtig den Riegel vor, ohne zu bemerken, daß er auch von außen geöffnet werden konnte. In dem düsteren Zwielicht suchte sein Blick den Kupferthron. Ja, die schuppenhäutige Bestie lag noch darauf und füllte ihn mit ihrem geringelten Leib aus. Er sah auch die Tür hinter dem Thron, die in die Kuppelhalle führen mußte. Doch um sie zu erreichen, blieb ihm nichts übrig als die Plattform dicht vor dem Thron zu überqueren.

Ein über den Boden wehender Wind wäre lauter gewesen als Conans huschende Füße. Ohne den Blick von dem Reptil zu wenden, erreichte er die Plattform und stieg die gläsernen Stufen empor. Die Schlange hatte sich nicht bewegt. Er griff nach der Tür ...

Der Riegel an der bronzenen Flügeltür hatte geknarrt. Conan unterdrückte einen wüsten Fluch, als er Octavia in den Saal treten sah. Sie blickte sich in der tiefen Düsternis unsicher um, während er wie erstarrt dastand und nicht wagte, ihr etwas zuzurufen. Da entdeckte sie ihn und lief auf ihn zu. »Ich will mit dir kommen!« rief sie. »Ich fürchte mich allein ... *Oh!*« Mit einem gellenden Schrei warf sie die Hände hoch, als sie sah, was auf dem Thron lag. Der keilförmige Schlangenschädel hob sich und schnellte vorwärts.

Und dann glitt das Reptil mit fließender Bewegung vom Thron auf das entsetzte Mädchen zu.

Mit einem Riesensatz sprang Conan zum Thron zurück und schwang gleichzeitig mit aller Kraft den Säbel. Aber die Schlange war flinker als er. Sie peitschte herum, erhob sich in die Luft und fiel auf ihn nieder. Sofort wickelte sie sich ein halbdutzendmal um ihn. Während er heftig auf die Plattform stürzte, drang seine Klinge nur leicht in den Schlangenleib, ohne ihn zu durchtrennen.

Und dann wand er sich, den Schlangenkörper um seinen Leib gewickelt, auf den Glasstufen, während das Reptil sich immer fester um ihn schlang und ihn zu zerquetschen suchte. Sein rechter Arm war noch frei, aber er konnte damit nicht weit genug ausholen, um der Schlange den Todesstoß zu versetzen. Es war ihm klar: Es würde zu keinem zweiten Hieb mehr kommen. Ächzend spannte er seine Muskeln, so daß ihm die Adern schier aus den Schläfen barsten, kam auf die Beine und hob fast das ganze Gewicht der vierzig Fuß langen Schlange mit hoch.

Einen Augenblick taumelte er auf weitgespreizten Beinen. Er spürte, wie die Rippen gegen seine inneren Organe drückten. Während sein Säbel über dem Kopf schimmerte, wurde ihm schwarz vor Augen. Da sauste die Klinge herab und schnitt durch Schuppenhaut, Fleisch und Wirbelsäule. Statt einer riesigen sich windenden Schlange peitschten nun zwei schenkeldicke Ungeheuer in Todesqualen den Boden. Conan brachte sich torkelnd vor ihren Zuckungen in Sicherheit. Ihm war übel und schwindelig, Blut tropfte aus seiner Nase. Wie durch einen dunklen Nebel griff er nach Octavia und schüttelte sie, bis sie nach Atem rang.

»Wenn ich dir das nächstemal befehle, an einer Stelle zu bleiben, dann bleibst du es auch, verstanden?« keuchte er.

Er fühlte sich viel zu schlecht, um mitzubekommen, ob sie antwortete oder nicht. Er faßte sie am Handgelenk wie ein ungehorsames Schulmädchen und führte sie von den zukkenden Schlangenteilen weg. Irgendwo in der Ferne glaubte er Männer brüllen zu hören. Aber seine Ohren rauschten noch so sehr, daß er nicht sicher sein konnte.

Die Tür war nicht versperrt. Offenbar war Khosatral davon überzeugt gewesen, daß die Schlange als Schutz genügte. Trotzdem erwartete Conan fast, daß ihn ein weiteres Ungeheuer anspränge sobald er die Tür weiter öffnete. Doch in dem düsteren Licht sah er nur undeutlich die Kuppeldecke, einen stumpf schimmernden goldenen Block und etwas leicht Glänzendes, Sichelförmiges auf dem Steinboden.

Mit einem dankbaren Seufzer hob er es auf. Er nahm sich nicht die Zeit, sich weiter umzusehen, sondern drehte sich um und rannte durch den Raum und quer durch den großen Saal zu einer Tür, die seiner Ansicht nach ins Freie führen mußte. Er hatte sich auch nicht getäuscht. Er trat hinaus auf die stillen Straßen, seine Begleiterin halb tragend, halb stützend. Niemand war zu sehen. Doch von jenseits der Westmauer waren Schreie und stöhnendes Wimmern zu vernehmen, die Octavia heftig zittern ließen. Er führte sie zur Südwestmauer und fand nach kurzem Umsehen eine Steintreppe zum Wehrgang. Aus dem Saal hatte er eine feste Vorhangkordel mitgenommen, deren eines Ende er um eine Zinne der Brustwehr schlang, während er das andere Ende um die Taille des Mädchens knotete. Vorsichtig ließ er die Sklavin über die Mauer hinunter und kletterte ihr dann nach. Es gab nur einen Fluchtweg von der Insel: die Treppe an der Westklippe. In diese Richtung eilten die beiden und machten einen weiten Bogen um die Stelle, von wo die Schreie gekommen waren.

Octavia spürte die drohende Gefahr, die in dem dichten Laubwerk lauerte. Sie atmete keuchend und drückte sich dicht an ihren Beschützer. Aber der Wald war nun still, und die Gefahr machte sich erst bemerkbar, als sie aus den Bäumen traten und eine Gestalt am Rand der Klippe stehen sahen.

Jehungir Agha war dem Geschick entgangen, das seine Krieger ereilt hatte, als plötzlich ein eiserner Riese aus dem Tor gestürmt war und von seinen Männern nur zerfetztes Fleisch und zersplitterte Knochen übriggelassen hatte. Als Jehungir sah, wie die Schwerter seiner Bogenschützen an diesem menschenähnlichen Koloß zerschellten, war ihm klargeworden, daß sie sich keinem menschlichen Feind gegenübersahen. Daraufhin war er eiligst geflohen und hatte sich im tiefen Wald versteckt, bis die Geräusche des Gemetzels verstummten, und war danach zur Treppe geschlichen. Aber seine Männer im Boot hatten nicht auf ihn gewartet.

Die Ruderer hatten die grauenvolle Schreie gehört und kurz darauf auf der Klippe über ihnen ein blutbesudeltes Ungeheuer erblickt, das in schrecklichem Triumph die mächtigen Arme geschwenkt hatte. Danach hatten sie nicht mehr gewagt, länger zu warten. Als Jehungir den Klippenrand erreichte, verschwanden sie soeben außer Rufweite im Schilf. Khosatral war nicht mehr zu sehen. Er war entweder zur Stadt zurückgekehrt oder suchte den Wald nach dem Mann ab, der ihm außerhalb der Mauern entkommen war.

Jehungir wollte gerade die Stufen hinuntersteigen, um sich mit Conans Boot in Sicherheit zu bringen, als er den Hetman und das Mädchen aus dem Wald treten sah. Das Erlebnis, das ihm das Blut hatte stocken lassen und fast den Verstand geraubt hätte, änderte nichts an seinem Vorhaben gegenüber dem Kozakiführer. Der Anblick des Mannes, den zu töten er hergekommen war, erfüllte ihn mit Genugtuung. Zwar war er überrascht, das Mädchen hier zu sehen, das er Jelal Khan geschenkt hatte, aber er verschwendete im Augenblick keinen Gedanken an sie. Er hob seinen Bogen, legte einen Pfeil ein und schoß. Conan duckte sich und lachte, als das Geschoß in einen Baumstamm drang.

»Hund!« höhnte er. »Du kannst mich nicht treffen. Ich wurde nicht geboren, um durch hyrkanisches Eisen zu sterben. Versuch es noch einmal, du turanischer Schuft!«

Das tat Jehungir jedoch nicht, denn es war sein letzter Pfeil gewesen. Statt dessen zog er seinen Krummsäbel und kam voller Selbstvertrauen in Kettenrüstung und Spitzhelm auf den Cimmerier zu. Conan begegnete ihm auf halbem

Weg. Die Säbel wirbelten. Die krummen Klingen schlugen klirrend aneinander, trennten sich, kreisten in glitzerndem Bogen, so schnell, daß sie vor dem Auge verschwammen. Octavia, die angstvoll zuschaute, sah den tödlichen Hieb nicht, hörte jedoch den dumpfen Aufprall. Gleich darauf fiel Jehungir, während Blut aus seiner Seite spritzte, wo des Cimmeriers Klinge die Kettenrüstung durchschnitten hatte und bis zum Rückgrat eingedrungen war.

Doch Octavias schriller Schrei war nicht dem Tod ihres ehemaligen Herrn zuzuschreiben. Begleitet vom Krachen brechender Äste, stürmte Khosatral Khel auf sie zu. Das Mädchen konnte nicht fliehen. Sie ächzte nur noch, als die Knie unter ihr nachgaben und sie ins Gras sackte.

Conan, der sich über des Aghas Leiche beugte, machte keine Anstalten, die Flucht zu ergreifen. Er nahm seinen bluttriefenden Säbel in die Linke und zog den mächtigen Sicheldolch der Yuetshi. Khosatral ragte bereits über ihm auf, die Arme wie mächtige Schlegel erhoben, doch als die Sonne sich auf der Klinge spiegelte, wich er plötzlich zurück.

Conan hatte indessen nicht die Absicht, den Koloß ungeschoren davonkommen zu lassen. Er holte mit der Sichelklinge aus und ließ sie herabsausen. Sie zersplitterte nicht. Unter ihrer Schneide wurde das dunkle Metall von Khosatrals Körper zu normalem Fleisch unter einem Beil. Aus der tiefen Wunde floß ein ungewöhnlicher Saft. Der Koloß schrie auf, und es klang wie das Dröhnen einer Totenglocke. Seine schrecklichen Arme schlugen um sich, doch Conan war flinker als die Bogenschützen, die unter diesen furchtbaren Flegeln gestorben waren. Er wich ihnen aus und hieb immer aufs neue zu. Khosatral taumelte und stolperte. Seine Schreie waren gräßlich anzuhören, so als wäre Metall in der Lage, seinen Schmerzen Ausdruck zu verleihen.

Dann drehte er sich um, taumelte in den Wald, wankte durch dichtes Buschwerk und prallte gegen Baumstämme. Obgleich Conan ihn grimmbeflügelt verfolgte, erhoben sich bereits die Mauern und Türme Dagons vor ihnen, bevor er den Koloß eingeholt hatte.

Da drehte Khosatral sich wieder um und hieb mit verzweifelten Schlägen durch die Luft, doch Conan, von berserkerhafter Wut gepackt, war nicht abzuwehren. Wie ein Panther einen Elch erlegt, den er in die Enge getrieben hat, so duckte er sich immer wieder unter den knüppelnden Armen und stieß die Sichelklinge bis zum Griff in die Stelle, wo eines Menschen Herz schlägt.

Khosatral wankte und fiel. In Menschengestalt taumelte er, doch als er auf dem Boden aufschlug, war kaum noch Menschliches an ihm. Sein Gesicht war völlig verschwunden, und die metallenen Glieder schmolzen und veränderten sich . . .

Conan, der vor dem lebenden Khosatral nicht zurückgewichen war, schreckte nun grauenerfüllt vor dem toten zurück, denn eine entsetzliche Verwandlung war mit ihm vorgegangen. In seinen Todeszuckungen war das Metallungeheuer wieder zu dem geworden, was vor unzähligen Jahrtausenden aus dem Abyssus gekrochen war. Würgend vor Ekel drehte Conan sich um, um den Anblick nicht länger erdulden zu müssen. Da wurde ihm bewußt, daß die Türme Dagons nicht mehr durch die Bäume schimmerten. Die Stadt hatte sich aufgelöst wie Rauch – die Mauer mit der Brustwehr, die zinnengeschützten Türme, das mächtige Bronzetor, der Samt, das Gold, das Elfenbein, die dunkelhaarigen Frauen und die Männer mit ihren kahlgeschorenen Schädeln. Mit dem Dahinscheiden des nichtmenschlichen Geistes, der sie wiederbelebt hatte, waren sie zurück in den Staub gesunken, der sie unzählige Zeitalter gewesen waren. Nur die Stümpfe gebrochener Säulen hoben sich über die zerbröckelte Mauer, die zersprungenen Pflastersteine und die blitzzerschmetterte Kuppel. Die Ruinen Xapurs erhoben sich wieder so, wie Conan sie in Erinnerung hatte.

Der wilde Hetman stand eine Weile wie eine Statue, und er ahnte die Zusammenhänge des kosmischen Spiels zwischen jenen vergänglichen Wesen, die sich Menschen nannten, und den vermummten Gestalten der Finsternis, die sich ihre Opfer unter den Sterblichen suchten. Da hörte er eine Stimme furchtsam rufen. Er zuckte zusammen, als erwachte er aus einem Traum, warf noch einen flüchtigen Blick auf das *Ding* am Boden, schauderte und wandte sich den Klippen und dem Mädchen zu, das dort wartete.

Angstvoll spähte sie durch die Bäume und begrüßte ihn mit einem halberstickten Erleichterungsschrei. Er hatte die unerfreulichen Visionen abgeschüttelt, die ihn kurz gequält hatten, und war wieder in sein lebensbejahendes Ich geschlüpft.

»Wo ist *er*?« fragte sie schaudernd.

»Zurück in der Hölle, aus der er einst kroch«, antwortete er leichthin. »Weshalb bist du nicht die Treppe hinuntergelaufen und in meinem Boot geflohen?«

»Ich wollte dich nicht ...«, begann sie, dann unterbrach sie sich und gestand bedrückt: »Ich wüßte gar nicht, wohin ich mich wenden sollte. Die Hyrkanier würden mich wieder versklaven, und die Piraten ...«

»Und was ist mit den Kozaki?« schlug er vor.

»Sind sie etwa besser als die Piraten?« entgegnete sie verächtlich. Conans Bewunderung erhöhte sich, als er sah, wie schnell sie ihre Haltung wiedergewonnen hatte, nach allem, was sie mitgemacht hatte. Ihre Hochnäsigkeit belustigte ihn.

»Das scheinst du offenbar im Lager bei Ghori gedacht zu haben«, erwiderte er. »Da warst du recht freizügig mit deinem Lächeln.«

Vor Abscheu verzog sie die Lippen. »Hattest du dir eingebildet, ich hätte mich in dich verguckt? Glaubtest du wirklich, ich würde mich vor einem biersaufenden, fleischverschlingenden Barbaren erniedrigen, wenn ich nicht dazu gezwungen worden wäre? Mein Herr – dessen Leiche dort liegt – verlangte es von mir.«

»Oh!« murmelte Conan, sichtlich enttäuscht. Doch dann lachte er schallend. »Es ist ja auch egal. Jedenfalls gehörst du mir jetzt. Gib mir einen Kuß.«

»Du wagst es . . .!« rief sie entrüstet, und schon wurde sie von den Füßen gerissen und in den Armen des Hetmans fast zerquetscht. Heftig wehrte sie sich mit der geschmeidigen Kraft ihrer Jugend. Er lachte nur noch begeisterter, berauscht vom Besitz dieses herrlichen Wesens an seiner Brust.

Er achtete nicht auf ihren Widerstand und holte sich den Nektar ihrer Lippen mit ungezähmter Leidenschaft, bis die Arme, die sich gegen ihn zu stemmen versuchten, sich um seinen Hals schlossen. Da blickte er lachend in ihre klaren blauen Augen und fragte: »Weshalb sollte ein Führer der Freien Getreuen nicht einem in der Stadt aufgewachsenen turanischen Hund vorzuziehen sein?«

Sie schüttelte ihre goldenen Locken, während ihr Blut vom Feuer seiner Küsse noch heißer durch die Adern wallte. »Hältst du dich einem Agha für ebenbürtig?« fragte sie herausfordernd.

Immer noch lachend schritt er mit ihr zur Treppe. »Du sollst es selbst beurteilen«, sagte er großspurig. »Ich werde Khawarizm als Fackel für dich anzünden, damit du den Weg zu meinem Zelt findest.«

Der Flammendolch

TURAN
Kherdpur
Maypur
Insel der eisernen Statuen
Sultanapur
Makkalet
Razadan
Dimmorz
Fl. Wakla
Akif
Vezek
MEER
Khoraf
Pah-Dischah
SHAN -E- SORKH
Akhlat
Makan -E- Mordan
Ilbars
Aghrapur
ZHURAZI ARCHIPEL
Rhamdan
SOGDIA
Secunderam
Yukkub
Samara
Khorusun
Bakharus
Khorbul
Onagrul
Aphaka Oase
Kuthchemes
Shangara
Zaporoska
Dagon
Khawarizm
XAPUR
Zamboula
Fl. Ghori
COLCHIAN BERGE
KHARAMUN WÜSTE
Akrim
ILBARS BERGE
KOSALA
Kara-Schehr
Kushaf
Yota-Pong
Geisterschlucht
Yanaidar
Anschan
DRUJISTAN
Burg Gleg
PLATEAU
IRANISTAN
MEER VON VENDHYA
Jhil
Gwadiri
ZEMBABWEI
PERLENINSELN
Alt Zembabwei

DER FLAMMENDOLCH

Robert E. Howard u. L. Sprague de Camp

Es steht nicht fest, ob Conan seine Prahlerei wahrgemacht und Jehungirs Stadt Khawarizm niedergebrannt hat, jedenfalls aber baut er seine vereinte Streitmacht aus Kozaki und Piraten zu einer so gefährlichen Truppe auf, daß König Yezdigerd seine fernen Eroberungszüge abbricht, seine Armeen von den Fronten zurückruft und sie in einem massierten Angriff auf den Gegner im eigenen Land wirft. Es gelingt ihm auch, das Kozaki-Piraten-Heer zu schlagen. Die Überlebenden verstreuen sich. Einige reiten ostwärts in die Wildnis von Hyrkanien zurück, andere schließen sich den Zuagir in der Wüste an. Conan und ein beachtlicher Trupp ziehen sich südwärts zu den Pässen des Ilbargebirges zurück und treten als leichte Reiterei in die Dienste des stärksten Rivalen Yezdigerds, des Königs von Iranistan, Kobad Shah.

1

DOLCHE IM DUNKELN

Ein rollendes Steinchen unter huschenden Füßen warnte den riesenhaften Cimmerier. Er wirbelte herum und sah eine hochgewachsene Gestalt, die sich aus der dunklen Öffnung des Torbogens auf ihn warf. Trotz der Finsternis in der

Gasse sah er flüchtig ein wildes bärtiges Gesicht und aufblitzenden Stahl in einer erhobenen Hand. Mit einer flinken Drehung wich er aus. Der Dolch schlitzte seine Tunika auf und glitt an dem Kettenhemd ab, das er darunter trug. Ehe der Meuchelmörder sich besinnen konnte, hatte der Cimmerier seinen Arm gepackt und hieb die mächtige Faust auf seinen Nacken herab. Der Bursche sackte lautlos zu Boden.

Conan stand über ihm und lauschte angespannt. Die Straße hinauf, hinter der nächsten Ecke, erklangen Schritte und das gedämpfte Rasseln von Stahl. Diese unheilvollen Geräusche verrieten ihm, daß die nächtlichen Straßen von Anshan eine Todesfalle waren. Er zögerte, riß den Krummsäbel halb aus der Scheide, doch dann zuckte er die Schultern und rannte die Straße hinunter, in sicherem Abstand zu den drohenden Türöffnungen zu beiden Seiten.

Er bog in eine breitere Straße ein und klopfte Augenblicke später leise an eine Tür, über der eine Bronzelaterne brannte. Gleich darauf wurde ihm aufgetan. Conan trat ein und befahl: »Versperr die Tür!«

Der stämmige Shemit, der ihn eingelassen hatte, schob den schweren Riegel vor und drehte sich um. An seinem blauschwarzen Bart zupfend, betrachtete er seinen Hauptmann.

»Deine Tunika ist aufgeschlitzt, Conan«, brummte er.

»Jemand versuchte mich zu erstechen«, erklärte ihm der Cimmerier. »Andere wollte sich vergewissern, daß es ihm auch gelungen ist.«

Die schwarzen Augen des Shemiten funkelten, als er eine kräftige behaarte Hand auf die drei Fuß lange Ilbarsiklinge legte, die an seiner Seite hing. »Machen wir uns auf und erschlagen die Hunde!« drängte er.

Conan schüttelte den Kopf. Er war ein riesenhafter Mann, viel größer als der Shemit, doch trotz seiner mächtigen Statur bewegte er sich mit der Geschmeidigkeit einer Katze.

Seine muskulöse Brust, sein sehniger Nacken und die breiten Schultern verrieten ungeheure Kraft, Flinkheit und Ausdauer.

»Es gibt Dringlicheres«, sagte er. »Es sind Feinde von Balash, die von meiner Meinungsverschiedenheit mit dem König heute abend wußten.«

»Eine – eine Meinungsverschiedenheit mit dem König? Das zu hören, ist wenig erbaulich. Was sagte der König?«

Conan hob eine Weinkanne an die Lippen und leerte sie zur Hälfte. »Oh, Kobad Shah quält sein ewiges Mißtrauen. Diesmal verdächtigt er unseren Freund Balash. Die Feinde des Häuptlings haben den König gegen ihn aufgehetzt. Und dann ist Balash auch noch dickschädelig. Er denkt gar nicht daran, in die Stadt zu kommen und sich zu ergeben, wie Kobad es verlangt. Ist er doch überzeugt, daß der König ihm den Kopf aufspießen lassen will. Also befahl Kobad mir, die Kozaki ins Ilbargebirge zu führen und ihm Balash zu bringen – möglichst ganz, auf jeden Fall aber seinen Kopf.«

»Und?«

»Ich weigerte mich.«

»Wirklich?« flüsterte der Shemit mit weiten Augen.

»Natürlich! Wofür hältst du mich? Ich erzählte Kobad Shah, daß Balash und sein Stamm uns retteten, als wir uns mitten im Winter im Ilbar verirrt hatten, und schilderte unseren Ritt südwärts von der Vilayetsee. Alle anderen Bergstämme hätten uns niedergemacht. Aber Kobad mochte nicht hören. Er wollte mich mit seiner Lautstärke überzeugen, kam mit seinen göttlichen Rechten daher, der angeblichen Unverschämtheit niedriggeborener Barbaren und dergleichen. Ein Wort mehr, und ich hätte ihm seinen königlichen Turban in den Hals gestopft.«

»Du hast doch nicht gar Hand an den König gelegt?« fragte der Shemit erschrocken.

»Nein, obgleich mir durchaus danach war!« knurrte Conan. »Crom, ich verstehe nicht, wie ihr Zivilisierten auf dem Bauch vor einem schmuckbehangenen Esel kriecht, der zufällig auf einem edelsteinbesteckten Stuhl sitzt und einen Reif auf dem Kopf trägt!«

»Weil diese Esel uns mit einem Kopfnicken häuten oder pfählen lassen können! Hör zu, wir müssen sofort aus Iranistan fliehen, um dem Grimm des Königs zu entgehen.«

Conan leerte den Wein und wischte sich die Lippen ab. »Nein, das glaube ich nicht. Er wird darüber hinwegkommen. Er weiß, daß seine Armee nicht mehr das ist, was sie zu seines Großvaters Zeiten war, und wir sind die einzige leichte Reiterei, auf die er sich verlassen kann. Aber es bleibt immer noch unser Freund Balash. Ich habe gute Lust, nordwärts zu reiten und ihn zu warnen.«

»Allein, Conan?«

»Warum nicht? Du kannst ja ein paar Tage lang herumerzählen, daß ich einen Mordsrausch ausschlafe ...«

Ein leises Klopfen an der Tür unterbrach Conan. Er blickte den Shemiten fragend an, trat zur Tür und fragte barsch:

»Wer ist da?«

»Ich bin es, Nanaia«, antwortete eine Frauenstimme.

Conan drehte sich zu seinem Kameraden um. »Kennst du eine Nanaia, Tubal?«

»Nein. Vielleicht will man uns in eine Falle locken.«

»Laßt mich ein«, bat die Stimme.

»Wir werden sehen«, murmelte der Cimmerier, und seine Augen glitzerten wie blaues Eis in dem Lampenschein. Er zog seinen Säbel und griff nach dem Riegel, während sich Tubal mit blanker Ilbarsiklinge an die andere Türseite postierte.

Conan zog den Riegel zurück und riß die Tür auf. Eine verschleierte Gestalt trat über die Schwelle. Sie stieß einen

leichten Schrei aus beim Anblick der schimmernden Klingen in kräftigen Händen.

Conans Säbelspitze berührte sanft den Nacken der Besucherin. »Tretet ein, meine Dame«, forderte er sie auf Iranistanisch mit barbarischem Akzent auf.

Die Frau kam weiter herein. Conan schlug die Tür hinter ihr zu und schob den Riegel wieder vor. »Begleitete Euch jemand?«

»N-nein, ich kam allein ...«

Conans Linke schnellte mit der Geschwindigkeit einer zustoßenden Schlange vorwärts und riß den Schleier vom Gesicht der Besucherin. Feingeschnittene dunkle Züge, von schwarzem Haar umrahmt, kamen zum Vorschein. Die Frau war sehr jung, groß, schlank und geschmeidig.

»Also, Nanaia, worum geht es?« fragte er.

»Ich bin aus des Königs Harem ...«

Tubal pfiff durch die Zähne. »Jetzt stecken wir im Dreck.«

»Sprich weiter, Mädchen«, forderte Conan sie auf.

»Ich habe Euch oft durch das Gitter hinter dem Thron gesehen, wenn Ihr zu einer Besprechung bei Kobad wart. Der König hat es gern, wenn seine Frauen ihm bei seinen Staatsgeschäften zusehen. Bei gewichtigeren Dingen werden wir jedoch ausgeschlossen. Aber heute abend war Xathrita, der Eunuch, sehr betrunken und vergaß, die Tür zwischen der Galerie und den Frauengemächern abzusperren. Ich stahl mich zurück und hörte Euer erbittertes Gespräch mit dem König.

Kobad war sehr ergrimmt, nachdem Ihr gegangen wart. Er rief den Spitzel Hakhamani zu sich und befahl ihm, Euch ohne Aufsehen zu ermorden, so daß es wie ein Unfall aussähe.«

»Wenn ich Hakhamani erwische, wird ihm ein ›Unfall‹ zustoßen«, sagte Conan zähneknirschend. »Aber weshalb diese Geheimnistuerei? Kobad hat doch genausowenig Hemmungen wie andere Monarchen, wenn es darum geht, jemanden um einen Kopf kürzer zu machen oder ihm den Hals ein wenig zu dehnen.«

»Kobad möchte nicht auf die Dienste Eurer Kozaki verzichten. Würden sie jedoch erfahren, daß er Euch töten ließ, erhöben sie sich oder ritten fort.«

»Und weshalb kamst du zu mir, um mir das zu erzählen?«

Sie blickte ihn aus schmachtenden dunklen Augen an. »Ich vergehe vor Langeweile im Harem. Bei Hunderten von Frauen hat der König keine Zeit für mich. Ich bewundere Euch, seit ich Euch zum erstenmal durch das Gitter sah, und hoffte, Ihr werdet mich mit Euch nehmen. Alles ist besser als das tödliche Einerlei in diesem goldenen Käfig mit den ewigen Intrigen und dem ständigen Geschnattere und Gemunkel. Ich bin die Tochter Kujalas, des Häuptlings der Gwardiri. Wir sind ein Stamm von Fischern und Seefahrern, weit im Süden auf einer der Perleninseln. Ich habe mein eigenes Schiff durch einen Taifun gesteuert. Untätigkeit macht mich verrückt!«

»Wie bist du aus dem Palast herausgekommen?«

»An einem Strick durch ein unbewachtes altes Fenster, dessen Gitter herausgerostet ist . . . Doch das ist unwichtig. Nehmt Ihr mich mit?«

»Schick sie zurück«, riet Tubal in der kozakieigenen Sprache, einer Mischung aus Zaporoskanisch, Hyrkanisch und anderen Zungen. »Oder besser noch, schneid ihr die Kehle durch und verscharr sie im Garten. Uns läßt er vielleicht ungehindert gehen, doch nie mit diesem Mädchen. Erfährt er erst, daß du mit einer seiner Konkubinen durchgebrannt bist, wird er alle Hebel in Bewegung setzen, um dich zu finden.«

Nanaia verstand zwar offensichtlich die Worte nicht, aber der Ton des Shemiten flößte ihr Angst ein.

Conan grinste wölfisch. »Ganz im Gegenteil. Der Gedanke, das Land wie ein feiger Hund zu verlassen, dreht mir den Magen um. Aber wenn ich ein hübsches Ding wie sie mitnehme und dadurch den König ärgere – nun, da wir sowieso fort müssen . . .« Er wandte sich an Nanaia: »Ist dir klar, daß es kein beschaulicher Ausflug wird, du mit vielen Entbehrungen rechnen mußt und deine Begleiter nicht so höflich sein werden, wie du es gewöhnt bist?«

»Ja, natürlich.«

»Und außerdem, daß du mir ohne Widerspruch zu gehorchen hast?«

»Ja.«

»Gut. Weck unsere Männer, Tubal. Wir brechen auf, sobald sie ihre Satteltaschen gepackt haben.«

Der Shemit machte seinen Bedenken brummelnd Luft und trat in das innere Gemach. Er schüttelte einen Mann an der Schulter, der auf einem Teppichlager schlief. »Wach auf, Sohn einer Sippe von Dieben. Wir reiten nordwärts.«

Hattusas, ein kleiner dunkler Zamorier, setzte sich gähnend auf. »Wohin?«

»Nach Kushaf im Ilbargebirge, wo wir überwinterten und wo der Rebellenhund Balash uns zweifellos allen die Kehle aufschlitzen wird«, knurrte Tubal.

Hattusas grinste, als er sich erhob. »Auch wenn du den Kushafi nicht magst, so ist er doch Conans Freund.«

Tubal stapfte mit finsterem Gesicht hinaus in den Hof und durch die Tür in die anschließenden Schlafräume. Stöhnen und Flüche waren zu hören, als er die Männer aus tiefem Schlaf rüttelte.

Eine gute Weile später drückten die finsteren Gestalten, die um Conans Haus lauerten, sich in dunkle Türbogen, denn das breite Tor schwang weit auf, und die etwa dreihundert Freien Getreuen ritten in Doppelreihen heraus und führten die Pack- und Ersatztiere an ihren Zügeln neben sich her. Es waren Männer aller Nationen, die Überreste des Kozakiheers, das Conan aus der Steppe um die Vilayetsee südwärts geführt hatte, nachdem König Yezdigerd von Turan die vereinte Streitmacht der Gesetzlosen in einer blutigen ganztägigen Schlacht geschlagen hatte. Abgemagert und in Lumpen waren sie in Anshan angekommen. Jetzt wirkten sie eindrucksvoll mit ihren Seidenbeinkleidern, den Spitzhelmen iranistanischer Art und bis an die Zähne bewaffnet.

Der König von Iranistan saß finster brütend im Palast auf seinem Thron. Schon lange nagte stetes Mißtrauen an seiner Seele, und er sah Feinde überall. Eine Zeitlang hatte er auf die Unterstützung Conans gebaut, des Führers seiner Schwadron leichter Söldnerkavallerie. Dem Wilden aus dem Norden mangelte es zwar an den feinen Manieren des iranistanischen Hofes, aber er schien seinen eigenen barbarischen Ehrenkodex zu haben. Doch jetzt hatte er sich doch einfach seinem Befehl widersetzt, den Verräter Balash gefangenzunehmen ...

Der König blickte zufällig auf einen Vorhang vor einem Alkoven und dachte abwesend, ein Wind sei wohl aufgekommen, da der dicke Brokat sich leicht bewegte. Sein Blick wanderte weiter zu einem Fenster mit goldenen Gittern – und erstarrte. Der dünne Vorhang davor hing glatt herab. aber Kobar war sicher, daß der andere sich leicht bewegt hatte ...

Obgleich Kobad Shah klein und fett war, fehlte es ihm nicht an Mut. Er sprang auf den Brokatvorhang zu und riß ihn auseinander. Da schoß ein Dolch in einer dunklen Hand hervor und stieß geradewegs gegen seine Brust. Der König schrie auf, stürzte und zerrte den Meuchler mit sich. Der Mann knurrte wie ein wildes Tier. Seine geweiteten Augen glänzten wie im Wahn. Sein Dolch hatte das Gewand des

Königs aufgeschlitzt, doch der Stoß war von dem Kettenhemd darunter aufgehalten worden.

Ein tiefes Brüllen vor dem Thronsaal wiederholte den Hilfeschrei des Königs. Schwere Schritte eilten auf dem Korridor herbei. Der König hatte den Angreifer am Hals und am rechten Handgelenk gepackt, aber die Muskeln waren wie straffe Stahlseile. Während die beiden Männer über den Boden rollten, glitt der Dolch von den Schlingen des Kettenhemds ab und schnitt durch Arm, Schenkel und Hand. Als der Meuchler den geschwächten König am Hals faßte und den Dolch hob, um erneut zuzustoßen, blitzte etwas bläulich im Lampenschein. Der Einbrecher sackte zusammen, den Schädel bis zu den Zähnen gespalten.

»Eure Majestät! Sire!« Gotarza, der riesenhafte Hauptmann der königlichen Leibwache, war blaß über dem langen schwarzen Bart. Er legte Kobad Shah auf einen Diwan und riß Streifen aus dem Vorhang, um schnell die stark blutenden Wunden zu verbinden.

»Seht!« keuchte der König und deutete. Sein Gesicht war gespenstisch bleich, und seine Hand zitterte. »Das Messer! Bei Asura, der Dolch!«

Er lag schimmernd neben der Hand des Toten. Eine ungewöhnliche Waffe war es, die Klinge wie eine Flamme geformt. Gotarza starrte sie an und fluchte in seinen Bart.

»Der Flammendolch!« krächzte Kobad Shah. »Die gleiche Klinge, die sich gegen die Könige von Vendhya und Turan richtete!«

»Das Zeichen der Verborgenen«, murmelte Gotarza und blickte voll Unbehagen auf das geheimnisvolle Symbol des schrecklichen Kultes.

Der Lärm hatte den Palast geweckt. Schritte hallten durch die Gänge, und fragende Rufe wurden laut.

»Verschließ die Tür!« befahl der König. »Laß außer dem Haushofmeister niemanden ein.«

»Aber wir brauchen einen Heiler, eure Majestät!« protestierte der Offizier. »Die Verletzungen als solche sind nicht gefährlich, aber möglicherweise war die Klinge in Gift getaucht.«

»Nein, holt keinen! Wer immer er ist, er könnte im Sold meiner Feinde stehen. Die Yezmiten sind auf meinen Tod aus.« Das Erlebnis hatte dem König den Mut geraubt. »Wer richtet etwas aus gegen einen Dolch im Dunkeln, eine Schlange unter den Sohlen oder Gift im Weinkelch? Da ist dieser Barbar aus dem Westen – aber nein, nicht einmal ihm vermag ich noch zu trauen, nun, da er sich meinem Befehl widersetzt hat ... Laß den Haushofmeister ein, Gotarza!«

Als der Hauptmann die Anweisung ausgeführt hatte, fragte der König: »Was gibt es Neues, Bardiya?«

»O Sire! Was ist geschehen? Seid Ihr ...«

»Das ist im Augenblick nicht so wichtig. Ich sehe es Euren Augen an, daß Ihr mir Dringendes zu berichten habt. Was ist es?«

»Die Kozaki sind aus der Stadt geritten. Conan sagte der Wache am Nordtor, sie machten sich auf den Weg, um Balash gefangenzunehmen, genau wie Ihr es befohlen habt.«

»Gut. Vielleicht hat der Bursche seine Unverschämtheit bereut. Was sonst?«

»Hakhamani, der Spitzel, überfiel Conan auf dem Weg nach Hause, aber der Cimmerier erschlug einen seiner Männer und entkam.«

»Wer weiß, ob es so nicht besser ist. Ruft Hakhamani zurück, bis wir wissen, was Conan mit seinem Ausritt bezweckt. Noch etwas anderes?«

»Eine Eurer Frauen, Kujalas Tochter Nanaia, ist aus dem Harem geflohen. Wir fanden den Strick, an dem sie herabkletterte.«

Wütend brüllte Kobad Shah: »Sie muß bei Conan sein. Reiner Zufall ist kaum denkbar! Und gewiß steckt er mit den Verborgenen unter einer Decke. Weshalb sonst sollten sie mich zu meucheln versuchen, nachdem ich diese Auseinandersetzung mit ihm hatte? Er muß gleich, nachdem er mich verlassen hatte, die Yezmiten auf mich gehetzt haben. Goturza, die Leibgarde soll den Kozaki nachreiten und mir Conans Kopf bringen – Ihr steht mir mit Eurem eigenen dafür gerade. Nehmt wenigstens fünfhundert Mann, denn der Barbar ist gerissen und ein wilder Kämpfer, der sich nicht so leicht ergeben wird.«

Als Gotarza aus dem Thronsaal eilte, stöhnte der König: »Bardiya, holt mir jetzt einen Heiler. Das Blut brennt in meinen Adern. Vermutlich hatte Gotarza recht, der Dolch war wohl in Gift getaucht.«

Drei Tage, nachdem Conan Anshan überstürzt verlassen hatte, saß er mit überkreuzten Beinen auf dem Pfad, wo dieser einen Bogen über den felsigen Kamm machte, ehe er den Hang zum Dorf der Kushafi hinabführte.

»Ich würde mich zwischen dich und den Tod stellen«, sagte er zu dem ihm gegenübersitzenden Mann, »so wie du es für mich getan hast, als die Wölfe fast unser Ende waren.«

Der Angeredete zupfte nachdenklich an seinem Bart. Er war ein Mann von breiter, kräftiger Statur und hatte graumeliertes Haar. Aus seinem dicken Ledergürtel ragten die Griffe von verschiedenen Klingen. Es war Balash, der Häuptling der Kushafi, Herr über Kushaf und die benachbarten Dörfer. Doch keine Überheblichkeit sprach aus seiner Stimme.

»Die Gunst der Götter ist dein. Aber wer vermag schon Ort und Zeit seines Todes zu bestimmen?«

»Ein Mann kann entweder kämpfen oder fliehen, aber er sitzt nicht untätig herum und wartet widerstandslos darauf, wie eine reife Frucht gepflückt zu werden. Wenn du die Chance eingehen willst, mit dem König Frieden zu schließen, kannst du nach Anshan ...«

»Ich habe zu viele Feinde bei Hofe. Der König würde auf ihre Verleumdungen hören und mich in einem Eisenkäfig aufhängen lassen, damit die Aasgeier mich fressen. Nein, ich reite nicht nach Anshan!«

»Dann nimm deinen Stamm und sucht euch ein neues Zuhause. Es gibt so manches sichere Plätzchen in den Bergen, wohin nicht einmal des Königs Leute euch folgen können.«

Balash blickte den Felshang hinunter zu den Türmen aus Stein und getrocknetem Lehm, die über die Schutzmauer ragten. Sein schmalen Nasenflügel weiteten sich, und seine Augen schwelten wie die eines Adlers, wenn ein Feind sich den Jungen in seinem Horst nähert.

»Nein, bei Asura! Seit Bahrams Tagen lebt mein Stamm in Kushaf. Mag der König in Anshan regieren, hier bin ich der Herr!«

»Er will sein Hoheitsgebiet bis nach Kushaf ausdehnen«, warf Tubal ein, der mit dem Zamorier Hattusas hinter Conan kauerte.

Balash schaute in die andere Richtung, wo der Pfad ostwärts zwischen schroffen Felsen verschwand. Flatterndes Weiß war hin und wieder auf diesen Felsen zu sehen, wenn der Wind mit den Gewändern der Bogenschützen spielte, die den Paß Tag und Nacht bewachten.

»Soll er doch kommen«, brummte Balash. »Wir halten den Paß.«

»Er wird zehntausend Mann in schwerer Panzerrüstung schicken, mit Katapulten und anderen Belagerungsmaschinen ausgerüstet. Er wird Kushaf niederbrennen und deinen Kopf zum Pfählen nach Anshan bringen.«

»Was geschehen soll, wird geschehen«, sagte Balash.

Conan kämpfte gegen den wachsenden Ärger über den Fatalismus dieser Menschen an. Jeder Instinkt seiner von stetem Handeln geleiteten Natur lehnte diese Einstellung ab. Aber er sah ein, daß es im Augenblick keinen Sinn hatte, den Häuptling überzeugen zu wollen. Schweigend blickte er westwärts, wo die Sonne als Feuerkugel am windbewegten blauen Himmel über den Felszacken stand.

Balash wechselte das Thema. »Ich möchte dir etwas zeigen, Conan. In jener zerfallenen Hütte vor der Mauer liegt ein toter Mann. Seinesgleichen sah ich nie zuvor lebend in Kushaf. Selbst im Tod wirkt er fremdartig und böse. Ich glaube, er ist gar kein richtiger Mensch, sondern ein Dämon. Komm!«

Er führte Conan hinunter zu der Hütte. »Meine Krieger fanden ihn am Fuß der Felsen, als wäre er den Hang herabgefallen oder heruntergestoßen worden. Ich hieß sie, ihn herzubringen, doch er starb unterwegs, nachdem er ein paar Worte in einer seltsamen Zunge gesprochen hatte. Aus berechtigtem Grund halten sie ihn für einen Dämon.

Eine gute Tagesreise südlich von hier, wo die Berge so schroff und kahl sind, daß nicht einmal eine Ziege dort leben kann, liegt das Land, das wir Drujistan nennen.«

»Drujistan!« echote Conan. »Land der Dämonen?«

»Ja, ein unwirtliches Gebiet schroffer Felsen und schmaler Schluchten, dem kluge Männer sich fernhalten. Es scheint unbewohnt zu sein, und doch hausen Menschen dort – oder Dämonen. Ab und zu findet ein Mann auf einem einsamen Pfad den Tod, und Frauen und Kinder werden nicht mehr gesehen. Wir wissen, daß diese ... Kreaturen dafür verantwortlich sind. Des Nachts erspähen wir manchmal schattenhafte Gestalten und folgen ihnen, doch immer endet ihre Fährte vor einer kahlen Felswand, in die kein Sterblicher eindringen könnte. Hin und wieder hören wir zwischen den Gipfeln den Rhythmus von Trommeln und teuflisches Geheul, das uns das Blut in den Adern stocken läßt. Alte Legenden berichten, daß vor Tausenden von Jahren der Ghulkönig von Ura die magische Stadt Yaneidar errichtete und daß noch jetzt seine schrecklichen Untertanen in den Ruinen ihr Unwesen treiben. Eine andere Legende erzählt von einem Ilbarsistamm, der sich vor tausend Jahren in diesen Ruinen niederließ und sie neu aufzubauen begann, um die Stadt zu seiner Festung zu machen. Doch eines Nachts verschwand der ganze Stamm, und keiner ward je mehr gesehen.«

Sie erreichten die zerfallende Hütte. Balash stieß die schief in den Angeln hängende Tür auf. Alle fünf Männer beugten sich über die auf dem Lehmboden liegende Gestalt.

Für diesen Ort war sie wahrhaftig fremdartig mit dem breiten flachen Gesicht von der Farbe dunklen Kupfers und mit den schmalen schrägen Augen, die auf einen Sohn Khitais hinwiesen. Das dicke schwarze Haar war am Hinterkopf blutverklebt, und die unnatürliche Lage des Körpers verriet, daß viele Knochen zerschmettert waren.

»Sieht er nicht aus wie ein böser Geist?« fragte Balash.

»Er ist kein Dämon«, versicherte ihm Conan. »Selbst wenn er im Leben vielleicht ein Zauberer war. Er ist ein Khithan – aus einem Land weit im Osten von Hyrkanien, jenseits von Bergen, Wüsten und Dschungeln, die so groß sind, daß Iranistan zwölfmal hineinpaßte und sich doch darin verlöre. Ich ritt als Söldner des Königs von Turan durch dieses Gebiet. Aber was dieser Bursche hier zu suchen hat ...«

Plötzlich glitzerten seine blauen Augen, und er riß den blutbefleckten Kittel vom dicken Hals des Toten. Ein besudeltes Wollhemd kam zum Vorschein. Tubal, der über Conans Schulter blickte, atmete hörbar ein. Das Hemd war mit rotem Garn bestickt, so daß das Muster im ersten Augenblick wie ein großer Blutfleck aussah und man erst bei näherem Hinsehen eine Faust erkannte, die einen wellenförmig geschwungenen Dolch hielt.

»Der Flammendolch!« wisperte Balash und wich unwillkürlich vor diesem Zeichen des Todes und der Vernichtung zurück.

Alle blickten Conan an, der auf das finstere Symbol starrte. Es weckte Bilder in ihm, an die er sich genauer zu erinnern suchte – vage Erinnerungen an einen alten schrecklichen Kult, der dieses Zeichen benutzte. Schließlich wandte er sich an Hattusas:

»Als Dieb in Zamora hörte ich Gerüchte von einem Kult, der ein solches Symbol benutzt. Du bist Zamorier, was weißt du davon?«

Hattusas zuckte die Schultern. »Es gibt viele Kulte, deren Wurzel zum Anfang der Zeit, zu den Tagen vor der Weltkatastrophe zurückführen. Wie oft glaubten Herrscher, sie hätten sie ausgemerzt, und immer wieder erwachten sie zu neuem Leben. Die Verborgenen, auch Söhne Yezms genannt, sind Anhänger eines dieser Kulte, doch mehr weiß ich nicht. Ich halte mich von solchen Dingen fern.«

Conan drehte sich zu Balash um. »Können deine Männer mir zeigen, wo sie diesen Mann fanden?«

»Ja, aber es ist ein Ort des Bösen in der Schlucht der Geister, am Rand von Drujistan und . . .«

»Gut. Wir wollen uns alle ausschlafen, denn früh am Morgen brechen wir auf.«

»Nach Anshan?« fragte Balash.

»Nein. Nach Drujistan.«

»Dann glaubst du . . .«

»Ich glaube – noch nichts.«

»Sollen wir die ganze Schwadron mitnehmen?« fragte Tubal. »Die Pferde sind überanstrengt.«

»Nein, die Männer und Tiere mögen sich ausruhen. Du und Hattusas begleiten mich, zusammen mit einem von

Balashs Kushafis als Führer. Codrus übernimmt in meiner Abwesenheit das Kommando. Und sollte es zu Unruhen kommen, weil meine Burschen hinter den Kushafi-Frauen her sind, dann sag ihm, er soll ihnen den Schädel einschlagen.«

2

DAS SCHWARZE LAND

Dunkelheit hüllte die Gipfel ein, als Conans Führer anhielt. Vor ihnen durchbrach eine Schlucht das rauhe Bergland und führte zu schroffen schwarzen Felszacken und steilen Wänden – in ein wildes Chaos zerklüfteten Gesteins.

»Dort beginnt Drujistan«, sagte der Kushafi. »Jenseits dieses Abgrunds, der Schlucht der Geister, fängt das Land des Grauens und Todes an. Weiter komme ich nicht mit.«

Conan nickte. Sein Blick suchte den Pfad, der sich zur Schlucht hinabschlängelte. Er war ein immer schmaler werdender Überrest der alten Straße, der sie viele Meilen gefolgt waren, sah jedoch so aus, als wäre er in letzter Zeit häufig benutzt worden.

Tubal, Hattusas und der Führer standen neben dem Cimmerier – auch Nanaia. Sie hatte darauf bestanden mitzukommen, weil sie sich, wie sie sagte, ohne Conan vor den wilden Bergmenschen fürchtete, deren Sprache sie nicht verstand. Sie hatte sich als gute Reisegefährtin erwiesen, die sich nie beklagte, ausdauernd verträglich und von feurigem Wesen war.

»Wie ihr seht, wird der Pfad viel benutzt«, sagte der Kushafi. »Auf ihm kommen und gehen die Dämonen der schwarzen Berge. Doch für den, der ihm folgt, gibt es keine Rückkehr.«

Tubal blickte ihn ein wenig von oben herab an. »Wozu brauchen Dämonen einen Pfad?« fragte er. »Sie fliegen mit Schwingen gleich denen der Fledermäuse.«

»Wenn sie Menschengestalt annehmen, müssen sie auch wie Menschen gehen«, erklärte ihm der Kushafi. Er deutete auf einen breiten Sims, über den der Pfad sich wand. »Am Fuß jener Wand fanden wir den Mann, den du einen Khitan nanntest. Zweifellos hatte er Streit mit seinen Dämonenbrüdern, und sie stießen ihn hinab.«

»Zweifellos ist er gestolpert und gefallen«, widersprach Conan. »Khitaner aus der Wüste sind Klettern nicht gewohnt, und ihre Beine sind durch das Leben im Sattel krumm und geschwächt. Ihresgleichen stolpern leicht auf einem so schmalen Pfad.«

»Ein Mensch, vielleicht«, entgegnete der Kushafi. »Aber – Asura!«

Alle außer Conan zuckten zusammen. Der Kushafi griff nach seinem Bogen und blickte sich wild um. Aus dem Süden grollte ein erschreckender Laut über die Felsklüfte – ein schauerliches Brüllen, das von den Bergen widerhallte.

»Die Stimme der Dämonen!« schrillte der Kushafi und riß so heftig am Zügel, daß sein Pferd sich wiehernd aufbäumte. »In Asuras Namen, laßt uns von hinnen eilen! Es wäre Wahnsinn zu bleiben!«

»Reite nur in dein Dorf zurück, wenn du solche Angst hast«, sagte Conan. »Ich werde mich hier umsehen.« Obgleich sich ihm die Härchen im Nacken aufstellten, denn auch er fürchtete insgeheim das Übernatürliche, ließ er es sich nicht anmerken.

»Ohne deine Männer? Das ist Selbstmord! Laßt zumindest deine Leute kommen.«

Conans Augen verengten sich wie die eines jagenden Wolfes. »Nicht jetzt! Je weniger, desto besser zum Kundschaften und Spionieren. Dieses Land der Dämonen interes-

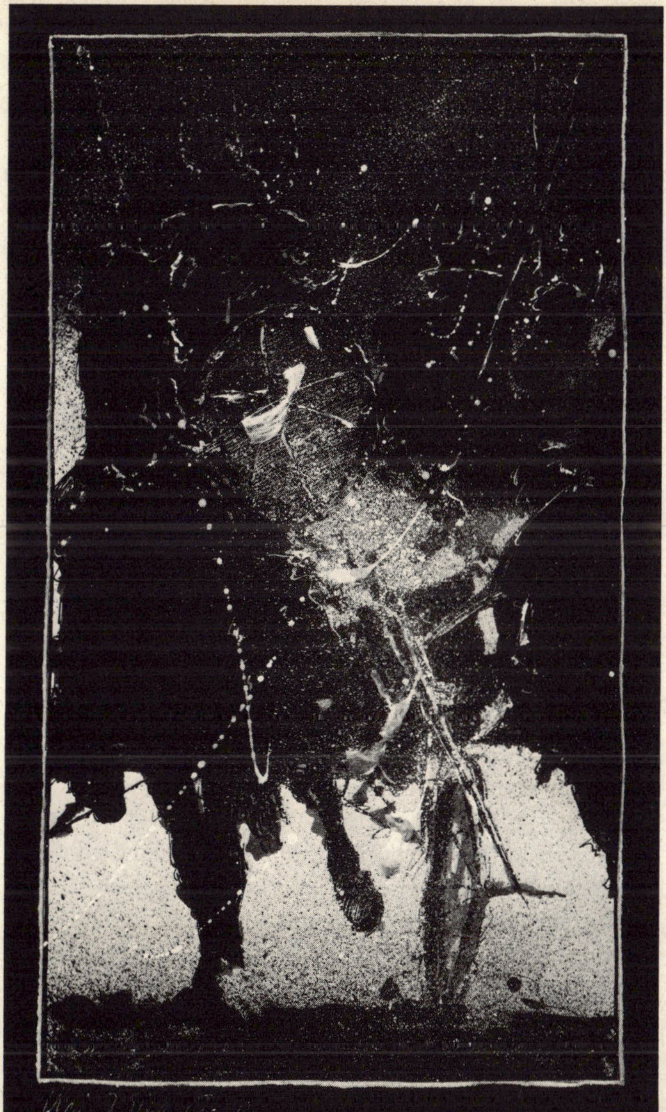

siert mich. Ich könnte eine Bergfestung gebrauchen.« Er wandte sich an Nanaia:

»Du kehrst jetzt besser um, Mädchen.«

Sie begann zu weinen. »Schick mich nicht fort, Conan! Die Kushafi würden mich gegen meinen Willen nehmen.«

Er betrachtete grinsend ihre geschmeidige, muskulöse Figur. »Das dürfte ihnen gar nicht so leichtfallen. Aber wenn du darauf bestehst, dann komm mit. Nur laß dir gesagt sein, daß ich dich warnte.«

Der Führer drehte sein Pferd und gab ihm die Fersen. Über die Schulter rief er: »Balash wird um dich trauern. Ganz Kushaf wird wehklagen! *Aie! Ahia!*«

Der Abschiedsruf verklang mit der Entfernung und unter dem lauten Hufgeklapper, während der Kushafi, sein Pferd peitschend, hinter dem Bergkamm verschwand.

»Zieh nur den Schwanz ein, Sohn einer nasenlosen Hure!« rief Tubal ihm noch nach. »Wir drücken euren Dämonen unser Zeichen auf und zerren sie an ihren Hörnern nach Kushaf!«

Immer noch war das ungewöhnliche Gebrüll zu vernehmen. »Hast du jemals so etwas gehört?« wandte Conan sich an Hattusas.

Der drahtige Zamorier nickte. »Ja, in den Bergen der Teufelsanbeter.«

Wortlos griff Conan nach dem Zügel. Auch er hatte diese Laute früher einmal gehört. Sie waren der Klang von zehn Fuß langen Bronzetrompeten, wie sie in den kahlen schwarzen Bergen des wilden Patheniens von den kahlköpfigen Erlikpriestern geblasen wurden.

Tubal schnaubte wie ein Nashorn. Ihm war dieses ungewöhnliche Schmettern fremd. Er drängte sein Pferd an Hattusas vorbei, um an Conans Seite zu gelangen, der bereits im Dämmerlicht den steilen Hang hinabritt. Mürrisch fragte er: »Was hast du vor, nun, da es diesen verräterischen Kushafihunden gelungen ist, uns ins Dämonenland zu locken, wo sie uns zweifellos nachschleichen werden, um uns des Nachts die Kehle durchzuschneiden.«

Unwillkürlich mußte Conan bei diesem Gebaren an einen alten Jagdhund denken, der seinen Herrn anknurrt, weil er einen anderen Hund streichelt. Er senkte den Kopf und spuckte aus, um ein Grinsen zu unterdrücken. »Wir lagern heute nacht in der Schlucht. Die Pferde sind zu erschöpft, sich im Dunkeln durch die Schluchten zu kämpfen.« Er blickte Tubal an und fuhr fort:

»Ich glaube, die Verborgenen haben im Land jenseits der Schlucht ein Lager. Die Berge hier sind nur dünn besiedelt. Kushaf ist die nächste Ortschaft, und es liegt einen Tagesritt entfernt. Nomaden meiden dieses Gebiet aus Furcht vor den Kushafi, und Balashs Leute sind zu abergläubisch, als daß sie es wagten, die Schlucht zu durchqueren. Die Verborgenen dort drüben können kommen und gehen, ohne von irgend jemandem gesehen zu werden. Ich weiß noch nicht genau, was wir tun werden. Überlassen wir unseren nächsten Schritt den Göttern.«

Vom Fuß der Schlucht aus führte der Pfad über den steinübersäten Talboden weiter zum Eingang einer schmalen Kluft, die von Süden her in die Schlucht einmündete. Die Südwand der Schlucht war höher und steiler als die Nordwand. Sie türmte sich zu einer zerklüfteten Bastion aus schwarzem Gestein auf. Conan folgte dem Pfad in die Kluft bis zur ersten Biegung und stellte fest, daß die ganze Kluft wie eine Schlange gewunden war und daß sich links und rechts steile Felswände erhoben. Es war schon sehr dunkel hier.

»Diesen Weg werden wir morgen nehmen«, sagte Conan und ritt mit seinen Leuten zur großen Schlucht zurück, die noch ein wenig vom Tageslicht erhellt wurde. Die Pferdehufe schienen in der Stille doppelt so laut wie üblich zu dröhnen.

Ein paar Dutzend Schritte westlich von der Einmündung der Kluft, in die der Pfad verlief, öffnete sich eine noch schmalere Kluft in die Schlucht. Kein Pfad schien über ihren steinigen Boden zu führen, und sie verengte sich plötzlich so sehr, daß sie einer Sackgasse glich.

Etwa in der Mitte zwischen diesen beiden Klüften, in der Nähe der Nordwand, sprudelte eine winzige Quelle in ein Becken, das das Wasser im Lauf der Zeit ausgehöhlt hatte. Dahinter wuchs in einer höhlenähnlichen Nische in der Felswand scharfrandiges, spärliches Gras. Dort pflockten sie ihre Pferde an und lagerten an der Quelle. Um nicht möglicherweise von Feinden entdeckt zu werden, zündeten sie kein Feuer an, sondern aßen ihr mitgebrachtes Dörrfleisch im Dunkeln.

Nachdem sie sich gestärkt hatten, postierte Conan Tubal westlich des Lagers in der Nähe des Eingangs zur schmaleren und Hattusas nahe der Abzweigung der östlichen Kluft. Jeglicher feindliche Trupp, der die Schlucht, gleich von welcher Seite oder durch eine der beiden Klüfte, betrat, mußte an diesen beiden wachsamen Posten vorbei.

Bald senkte sich völlige Dunkelheit in die Schlucht herab. Sie schien in Wellen die Felshänge herunterzuwallen und aus den Mündungen der Klüfte zu quellen. Die ersten Sterne glitzerten kalt. Die zerklüfteten Berge kauerten wie drohend um die winzigen Menschen. Beim Einschlafen fragte Conan sich müde, was alles sie seit Anbeginn der Zeit wohl schon mitangesehen hatten.

Die unvorstellbar scharfen Sinne des Barbaren waren in den Jahren, die Conan in der sogenannten Zivilisation verbracht hatte, nicht abgestumpft. Als Tubal sich ihm näherte, um ihm eine Hand auf die Schulter zu legen, erwachte der

Cimmerier und richtete sich sprungbereit mit dem Schwert in der Faust auf, ehe der Shemit dazu gekommen wäre, ihn zu berühren.

»Was gibt es?« brummte Conan.

Tubal kauerte sich neben ihn. Seine breiten Schultern hoben sich von der Dunkelheit hinter ihm wie noch finsterere Schatten ab. Unruhig stampften die Pferde an der Felswand mit den Hufen. Conan wußte, daß Gefahr in der Luft hing, noch bevor Tubal die Lippen geöffnet hatte.

»Hattusas ist tot und das Mädchen verschwunden. Der Tod schleicht durch die Nacht!«

»*Wa-as?*«

»Hattusas liegt mit durchgeschnittener Kehle am Eingang zur Kluft. Ich hörte einen rollenden Stein in seiner Richtung und schlich mich dorthin, ohne dich zu wecken. Ich fand Hattusas in seinem Blute liegen. Er muß stumm und schnell gestorben sein. Ich sah niemanden und hörte auch kein weiteres Geräusch mehr. Dann eilte ich zu dir zurück und stellte fest, daß Nanaia nicht mehr hier lag. Die Bergteufel haben den einen getötet und die andere verschleppt, ohne daß wir darauf aufmerksam wurden. Ich spüre, daß der Tod noch hier lauert. Wahrlich ist dies die Schlucht der Geister!«

Conan kauerte sich schweigend auf ein Knie und strengte Augen und Ohren an. Daß der wachsame Zamorier mit seinen scharfen Sinnen lautlos und ohne Gegenwehr gestorben und das Mädchen, ebenfalls, ohne daß etwas zu hören gewesen wäre, entführt worden war, roch allzusehr nach Übernatürlichem.

»Wer kann gegen Dämonen kämpfen, Conan? Laß uns wegreiten ...«

»Horch!«

Irgendwo in der Nähe war ein verstohlener Schritt zu hören. Conan sprang lautlos auf und spähte in die Finsternis. In der Dunkelheit bewegte sich etwas. Schatten lösten sich aus dem schwarzen Hintergrund und schlichen näher. Conan holte mit der Linken das Messer aus der Scheide. Tubal, der neben ihm kauerte, umklammerte, stumm und gefährlich wie ein gestellter Wolf, seinen scharfen Ilbarsidolch.

Die nur schwach erkennbare Schattenreihe breitete sich im Näherkommen aus. Conan und der Shemit wichen ein paar Schritte zurück, um an der Felswand Rückendeckung zu finden und zu vermeiden, daß man sie umzingelte.

Der Angriff kam plötzlich. Nackte Füße tappten leicht über den steinigen Boden. Stahl schimmerte stumpf im schwachen Sternenschein. Conan vermochte von den Angreifern nur die Umrisse und das Glitzern von Helmen zu sehen. Er verließ sich, als er parierte und zuschlug, mehr auf seinen Instinkt als auf die Augen.

Den ersten, der in Reichweite seiner Klinge kam, tötete er. Tubal stieß einen Triumphschrei aus, als er erkannte, daß ihre Gegner wider Erwartung doch menschlich waren. Der Schwung seines schweren, drei Fuß langen Dolches war vernichtend. Seite an Seite, die Felswand im Rücken, hatte die beiden Gefährten nur von vorn einen Angriff zu befürchten.

Stahl klirrte gegen Stahl, und blaue Funken sprühten. Die Klingen durchdrangen Fleisch und Knochen. Todesschreie, Röcheln und Gurgeln waren zu hören. Eine kleine Weile herrschte ein wirres Durcheinander dicht an der Schluchtwand. Es ging alles zu schnell, als daß jemand klare Gedanken fassen konnte. Die Oberhand hatten zweifellos die beiden überraschten Männer. Sie konnten in der Düsternis genausogut sehen wie die Angreifer, und Mann gegen Mann waren sie stärker als jeder einzelne ihrer Gegner. Außerdem wußten sie, daß jeder Hieb einen Feind träfe. Die anderen waren durch ihre Zahl behindert, und allein die

Vorstellung, sie könnten durch einen blinden Hieb einen Kameraden töten, hemmte zweifellos ihr Ungestüm.

Conan duckte sich unter einem Säbel, noch ehe er ihn bewußt herbeischwingen sah. Sein Retourhieb glitt an einer Kettenrüstung ab und drang durch einen ungeschützten Schenkel. Der Angreifer ging zu Boden. Während Conan auf den nächsten Gegner einhieb, schleppte der Gestürzte sich heran und stieß mit einem Dolch auf ihn ein. Doch nun hielt Conans Kettenhemd ihn ab, und das Messer in des Cimmeriers Linken fand die Kehle des Mannes. Angreifer um Angreifer sackten tot zu Boden.

Und dann ließ der Ansturm nach. Der Feind zog sich in die Dunkelheit zurück, die sich bereits zu erhellen begann. Am Ostrand der Schlucht zeichnete sich der erste Silberschein des aufgehenden Mondes ab.

Ein blutdürstiges Heulen, wie das eines Wolfes, entquoll Tubals Lippen. Er stolperte über einen Gefallenen und stieß wild auf ihn ein, ehe ihm bewußt wurde, daß der Mann bereits tot war. Conan griff nach seinem Arm. Fast riß Tubal den Cimmerier von den Füßen, als er sich schnaubend wie ein Stier loszureißen versuchte.

»Warte doch, Narr!« knurrte Conan. »Willst du in eine Falle laufen?«

Tubals Angriffslust machte wölfischer Wachsamkeit Platz. Gemeinsam folgten sie vorsichtig den vagen Gestalten, die in der östlichen Kluft verschwanden. An ihrem Eingang blieben sie stehen und spähten hinein in die Finsternis. Irgendwo, weit in ihrer Tiefe, rollten Steinchen über den Felsboden. Conans Muskeln spannten sich wie die eines mißtrauischen Panthers.

»Die Hunde fliehen noch«, brummte Tubal. »Sollen wir ihnen weiter folgen?«

Conan schüttelte den Kopf. Nanaia war ihre Gefangene, da durfte er sein Leben nicht leichtsinnig aufs Spiel setzen, indem er sich in diese pechschwarze Finsternis stürzte, wo überall Gefahr auf sie lauern mochte. Sie kehrten zu ihrem Lager und den Pferden zurück, die der Blutgeruch wild machte.

»Wenn der Mond hoch genug steht, daß er die Schlucht erhellt, werden sie uns aus der Kluft mit ihren Pfeilen spicken.«

»Dieses Risiko müssen wir eingehen«, brummte Conan. »Vielleicht sind sie schlechte Schützen.«

Schweigend kauerten sie in den Schatten der Felswand, während der Mondschein allmählich auf gespenstische Weise immer mehr Einzelheiten hervorhob. Nicht das leiseste Geräusch brach die drückende Stille. Im zunehmenden Licht untersuchte Conan die vier Toten, die die Angreifer zurückgelassen hatten. Als er eines der bärtigen Gesichter nach dem anderen musterte, rief Tubal:

»Teufelsanbeter! Sabatäer!«

»Kein Wunder, daß sie wie Katzen schleichen können«, sagte Conan. In Shem hatte er von dem uralten grauenvollen Kult dieser auf gespenstische Weise schleichenden Menschen gehört, die des Nachts in den Kuppeln von Sabatäa den Goldenen Pfau anbeteten. »Was machen sie hier? Sie sind doch in Shem zu Hause. Aha!«

Er hatte das Gewand eines der Männer geöffnet. Das Leinenwams des kräftigen Sabatäers war bestickt. Er blickte hinunter auf eine Faust, die einen flammenförmigen Dolch hielt. Tubal folgte seinem Beispiel und öffnete die Gewänder der anderen drei Toten. Ihre Wämser wiesen dasselbe Zeichen auf.

»Welcher Art ist dieser Kult, der Männer aus Shem und Khitai zusammenführt, die Tausende von Meilen entfernt leben?« fragte Tubal nachdenklich.

»Genau das möchte ich herausfinden«, brummte Conan.

Eine Weile kauerten sie wieder schweigend im Schatten der Felswand, bis Tubal sich erhob und fragte:

»Was nun?«

Conan deutete auf die dunklen Flecken am kahlen Steinboden, die im Mondschein sichtbar wurden. »Wir können den Blutspuren folgen.«

Tubal wischte seinen Dolch ab und schob ihn in die Scheide zurück, während Conan ein dünnes, aber sehr starkes Seil mit einem Dreierhaken an einem Ende um seine Mitte wickelte. Während seiner Zeit als Dieb hatte er diese Strickart sehr nützlich gefunden. Der Mond war inzwischen höhergestiegen und zog eine Silberbahn durch die Mitte der Schlucht.

In seinem Licht näherten sie sich der Kluftmündung. Keine Sehne sirrte, kein Wurfpfeil zischte durch die Nacht, keine Gestalten glitten verstohlen durch die Schatten. Blutstropfen sprenkelten den Steinboden. Die Sabatäer mußten schlimme Wunden davongetragen haben.

Zu Fuß folgten sie den Spuren, da offenbar auch ihre Gegner nicht beritten gewesen waren. Außerdem war die Kluft so schmal und uneben, daß beim Kampf Reiterei im Nachteil gewesen wäre.

An jeder Biegung erwarteten sie einen Hinterhalt, doch die Blutspur führte weiter, und niemand hielt sie auf. Die Flecken waren nun nicht mehr so dicht, genügten jedoch als Fährte.

Conan beschleunigte den Schritt, um die Sabatäer möglicherweise einzuholen. Zwar hatten sie einen Vorsprung, doch ihre Verletzungen und ihre Gefangene behinderten sie zweifellos. Er war sicher, daß Nanaia noch lebte, denn sonst wären sie bestimmt inzwischen auf ihre Leiche gestoßen.

Die Kluft führte ein Stück aufwärts, wurde noch schmaler, ehe sie sich erweiterte, eine neue Biegung beschrieb und in eine zweite Schlucht mündete, die von Osten nach

Westen verlief. Sie war mehrere hundert Fuß weit. Die Blutspur führte quer hindurch und hielt an der steilen Südwand an.

»Der Kushafihund belog uns nicht«, brummte Tubal. »Der Pfad endet an einer Felswand, die nur ein Vogel bezwingen könnte.«

Conan blieb leicht verwirrt stehen. Sie hatten die Spur der alten Straße in der Schlucht der Geister verloren, aber zweifellos hatten die Sabatäer diesen Weg genommen. Er blickte die Wand empor, die Hunderte von Fuß steil verlief. In einer Höhe von etwa fünfzehn Fuß, fast unmittelbar über ihm, ragte ein schmaler Sims heraus, gewiß nicht mehr als ein paar Fuß breit und etwa vier oder fünf Fuß lang. Er schien ihnen auch nicht weiter zu helfen, doch ungefähr in halber Höhe war ein stumpfer Fleck an der Wand zu erkennen.

Conan wickelte sein Seil ab und warf das beschwerte Ende hinauf. Der Hacken bohrte sich in den Simsrand und hielt. An dem dünnen, glatten Strick klomm der Cimmerier so flink hoch, wie ein anderer vielleicht eine Leiter emporgestiegen wäre. Als er an dem stumpfen Fleck vorbeikam, vergewisserte er sich, daß es tatsächlich trocknendes Blut war. Es sah also ganz so aus, als wäre ein Verwundeter hier geklettert oder zum Sims gezogen worden.

Tubal versuchte von unten verzweifelt, einen besseren Blick auf den Sims zu bekommen, als befürchtete er, daß der Feind dort lauere. Aber er war leer, als Conan sich über den Rand zog.

Das erste, was er sah, war ein in den Fels gelassener Bronzering, außer Sicht von unten. Durch die häufige Benutzung war er blank poliert. Auch der Simsrand war blutverschmiert. Tropfen führten zu der Steinwand, die hier stark verwittert war. Conan entdeckte noch etwas anderes: den verschmierten Abdruck blutiger Finger auf dem Stein.

Er studierte die Risse im Felsen, dann legte er die mächtige Pranke auf den blutigen Handabdruck und schob. Ein Teil der Felswand glitt lautlos nach innen. Er blickte in einen schmalen Tunnel, der vom Mondlicht am anderen, fernen Ende schwach erhellt wurde.

Wachsam wie ein jagender Leopard trat er hinein. Er hörte Tubal erschrocken aufschreien. Von unten mußte es zweifellos so aussehen, als wäre der Cimmerier mit dem festen Gestein verschmolzen. Conan streckte Kopf und Schultern wieder hinaus und mahnte seinen Kameraden mit Gesten zum Schweigen, dann sah er sich weiter im Innern um.

Der Tunnel war nicht sehr lang und endete in einem Spalt, der gut hundert Fuß gerade verlief und dann abrupt abbog. Die Tür, durch die er gekommen war, war eine natürlich geformte Steinplatte, die an schweren, geölten Bronzeangeln hing. Sie paßte so genau in die Öffnung, daß die Spalten wie dünne Felsrisse aussahen. Eine Hängeleiter aus ungegerbtem Leder hing neben der Tunnelöffnung. Conan trat wieder auf den Sims hinaus, befestigte die Leiter am Bronzering und ließ sie hinab. Während Tubal sie ungeduldig emporkletterte, zog Conan sein Seil hoch und wickelte es sich wieder um die Mitte.

Als Tubal das Geheimnis des verschwindenden Pfades durchschaut hatte, fluchte er wütend auf Shemitisch. »Weshalb war die Tür von innen nicht verriegelt?« wunderte er sich.

»Vermutlich, weil ein ständiges Kommen und Gehen ist und jemand, der von draußen herein will, vielleicht nicht gern brüllen möchte, damit ihn einer einläßt. Die Gefahr, daß die Tür entdeckt würde, war nicht groß. Ohne den blutigen Handabdruck hätte ich sie nicht so leicht gefunden.«

Tubal wollte gleich weiter in den Spalt eindringen, aber Conan riet davon ab. Er hatte zwar nirgendwo Anzeichen von Wächtern entdeckt, aber er konnte sich nicht vorstellen, daß Menschen, die den Eingang in ihr Land so geschickt verbargen, ihn unbewacht ließen.

Er zog die Leiter hoch, hing sie wieder zurück, wo er sie gefunden hatte, und schloß die Tür, so daß dieses Ende des Tunnels im Dunkeln lag. Dann wies er den protestierenden Tubal an zu warten, bis er den Spalt erforscht hatte.

Vom Grund des Spaltes aus war ein schmaler Ausschnitt des Sternenhimmels zu sehen. Genügend Mondlicht filterte herein, daß Conans katzengleiche Augen sich zurechtfinden konnten.

Er hatte die Krümmung noch nicht erreicht, als dahinter Schritte zu hören waren. Kaum hatte er sich hinter einem aus der Wand gebrochenen Felsbrocken verborgen, als ein Wächter sich mit dem geruhsamen Schritt eines Mannes näherte, der sich sicher fühlt und gleichmütig seiner Pflicht nachkommt. Er war ein stämmiger Khitan mit einem Gesicht wie eine Kupfermaske und dem breitbeinigen Gang eines Reiters. Seinen Wurfspeer zog er hinter sich her.

Als er an Conans Versteck vorbeigekommen war, ließ ein Instinkt ihn mit gefletschten Zähnen herumwirbeln, und er hob den Speer zum Stoß. Doch noch ehe er sich ganz gedreht hatte, sprang Conan ihm entgegen und spaltete ihm den Schädel.

Lauschend blieb der Cimmerier stehen und spähte den Gang entlang. Erst als er sich vergewissert hatte, daß der Wächter allein gewesen war, wagte er ein leises Pfeifen, um Tubal herbeizuholen. Der Shemit sperrte beim Anblick des Toten die Augen auf.

Conan bückte sich über den Khitan. Er zog dessen Oberlippe zurück. Die Augenzähne waren zugespitzt. »Ein weiterer Sohn Erliks, des Gelben Totengottes«, brummte er. »Wer weiß, wie viele sich noch hier befinden. Wir ziehen ihn am besten hinter diese Felsblöcke.«

Jenseits der Krümmung verlief der tiefe Einschnitt bis zur nächsten Biegung gerade. Je näher sie ihr kamen, desto überzeugter wurde der Cimmerier, daß der Khitan der einzige Wächter in dem Gang gewesen war.

Der Mond war am Verblassen, als sie endlich ins Freie kamen. Hier machte der Engpaß einem wirren Durcheinander von zerschmettertem Felsgestein Platz, durch das sich schmale Klüfte wie das Delta eines Flusses zogen. Zerbrökkelnde Felsspitzen und Türmchen aus schwarzem Stein hoben sich gespenstisch in das Grau des frühen Morgens.

Sie bahnten sich einen Weg durch diese grimmigen Wächter der Natur hindurch, bis sie zu einem steinübersäten, ebenen Felsboden kamen, der sich etwa dreihundert Schritt bis zum Fuß einer Bergwand erstreckte. Der Pfad, dem sie gefolgt waren, verlief schräg darüber und wand sich in gefährlichen felsgehauenen Serpentinen die Wand hinauf. Was oben auf dem Kamm war, ließ sich jedoch nicht erkennen. Rechts und links fiel die Wand steil ab und war von zerklüfteten Felsen eingerahmt.

»Was jetzt, Conan?« Im grauen Dämmerlicht wirkte der Shemit wie ein aus seiner Höhle gelockter Bergkobold.

»Wir dürften ihnen nahe sein – horch!«

Das schrille Trompeten, das sie am Abend zuvor gehört hatten, erklang über die Felsen, nur war es jetzt bedeutend näher.

»Ob man uns wohl entdeckt hat?« fragte Tubal und umklammerte den Griff seines Dolches.

Conan zuckte die Schultern. »Selbst wenn es so ist, bleibt uns nichts übrig als uns zu vergewissern, Wir müssen versuchen, hier hochzuklettern.«

Er deutete auf einen verwitterten Felsen, der sich hoch wie ein Turm von den anderen Felsen abhob. Eilig erklommen sie ihn, wobei sie glücklicherweise von den gegenüberliegenden Bergen nicht gesehen werden konnten. Auf dem Gipfel lagerten sie sich hinter Felsbrocken und starrte durch das erste Morgenrot.

»Pteor!« fluchte Tubal.

Jetzt konnten sie erst sehen, daß der gegenüberliegende Fels eine Seite eines gigantischen Tafelbergs war, der gut fünfhundert Fuß steil aus der umgebenden Ebene ragte. Seine fast senkrechten Wände schienen unbesteigbar zu sein, außer dort, wo der Pfad in den Stein gehauen war. Im Osten, Norden und Westen umsäumten ihn zerklüftete Felsen. Sie waren durch den ebenen Schluchtboden von dem Plateau getrennt. Das Plateau selbst war zwischen dreihundert Schritt und einer halben Meile breit. Im Süden grenzte es an einen gewaltigen kahlen Berg, dessen schroffe Gipfel höher als die umliegenden waren.

Aber die Beobachter achteten nicht auf diese Bergformationen. Conan hatte erwartet, am Ende der blutigen Fährte eine Art Sammelplatz zu finden: Pferdelederzelte vielleicht, eine Höhle, möglicherweise sogar eine Ortschaft aus Lehm- und Steinhütten, die sich an Felswänden schmiegten. Statt dessen lag eine Stadt vor ihnen, deren Kuppeln und Türme im rosigen Morgenlicht glitzerten. Wie die magische Stadt von Zauberern sah sie aus, die aus einem fabelhaften Land geraubt und hier in der Wildnis abgesetzt worden war.

»Die Stadt der Dämonen!« rief Tubal. »Es ist Hexerei!« Er schnippte mit den Fingern, um bösen Zauber abzuwehren.

Das Plateau war oval, von Norden nach Süden etwa eineinhalb Meilen lang und von Osten nach Westen nicht ganz eine Meile. Die Stadt stand am Südende, die Berge als Hintergrund. Ein gewaltiges Gebäude, dessen Purpurkuppe mit Gold durchzogen war, schimmerte im frühen Morgenlicht. Es hob sich weit über die Flachdächer der Steinhäuser und die Baumgruppen heraus.

Das cimmerische Blut in Conans Adern wallte auf bei dieser unheimlichen Szene – der Kontrast der düsteren, zerklüfteten schwarzen Felsen im Hintergrund zum Grün der Pflanzen und zu den leuchtenden Farben der Stadt. Dieser Anblick weckte schlimme Vorahnungen in ihm. Das Schimmern der golddurchzogenen Purpurkuppel erschien ihm unheilvoll. Die zerbröckelnden Felszacken bildeten die passenden Kulissen dazu. Es war wie eine Stadt uralter dämonischer Geheimnisse, die sich aus Ruinen und Zerfall erhob.

»Das muß die Festung der Verborgenen sein«, meinte Conan. »Wer hätte gedacht, eine solche Stadt mitten in unbewohntem Land zu finden?«

»Nicht einmal wir können gegen einen ganze Stadt kämpfen«, brummte Tubal.

Conan schwieg, während er die Stadt eingehender betrachtete. Sie war nicht so groß, wie sie auf den ersten Blick gewirkt hatte, doch kompakt. Sie hatte keinen Schutzwall, nur eine Brustwehr am Rand des Plateaus. Die ein- und zweistöckigen Häuser standen zwischen üppigen Hainen oder in prächtigen Gärten – was sehr erstaunlich war, da das Plateau aussah, als wäre es aus kahlem Gestein ohne fruchtbare Erde.

Conan traf eine Entscheidung. »Tubal«, bat er, »kehr du in die Schlucht der Geister zurück, nimm die Pferde und reite nach Kushaf. Sag Balash, daß ich alle seine Krieger brauche, dann führe die Kushafi und unsere Kozaki hierher und verteile sie in die Klüften, bis ihr mein Signal bekommt oder wißt, daß ich tot bin.«

»Pteor verschlinge Balash! Und was machst du?«

»Ich schleiche mich in die Stadt.«

»Du bist verrückt!«

»Sorge dich nicht, mein Freund! Nur so kann ich Nanaia lebend zurückholen. Danach können wir immer noch Pläne machen, um die Stadt anzugreifen. Wenn ich am Leben und in Freiheit bleibe, treffe ich euch hier, falls nicht, müßt ihr, du und Balash, eure weiteren Schritte selbst entscheiden.«

»Was willst du eigentlich mit diesem Horst der Bösewichter?«

Conan kniff die Augen zusammen. »Ich brauche einen Stützpunkt für ein eigenes Reich. Wir können nicht in Iranistan bleiben noch nach Turan zurückkehren. Wer weiß, was sich aus dieser Festung machen läßt! So, und jetzt sieh zu, daß du weiterkommst.«

»Balash kann mich nicht ausstehen. Er wird mir in den Bart spucken, dann töte ich ihn, und daraufhin werden seine Krieger mich umbringen.«

»Er wird sich dir gegenüber anständig benehmen.«

»Hm. Aber er wird mich nicht begleiten.«

»Er würde durch die Hölle reiten, wenn ich nach ihm rufe.«

»Seine Männer nicht, sie fürchten Teufel.«

»Sie werden mitkommen, wenn du ihnen versicherst, daß die vermeintlichen Dämonen Menschen sind.«

Tubal zupfte an seinem Bart und rückte nun mit dem echten Grund heraus, weshalb er den Freund nicht verlassen wollte: »Diese Scheusale in der Stadt werden dir lebenden Leibes die Haut abziehen.«

»Nein. Ich werde List mit List begegnen. Ich werde behaupten, ich sei ein Flüchtling, der Zuflucht vor dem Zorn des Königs sucht.«

Tubal erkannte, daß es keinen Zweck hatte, ihn davon abhalten zu wollen. Er brummte in den Bart, kletterte den Fels hinab und verschwand in dem Engpaß. Conan blickte ihm noch kurz nach, dann stieg auch er hinunter und schritt auf den Tafelberg zu.

3

DIE VERBORGENEN

Conan erreichte den Fuß des Tafelbergs und kletterte den steilen Weg hinauf, ohne eine Menschenseele gesehen zu haben. Der Pfad schlängelte sich schier endlos eine Reihe von Simsen mit niedrigen Steinbrüstungen empor. Zweifellos hatten keine Männer der Ilbarsiberge ihn ins Gestein gehauen, dazu wirkte er viel zu alt und hart, wie der Berg selbst.

Auf den letzten dreißig Fuß machten die rampenähnlichen Simse einer in den Fels geschlagenen Treppe Platz. Noch immer hielt niemand Conan auf. Er schritt durch eine Reihe niedriger Befestigungen am Rand des Tafelbergs und stieß auf sieben Männer, die am Boden kauernd in ein Würfelspiel vertieft waren.

Beim Knirschen von Conans Stiefeln auf dem Kies sprangen alle hoch und blickten ihn wild an. Sie waren Zuagir – Wüstenshemiten, hagere Krieger mit Hakennasen, flatternden Kaffias über den Köpfen und Schärpen um die Mitte, aus denen die Griffe von Säbeln und Dolchen ragten. Sie griffen nach den Speeren auf dem Boden neben sich und hielten sie wurfbereit.

Conan verriet keine Überraschung. Er blieb stehen und musterte sie ruhig. Die Zuagir starrten ihn unsicher wie gestellte Raubkatzen an.

»Conan!« rief plötzlich der größte der Zuagir. Aus seinen Augen sprachen Furcht und Mißtrauen. »Was machst du hier?«

Der Cimmerier ließ seinen Blick über sie alle schweifen, ehe er antwortete: »Ich suche euren Herrn.«

Das schien sie nicht zu beruhigen. Sie redeten leise aufeinander ein, die Speere immer noch wurfbereit in ihren Händen.

Plötzlich hob sich die Stimme des hochgewachsenen Zuagir über die der anderen. »Ihr schnattert wie Gänse. Eines steht fest: Wir würfelten und sahen ihn nicht kommen. Wir waren pflichtvergessen. Wenn es bekannt wird, bestraft man uns. Töten wir ihn und werfen ihn den Berg hinunter!«

»Versucht es doch«, höhnte der Cimmerier. »Und wenn euer Herr euch fragt: ›Wo ist Conan, der mir wichtige Nachrichten bringen wollte?‹, dann sagt ihr: ›Ihr habt uns nicht um unsere Meinung über diesen Mann gefragt, und so töteten wir ihn, um Euch eine Lehre zu erteilen.‹«

Seine Ironie ließ sie zusammenzucken. Einer knurrte: »Spießt ihn doch auf! Niemand wird es erfahren.«

»Nein, denn wenn wir ihn nicht mit dem ersten Wurf töten, wird er unter uns wüten wie ein Wolf unter Schafen.«

»Dann packt ihn und durchschneidet ihm die Kehle«, schlug der Jüngste vor. Die anderen funkelten ihn so erbost an, daß er erschrocken zurückwich.

»Ja, durchschneidet mir die Kehle«, spottete Conan. Er rückte seinen Gürtel zurecht, um den Säbel schnell aus der Scheide ziehen zu können. »Vielleicht bleibt sogar einer von euch am Leben, daß er davon erzählen kann.«

»Dolche töten lautlos«, murmelte der Jüngste. Das brachte ihm einen Stoß mit dem Speerschaft in den Bauch ein, so daß er keuchend nach Luft schnappte. Nachdem sie ihrer Wut an ihrem unbesonnenen Kameraden ausgelassen hatten, wurden die Zuagir ruhiger. Der Hochgewachsene wandte sich an Conan: »Du wirst erwartet?«

»Glaubst du, ich würde sonst herkommen? Steckt das Lamm ungebeten den Kopf in den Rachen des Löwen?«

»Lamm!« rief der große Zuagir. »Wohl eher ein grauer Wolf mit bluttriefenden Fängen!«

»Wenn es frischvergossenes Blut ist, dann nur das jener Narren, die nicht auf ihren Herrn hörten. Gestern nacht in der Schlucht der Geister . . .«

»Bei Hanuman! Gegen dich kämpften die sabatäischen Narren? Sie behaupteten, sie hätten einen vendhyanischen Kaufmann und seine Diener in der Schlucht erschlagen.«

Deshalb also waren die Wachen so sorglos gewesen! Aus irgendeinem Grund hatten die Sabatäer über den Ausgang des Kampfes gelogen, und die Wächter hatten infolgedessen nicht mit Verfolgern gerechnet.

»War keiner von euch dabei?« fragte Conan.

»Hinken wir vielleicht? Bluten wir? Weinen wir vor Schmerzen oder Erschöpfung? Nein, wir kämpften nicht gegen Conan.«

»Dann seid klug und begeht nicht den gleichen Fehler wie sie. Werdet ihr mich nun zu ihm bringen, der mich erwartet? Oder wollt ihr euch seinen Grimm durch Nichtachtung von Befehlen zuziehen?«

»Mögen die Götter uns davor bewahren!« brummte der große Zuagir. »Wir erhielten keinen Befehl, was dich betrifft. Aber wenn du uns belogen hast, wird unser Herr für deinen Tod sorgen, und hast du die Wahrheit gesprochen, können wir nichts verkehrt machen. Händige uns deine Waffen aus, dann bringen wir dich zu ihm.«

Widerstandslos gab Conan ihnen Säbel und Dolch. Normalerweise hätte er bis zum Tod gekämpft, ehe er sich entwaffnen ließe, doch diesmal spielte er um einen hohen Einsatz. Der Anführer richtete den jungen Zuagir mit einem Fußtritt in den Hintern auf, befahl ihm, die Felstreppe zu bewachen, als ginge es um sein Leben, dann erteilte er den anderen Anweisungen.

Als sie sich um den nun waffenlosen Cimmerier aufgestellt hatten, ahnte Conan, daß ihre Finger juckten, ihm einen Dolch in den Rücken zu stoßen. Aber er hatte den

Samen der Unsicherheit in ihren primitiven Geist gesät, und nun wagten sie nicht, gegen ihn vorzugehen.

Sie stapften auf der breiten, zur Stadt führenden Straße dahin. Beiläufig fragte Conan: »Die Sabatäer kehrten kurz vor dem Morgengrauen in die Stadt zurück?«

Als Antwort erhielt er ein kurzes: »Ja.«

»Sie können nicht schnell vorangekommen sein«, sagte Conan scheinbar nachdenklich. »Sie mußten die Verwundeten schleppen und das Mädchen, ihre Gefangene, mitzerren.«

Einer sagte: »Aber das Mädchen ...«

Der hochgewachsene Führer fuhr ihn an, zu schweigen, und warf einen finsteren Blick auf Conan. »Antworte ihm nicht. Und wenn er uns zu verhöhnen sucht, so achte nicht auf ihn. Selbst eine Schlange könnte es an List nicht mit ihm aufnehmen. Wenn wir uns mit ihm unterhalten, hat er uns hereingelegt, ehe wir Yanaidar erreichen.«

Conan stellte fest, daß der Namen der Stadt mit dem übereinstimmte, der in den Legenden erwähnt wurde, wie Balash sie ihm erzählt hatte. »Weshalb dieses Mißtrauen?« fragte er. »Bin ich nicht mit offenen Händen gekommen?«

»Ja!« Der Zuagir lachte höhnisch. »Einst sah ich dich auch zu den hyrkanischen Herren von Khorusun mit offenen Händen kommen, aber als du sie wieder schlossest, floß das Blut auf den Straßen in Strömen. Nein, Conan, ich kenne dich noch aus jenen Tagen, da du deine Meute von Räubern über die Steppen von Turan führtest. An Verschlagenheit komme ich nicht an dich heran, doch eines kann ich tun: meine Zunge hüten. Du wirst mich nicht mit geschickten Worten überlisten. Von mir wirst du nichts erfahren, und wer von meinen Männern dir antwortet, soll es mit dem Leben büßen.«

»Mir war doch, als kennte ich dich«, sagte Conan nachdenklich. »Du bist Antar, der Sohn Adis. Du warst ein ruhmeswürdiger Kämpfer.«

Das narbige Gesicht des Zuagir leuchtete bei diesen Worten auf. Dann riß er sich zusammen, machte eine finstere Miene, schalt grundlos einen seiner Männer und setzte sich schließlich an ihre Spitze.

Conan schritt zwischen ihnen, als wären sie ihm zum Ehrengeleit zugeteilt worden. Seine Haltung übertrug sich auf sie, so daß sie schließlich, als sie die Stadt erreichten, ihre Speere, statt auf ihn angelegt, auf ihren Schultern trugen.

Das Geheimnis des Pflanzenlebens hier wurde beim Näherkommen offensichtlich. Die vielen Mulden des Plateaus waren mit fruchtbarer Erde aus fernen Tälern aufgefüllt worden, und ein geschickt angelegtes Netz von Bewässerungsgräben, die speichenförmig von einer Quelle in der Stadtmitte kamen, führte durch die Gärten. Der Schutzwall der Berge ringsum verlieh dem Plateau ein mildes Klima, als es sonst in den Bergen üblich war.

Die Straße verlief durch Obstgärten zur Innenstadt: Reihen flachdächiger Steinhäuser zu beiden Seiten der breiten gepflasterten Straße, und jedes der Häuser mit einem großen Garten an der Rückseite. Am Straßenende begann eine mit Klüften und Spalten durchzogene, etwa eine halbe Meile breite Ebene, die die Stadt vom Berg dahinter trennte. Das Plateau wirkte wie ein titanischer Sims, der weit aus der Bergwand herausragte.

Menschen, die in den Gärten arbeiteten oder sich untätig auf den Straßen herumtrieben, starrten die Zuagir und ihren Gefangenen an. Conan bemerkte Iranistanier, Hyrkanier, Shemiten, ja sogar ein paar Vendhyaner und schwarze Kushiten, doch nicht einen einzigen Ilbarsi. Offenbar hatte die gemischte Bevölkerung keinerlei Verbindung zu den in der Gegend lebenden Bergbewohnern.

Die Straße erweiterte sich zu einem Marktplatz, mit einer Mauer an der Südseite, hinter der sich der Palast mit dem prächtigen Kuppeldach befand. Das massive Bronzetor war unbewacht. Ein buntgekleideter Neger verbeugte sich tief und öffnete es für sie. Conan und seine Eskorte kamen in einen breiten mit farbigen Steinen gepflasterten Hof, in dessen Mitte ein Springbrunnen sprudelte und Tauben herumspazierten. Im Osten und Westen war der Hof durch Innenmauern abgetrennt, über die das Laubwerk weiterer Gärten ragte. Conan bemerkte einen schmalen Turm, der so hoch wie die Kuppel war und dessen kunstvoll durchbrochene Mauern im Sonnenschein schimmerten.

Die Zuagir marschierten durch den Hof. Am Bogengang zum Palast wurden sie von einer dreißig Mann starken Wache in versilberten Stahlhelmen mit Federbüschen, vergoldeten Brustpanzern, mit Schilden aus Nashornhaut und goldziselierten Säbeln angehalten. Der geiernasige Hauptmann der Leibgarde unterhielt sich kurz mit Antar, dem Sohn Adis. Aus dem Tonfall und aus ihrer Haltung schloß Conan, daß die beiden alles andere denn Freunde waren.

Der Hauptmann, der mit Zahak angesprochen wurde, deutete mit schmaler gelber Hand. Sofort wurde Conan von einem Dutzend glitzernder Hyrkanier in die Mitte genommen und über eine breite Marmortreppe durch eine offenstehende Tür gebracht. Die etwas unglücklich dreinsehenden Zuagir folgten ihnen.

Sie kamen durch weite, nur schwach beleuchtete Korridore und Hallen, von deren gewölbten Decken rauchende bronzene Feuerschalen hingen. Geheimnisvolle Alkoven zu beiden Seiten waren hinter Vorhängen verborgen. Spürbare, doch ungreifbare Bedrohung schien in all diesen düsteren Hallen zu lauern.

Schließlich gelangten sie auf einen breiten Korridor und näherten sich einer bronzenen Flügeltür, vor der noch prunkvoller gerüstete Wachen standen. Sie blieben unbewegt wie Statuen, als die Hyrkanier mit ihrem Gefangenen oder Gast an ihnen vorbei in einen halbkreisförmigen Saal traten. Dicke Teppiche mit Drachenszenen bedeckten die Wände und verbargen alle möglicherweise außer der Flügeltür noch vorhandenen Öffnungen. Goldene Lampen baumelten von einer gold-schwarz verzierten Kuppeldecke.

Unmittelbar gegenüber der Flügeltür erhob sich eine Marmorplattform. Darauf stand ein thronähnlicher Baldachinsessel, auf dessen weichen Samtkissen es sich ein schlanker Mann in perlenbesticktem Gewand bequem gemacht hatte. An seinem hellroten Turban glitzerte eine große goldene Brosche in Form einer Faust, die einen flammenförmigen Dolch hielt. Das Gesicht unter dieser Kopfbedeckung war oval, hellbraun und hatte einen schwarzen Spitzbart. Conan schätzte, daß der Mann aus dem fernen Osten stammte, aus Vendhya vielleicht oder aus Kosala. Die dunklen Augen ruhten auf einem geschliffenen Kristall auf einem Sockel vor ihm. Der Kristall war in etwa eine Kugel, doch facettiert wie ein Edelstein. Er glitzerte viel stärker, als es im gedämpften Licht des Thronsaals zu erwarten war, so als brenne ein geheimnisvolles Feuer in seiner Tiefe.

Zu beiden Seiten des Thrones stand je ein riesenhafter Kushit. Sie wirkten wie Statuen aus Basalt. Ihre einzigen Kleidungsstücke waren Sandalen und seidene Lendentücher. In den Händen hielten sie Tulwars, Säbel mit breiten Klingen.

»Wer ist das?« fragte der Mann auf dem Thron müde auf Hyrkanisch.

»Conan der Cimmerier, mein Lord!« antwortete Zahak und plusterte sich sichtlich auf.

Flüchtig verrieten die dunklen Augen Interesse, dann verengten sie sich mißtrauisch. »Wie kam er unangemeldet nach Yanaidar?«

»Die Zuagirhunde, die die Treppe bewachen sollten,

sagten, er behauptete, der Magus der Söhne Yezms habe nach ihm geschickt.«

Conan straffte die Schultern bei diesem Titel. Seine blauen Augen hingen durchdringend an dem ovalen Gesicht, aber er schwieg. Man mußte wissen, wann man stumm verharren und wann kühn sprechen sollte. Sein nächster Schritt hing vom Benehmen des Magus ab. Man mochte ihn vielleicht als Schwindler hinstellen und dem Tod ausliefern. Aber Conan rechnete damit, daß kein Herrscher ihn sofort töten lassen würde, ohne den Grund für seine Anwesenheit erfahren zu haben, und auch darauf baute er, daß die wenigsten Herrscher ihren Untertanen trauten.

Nach kurzer Pause sprach der Mann auf dem Thron: »Dies ist das Gesetz Yanaidars: Niemand darf die Stufen betreten, ehe er das Zeichen so gegeben hat, daß die Wächter der Treppe es sehen konnten. Kennt er das Zeichen nicht, muß der Hüter des Tores gerufen werden, um mit dem Fremden zu verhandeln, ehe er die Treppe erklimmen darf. Conan war nicht angemeldet. Der Hüter des Tores wurde nicht gerufen. Machte Conan das Zeichen am Fuß der Treppe?«

Antar schwitzte. Er warf einen giftigen Blick auf Conan und sprach mir vor Angst rauher Stimme: »Der Wächter in der Kluft gab kein Warnsignal. Conan tauchte plötzlich auf dem Berg auf, ohne daß wir ihn zuvor gesehen hatten, obgleich wir wachsam wie die Adler waren. Er ist ein Hexer, der sich nach Belieben unsichtbar zu machen versteht. Wir wußten, daß er die Wahrheit sprach, als er sagte, Ihr hättet ihn gerufen, denn sonst wäre ihm der Geheimweg nicht bekannt gewesen ...«

Schweiß perlte dick auf des Zuagirs Stirn. Der Mann auf dem Thron schien ihn überhaupt nicht zu hören. Zahak schlug Antar mit dem Handrücken heftig über den Mund. »Schweig, Hund, bis der Magus dir zu sprechen befiehlt!«

Antar schwankte. Blut tropfte seinen Bart hinab. Er blickte den Hyrkanier haßerfüllt an, aber er sagte nichts. Der Magus machte eine müde Handbewegung.

»Schafft die Zuagir fort!« befahl er. »Setzt sie fest, bis ich weitere Befehle erteile. Selbst wenn jemand unerwartet kommt, dürften die Wächter nicht von ihm überrascht werden. Conan kannte das Zeichen nicht, trotzdem erklomm er ungehindert die Treppe. Wären sie wachsam gewesen, hätte nicht einmal Conan das fertiggebracht. Er ist kein Hexer. Ihr dürft alle gehen. Ich werde mich allein mit dem Cimmerier unterhalten.«

Zahak verbeugte sich und führte seine prächtigen Schwertkämpfer durch die schweigenden Reihen der Leibgarde links und rechts von der Tür. Die zitternden Zuagir trieb er vor sich her. Als sie an Conan vorbeikamen, streiften ihre brennenden Augen ihn haßerfüllt.

Zahak schloß die Bronzetür hinter sich. Auf Iranistanisch wandte der Magus sich an Conan: »Sprich offen. Die Schwarzen verstehen uns nicht.«

Ehe Conan antwortete, schob er einen Diwan vor die Plattform, machte es sich darauf bequem und legte die Füße auf einen samtbezogenen Schemel. Der Magus verriet keinen Unmut darüber, daß sein Besucher sich ungebeten gesetzt hatte. Seine ersten Worte bewiesen, daß er im Umgang mit Menschen aus dem Westen nicht unerfahren war, und offenbar hatte er, weil es seinem Zweck diente, ein wenig ihrer Direktheit angenommen. »Ich habe dich nicht gerufen«, sagte er.

»Natürlich nicht. Aber ich mußte diesen Dummköpfen doch etwas sagen, um sie nicht alle töten zu müssen.«

»Was willst du hier?«

»Was will ein Mann schon, wenn er zu einem Nest Gesetzloser kommt?«

»Er könnte ein Spion sein.«

Conan lachte polternd. »Für wen?«

»Woher kanntest du den Weg?«

»Ich folgte den Aasgeiern. Sie führen mich immer an mein Ziel.«

»Das schulden sie dir auch. Du fütterst sie ja verschwenderisch genug. Was ist mit dem Khitan, der den Felsspalt bewachte?«

»Er ist tot. Er wollte keine Vernunft annehmen.«

»Die Aasgeier folgen dir, nicht du ihnen«, bemerkte der Magus. »Weshalb gabst du mir nicht Bescheid, daß du kommen würdest?«

»Wie? Vergangene Nacht überfiel eine Bande Eurer Narren meinen kleinen Trupp in der Schlucht der Geister. Einen meiner Männer töteten sie, und meine Begleiterin schleppten sie davon, den vierten packte die Angst, und er floh. So machte ich mich allein weiter auf den Weg, als der Mond aufging.«

»Es waren Sabatäer, deren Pflicht es ist, die Schlucht der Geister zu bewachen. Sie wußten nicht, daß du zu mir wolltest. Gegen Morgen kamen sie in die Stadt gehinkt, mit einem Sterbenden, und fast alle verwundet. Sie schworen, sie hätten einen reichen vendhyanischen Kaufmann und seine Diener in der Schlucht getötet. Offenbar hatten sie Angst zuzugeben, daß sie vor dir davonliefen. Sie werden diese Lüge bitter zu büßen haben. Doch du hast mir immer noch nicht gesagt, weshalb du hierhergekommen bist.«

»Um Zuflucht zu suchen. Der König von Iranistan und ich trennten uns in Unfrieden.«

Der Magus zuckte die Schultern. »Das ist mir bekannt. Kobad Shah wird sich jedoch eine Weile – wenn überhaupt wieder – nicht mehr um dich kümmern. Er wurde von einem unserer Männer verwundet. Doch die Schwadron, die er dir und deinem Trupp nachschickte, ist immer noch auf eurer Spur.«

Conans Nacken prickelte, wie immer, wenn Magie im Spiel war. »Crom! Ihr haltet Euch ganz schön auf dem laufenden.«

Der Magus blickte auf die Kristallkugel und nickte. »Ein Spielzeug, doch nicht ganz ohne Nutzen. Wie dem auch sei, wir hüteten unser Geheimnis immer gut. Da du von Yanaidar wußtest und den Weg kanntest, muß einer der Bruderschaft dich eingeweiht haben. Hat der *Tiger* dich geschickt?«

Conan ging nicht in die Falle. »Ich kenne keinen *Tiger*«, antwortete er. »Man braucht mir keine Geheimnisse zu verraten, ich komme von selbst dahinter. Eure Stadt erwählte ich nur, weil ich ein Versteck brauche. In Anshan stehe ich in Ungnade, und die Turaner würden mich pfählen, erwischten sie mich.«

Der Magus sagte etwas auf Stygisch. Conan, dem klar war, daß er die Sprache während ihrer Unterhaltung nicht grundlos wechselte, täuschte vor, sie nicht zu verstehen.

Der Magus wandte sich an einen der Schwarzen. Der riesenhafte Neger zog einen Silberhammer auf dem Gürtel und schlug auf einen goldenen Gong. Die Echos waren kaum verstummt, als die Bronzetür sich einen Spalt öffnete und einen schlanken Mann in einfachen Seidengewändern einließ. Nach seinem kahlgeschorenen Schädel zu schließen, war er Stygier. Vor der Plattform angekommen, verbeugte er sich tief. Der Magus redete ihn mit »Khaza« an und befragte ihn in der Sprache, die er gerade in Conan ausprobiert hatte. Khaza antwortete in der gleichen.

»Kennst du diesen Mann?« erkundigte sich der Magus.

»Ja, mein Lord.«

»Wurde er in den Berichten unserer Spitzel erwähnt?«

»Ja, mein Lord. Die letzte Nachricht aus Anshan besagte unter anderem, daß dieser Mann am gleichen Abend, ehe unser Diener den König hinzurichten versuchte, eine Geheimsitzung mit Kobad Shah hatte. Nachdem er den Palast überstürzt verlassen hatte, floh er mit seinen dreihundert Mann leichter Reiterei aus der Stadt und wurde zuletzt auf der Straße nach Kushaf gesehen. Reiter aus Ashan verfolgten ihn, doch ob sie inzwischen umkehrten oder ihn immer noch suchen, weiß ich nicht.«

»Du darfst wieder gehen.«

Khaza verbeugte sich und verließ den Thronsaal. Der Magus hing eine Weile seinen Überlegungen nach, dann hob er den Blick und sagte. »Ich glaube, daß du die Wahrheit gesprochen hast. Du flohst von Anshan nach Kushaf, wo kein Freund des Königs willkommengeheißen würde. Daß du ein Feind der Turaner bist, ist allgemein bekannt. Wir brauchen einen Mann wie dich. Aber ich kann dich nicht aufnehmen, ehe der *Tiger* es für unbedenklich erklärt hat. Er wird erst morgen nach Yanaidar zurückkehren. Inzwischen würde ich gern erfahren, wie du von unserer Bruderschaft und unserer Stadt erfahren hast.«

Conan zuckte die Schultern. »Ich lausche den Geheimnissen, die der Wind singt, wenn er durch die Zweige der dürren Tamarisken bläst, und den Geschichten, die man sich am Dungfeuer in den Karawansereien erzählt.«

»Dann kennst du unsere Ziele?«

»Ich weiß, wie ihr euch nennt.« Conan bemühte sich, seine Antworten so undurchsichtig wie nur möglich zu halten, um selbst mehr zu erfahren.

»Weißt du auch, was mein Titel bedeutet?«

»Magus der Söhne Yezms – Oberzauberer der Yezmiten. In Turan erzählt man sich, daß die Yezmiten eine prähistorische Rasse entlang der Vilayetsee waren. Sie vollzogen seltsame Riten, zu denen Zauberei und Kannibalismus gehörten. Die Hyrkanier rotteten sie bis auf den letzten Mann aus.«

»Das bilden sie sich ein«, sagte der Magus spöttisch.

»Nachkommen dieser Rasse leben immer noch in den Bergen von Shem.«

»Das hatte ich vermutet«, gestand Conan. »Ich hörte über sie, aber als Legenden.«

»Ja, die Welt hält sie für Legende. Doch seit dem Anbeginn allen Geschehens ist das Feuer von Yezm nie ganz erloschen, wenngleich es jahrhundertelang unter der Asche schwelte. Die Bruderschaft der Verborgenen ist der älteste aller Kulte. Ihn gab es, noch ehe Mitra, Ischtar und Asura verehrt wurden. Er kennt keine Rassenunterschiede. In ältester Vergangenheit war er über die ganze Welt verbreitet, von Grondar bis Valusien. Menschen vieler Lande und Rassen gehörten und gehören der Bruderschaft der Verborgenen an. Vor langer, langer Zeit waren die Yezmiten nur eine Seitenlinie, doch aus ihrer Rasse wurden die Priester des Kultes erwählt.

Nach der Weltkatastrophe lebte der Kult wieder auf. In Stygien, Acheron, Koth und Zamora befanden sich kleine Gruppen, die im verborgenen wirkten, in ihrer Existenz kaum erahnt von den Rassen, unter denen sie lebten. Im Laufe der Jahrtausende verloren diese Gruppen die Verbindung zueinander. Jede ging ihren eigenen Weg und schrumpfte, da ihr die Zusammengehörigkeit fehlte.

In früherer Zeit lenkten die Verborgenen das Geschick von ganzen Reichen. Nicht als Heerführer kämpften sie, sondern mit Gift und Feuer und dem flammenklingigen Dolch, der in der Nacht zustößt. Ihre scharlachrot gewandeten Botschaften des Todes führten die Anweisungen des Magus der Söhne Yezms aus, und Könige starben in Luxur, in Python, in Kuthchemes, in Dagon.

Ich bin ein Nachkomme jenes Magus von Yezm zur Zeit Tuthamons, den die ganze Welt fürchtete!« Ein fanatisches Feuer glühte in den dunklen Augen auf. »Während meiner Kindheit und Jugend träumte ich von der früheren Größe des Kultes, in den ich schon in jungen Jahren aufgenommen worden war. Das Gold aus den Minen meiner Besitzungen half mir, meinen Traum zu verwirklichen. Virata von Kosala wurde zum Magus der Söhne Yezms – der erste mit diesem Titel seit fünfhundert Jahren.

Der Glauben der Verborgenen ist breit und tief wie das Meer und verbindet Menschen unterschiedlichster Sekten. Faser um Faser zog ich die verschiedensten Zweige des Kultes zusammen und vereinte sie: die Zuagiten, die Jiliten, die Erlikiten, die Yezuditen. Meine Kundschafter zogen durch die Welt auf Suche nach Angehörigen der alten Bruderschaft. Sie fanden sie in überfüllten Städten, in kahlen Gebirgen, in der Stille von Hochlandwüsten. Langsam, aber sicher wuchs mein Volk, denn ich habe nicht nur alle die verschiedenen Zweige zusammengezogen, sondern auch neue Anhänger aus den kühnsten Geistern Dutzender von Rassen und Sekten um mich geschart. Vor dem Feuer Yezms sind sie nun alle gleich. Unter meinen Leuten sind Anbeter Gullahs, Sets und Mitras, Derketos, Ischtars und Yuns.

Vor zehn Jahren kam ich mit meinen Jüngern zu dieser Stadt, die damals nicht mehr als immer weiter zerfallende Ruinen war. Die Bergstämme kennen sie nicht, denn ihre abergläubischen Legenden lassen sie diese Gegend meiden. Die Häuser waren zerbröckelnder Stein, die Kanäle mit Trümmerstücken gefüllt und die Haine wuchernde Wildnis. Wir brauchten sechs Jahre, um sie wiederaufzubauen. Den größten Teil meines Vermögens verschlang sie, denn heimlich das Material hierherzuschaffen, war anstrengende und nicht ungefährliche Arbeit. Wir schafften es von Iranistan über den alten Karawanenweg aus dem Süden eine Rampe an der Ostwand des Tafelbergs hinauf. Diese Rampe ließ ich inzwischen zerstören. Und schließlich erstrahlte das vergessene Yanaidar in seiner alten Pracht.

Sieh!«

Der Magus erhob sich und winkte Conan zu. Die riesenhaften Schwarzen traten an seine Seite, als er zu einem bisher hinter einem Wandteppich verborgenen Alkoven schritt. Sie kamen zu einem schmiedeeisernen Balkon, der auf einen von einer fünfzehn Fuß hohen Mauer umzäunten Garten hinausführte. Die Mauer verschwand fast ganz hinter dichten Schlingpflanzen, Sträuchern und Bäumen. Ein exotischer Duft stieg von Blüten und Blattgrün auf. Ein silbernen Springbrunnen plätscherte. Auf den Wegen wandelten Frauen in hauchdünnen Seidengewändern und in Roben aus edelsteinbesetztem Samt. Schlanke, grazile Mädchen waren es, hauptsächlich Vendhyanerinnen, Iranistanierinnen und Shemitinnen. Männer lagen, wie in Lotusträumen, auf Seidenkissen unter Bäumen. Sanfte, melodiöse Musik erfüllte die Luft.

»Das ist der Paradiesgarten, wie er von den Magiern alter Zeit gern benutzt wurde«, erklärte Virata und kehrte zum Thronsaal zurück. »Jenen, die mir treu dienen, wird der Saft des purpurnen Lotus in den Wein gemischt. Sie erwachen dann in diesem Garten, und die schönsten Frauen der Welt sind bereit, sie zu bedienen. So glauben sie, sie befänden sich wahrhaftig im Himmel, der jenen versprochen wird, die dem Magus dienen.« Der Kosaler lächelte dünn. »Ich zeige dir alles, weil du das Paradies nicht auf diese Art und Weise kosten wirst, denn du bist kein leichtgläubiger Narr, der sich dermaßen täuschen läßt. Aber es schadet nichts, daß du jene Geheimnisse kennst. Wenn der Tiger nicht mit dir einverstanden ist, wird dieses Wissen mit dir sterben, und gefällst du ihm, weißt du nicht mehr denn das, was du als Sohn der Berge ohnedies erfahren hättest.

Du kannst hoch steigen in meinem Reich. Ich werde so mächtig werden wie meine Vorfahren. Sechs Jahre bereitete ich mich vor, dann begann ich zuzuschlagen. Seit vier

Jahren schicke ich meine Anhänger mit vergifteten Dolchen aus, wie es früher unter uns üblich war. Sie kennen kein Gesetz, nur meinen Befehl. Sie sind unbestechlich und unbezwingbar, und sie suchen den Tod, nicht das Leben.«

»Wie sieht Euer endgültiges Ziel aus?«

»Hast du das nicht erraten?« Der Kosaler wisperte es, und seine Augen glitzterten fanatisch.

»Wie sollte ich nicht?« brummte Conan. »Ich würde es nur gern aus Eurem eigenen Mund hören.«

»Ich werde die ganze Welt beherrschen. Hier, von Yanaidar aus, bestimme ich ihr Geschick. Die Könige auf ihren Thronen werden nichts weiter als meine Marionetten sein. Jenen, die mir nicht gehorchen, schicke ich den Tod. Bald wird keiner mehr wagen, sich zu widersetzen. Uneingeschränkte Macht wird mein sein. Macht! Yajur! Was ist größer?«

Conan versuchte bei sich, die prahlerischen Worte des Magus mit der Rolle des geheimnisvollen *Tigers* in Einklang zu bringen, der über sein Geschick entscheiden sollte. Viratas Macht hatte offenbar ihre Grenzen.

»Wo ist das Mädchen Nanala?« fragte er. »Eure Sabatäer verschleppten sie, nachdem sie meinen Leutnant Hattusas gemordet hatten.«

Virata übertrieb mit seiner scheinbaren Überraschung. »Ich weiß nicht, von wem du sprichst. Sie haben keine Gefangene mitgebracht.«

Conan war sicher, daß er log, aber er wußte auch, daß es sinnlos wäre, den Magus weiter damit zu bedrängen. Es gab verschieden Gründe, weshalb Virata leugnen konnte, von dem Mädchen zu wissen. Und alle die Gründe waren beunruhigend.

Der Magus winkte dem Schwarzen, der wieder auf den Gong schlug. Erneut betrat Khaza den Thronsaal und verbeugte sich.

»Khaza wird dir deine Kammer zeigen«, sagte Virata. »Du wirst dort zu essen und zu trinken bekommen. Du bist kein Gefangener, und es wird niemand zu deiner Bewachung abgestellt. Aber ich muß dich ersuchen, dein Gemach nicht zu verlassen, außer in Begleitung. Meine Männer sind Fremden gegenüber äußerst mißtrauisch, und bis du nicht aufgenommen bist . . .« Er schwieg bedeutungsvoll.

4

FLÜSTERNDE SCHWERTER

Der Stygier mit dem unbewegten Gesicht führte Conan durch die Bronzetür, vorbei an den harnischglitzernden Wachen, einen schmalen Gang entlang, der von dem breiteren Hauptkorridor abbog. Er wies ihm ein Gemach mit gewölbter Decke aus Elfenbein und Sandelholz zu. Es besaß nur die eine schwere messingbeschlagene Tür, durch die sie traten, keine Fenster. Luft und Licht kamen durch die durchbrochene Decke. Die Wände waren mit kostbaren Teppichen behangen, auch der Boden war mit Teppichen belegt und mit unzähligen Seidenkissen geschmückt.

Khaza verließ mit einer wortlosen Verbeugung das Gemach und schloß die Tür hinter sich. Conan ließ sich auf einem Seidendiwan nieder. Er befand sich in der bisher ungewöhnlichsten Lage seines an seltsamen Abenteuern gewiß nicht armen Lebens. Seine Gedanken galten Nanaias Geschick, und er fragte sich, was er als nächstes unternehmen sollte.

Schritte waren auf dem Korridor zu vernehmen. Khaza trat ein, gefolgt von einem riesigen Neger mit dampfenden goldenen Schüsseln und Wein in einer ebenfalls goldenen Kanne. Ehe Khaza die Tür schließen konnte, war Conan die

Spitze eines Helmes aufgefallen, der über einen Behang vor einem gegenüberliegenden Alkoven hinausgeragt hatte. Virata hatte also gelogen, als er sagte, man würde keine Wachen postieren. Aber Conan hatte auch gar nichts anderes erwartet.

»Wein von Kyros, mein Lord, und Speisen«, sagte der Stygier. »In Kürze wird eine Maid, schön wie der junge Morgen, Euch unterhalten.«

»Gut«, brummte Conan.

Khaza bedeutete dem Sklaven, das Essen auf ein Tischchen zu stellen. Er selbst kostete jedes Gericht und nahm einen tiefen Schluck des Weines, ehe er sich mit einer Verneigung verabschiedete. Wachsam wie ein gestellter Wolf bemerkte Conan, daß der Stygier den Wein als letztes probierte und sein Gang ein klein wenig unsicher war, als er zur Tür ging. Als sie sich hinter ihm geschlossen hatte, roch Conan am Wein. Vermischt mit der Blume des Weines war ein aromatischer Duft, den nur so scharfe Sinne wie die des Barbaren aufzunehmen vermochten. Es war der Duft des Purpurlotus aus den finsteren Sümpfen des südlichen Stygien, der – je nach genossener Menge – einen längeren oder kürzeren tiefen Schlaf hervorrief. Der Vorkoster hatte sich beeilt, den Raum zu verlassen, ehe die Wirkung ihn übermannte. Conan fragte sich, ob Virata vielleicht doch die Absicht hatte, ihn in den Paradiesgarten bringen zu lassen.

Nach kurzer Untersuchung war er sicher, daß dem Essen nichts Schädliches beigemischt war, und so stürzte er sich hungrig darüber.

Er hatte sein Mahl kaum beendet und bedauerte gerade, daß es nicht reichlicher gewesen war, als sich die Tür erneut öffnete. Ein schlankes, geschmeidiges Mädchen mit goldenen Brustschalen, juwelenbesecktem Gürtel und schleierfeinen bauschigen Beinkleidern trat ein.

»Wer bist du?« knurrte Conan.

Das Mädchen zuckte zusammen, und ihr sanftbraunes Gesicht erbleichte. »Bitte, Lord, tötet mich nicht, ich habe nichts getan.« Ihre dunklen Augen waren vor Furcht und Aufregung geweitet, ihre Worte überschlugen sich, und sie rang die Hände.

»Wer sagt denn, daß ich dich töten will? Ich fragte nur, wer du bist.«

»Ich – man nennt mich Parusati.«

»Und wie bist du hierhergekommen?«

»Sie haben mich geraubt, mein Lord ... die Verborgenen, als ich eines Abends im Garten meines Vaters in Ayodhya lustwandelte. Auf geheimen Wegen schleppten sie mich hierher in diese Stadt der Teufel, damit ich als Sklavin diene, wie die anderen Mädchen, die sie aus Vendya, Iranistan und anderen Landen entführen.« Stammelnd fuhr sie fort. »I-ich bin seit einem Monat hier. Ich wäre vor Scham fast gestorben! Man peitschte mich aus! Ich habe gesehen, wie andere Mädchen unter Folterqualen starben. O welche Schande für meinen Vater, daß seine Tochter zur Sklavin von Teufelsanbetern erniedrigt wurde!«

Conan schwieg, aber das Funkeln seiner eisblauen Augen sprach für sich. Obgleich er in seinem Leben schon viel Blut vergossen hatte und an Grausamkeiten gewöhnt war, hatte er Frauen gegenüber seinen eigenen barbarischen Ehrenkodex. Bis jetzt hatte er tatsächlich mit dem Gedanken gespielt, sich Viratas Kult anzuschließen – in der Hoffnung, sich hochzuarbeiten und schließlich selbst die Führung zu übernehmen, notfalls, indem er die über sich tötete. Doch nun war er entschlossen, diese Schlangengrube auszuräuchern und sie schließlich für seine eigenen Zwecke zu benutzen.

Parusati fuhr inzwischen fort: »Heute kam der Sklavenmeister, um ein Mädchen auszuwählen. Sie sollte Euch nach verborgenen Waffen durchsuchen, während Ihr in halbtrunkenem Schlaf läget. Nach Eurem Erwachen wäre ihre Aufgabe, Euch zu verführen und herauszufinden, ob Ihr ein Spion seid oder es ehrlich meint. Ausgerechnet ich wurde dafür ausgewählt. Ich erschrak zu Tode, als ich feststellte, daß Ihr wach seid. Tötet mich nicht, ich flehe Euch an!«

Conan brummte etwas Unverständliches. Er würde ihr kein Härchen krümmen, aber es war vielleicht besser, wenn sie das im Augenblick noch nicht wußte. Ihre Angst konnte ihm von Nutzen sein. »Parusati«, sagte er, »weißt du etwas von einer Frau, die im Morgengrauen von einer Gruppe Sabatäer hergeschleppt wurde?«

»Ja, mein Lord. Sie hatten sie gefangengenommen, um ein Freudenmädchen aus ihr zu machen. Aber sie ist sehr stark, und nachdem die Sabatäer die Stadt erreicht und sie dem hyrkanischen Wachen übergeben hatten, befreite sie sich, entriß einem der Hyrkanier den Dolch und tötete Zahaks Bruder. Zahak verlangte ihren Tod, und er ist zu mächtig, als daß selbst Virata es ihm verweigern könnte.«

»Deshalb also log der Magus über Nanaia«, murmelte Conan.

»Ja, mein Lord. Nanaia schmachtet in einem Verlies unter dem Palast. Morgen wird sie dem Hyrkanier zur Folterung und Hinrichtung ausgeliefert.«

Conans bronzedunkles Gesicht wurde finster. »Führ mich heute nacht zu Zahaks Schlafgemach«, bat er. Seine zu Schlitzen zusammengekniffenen Augen verrieten seine tödliche Absicht.

»Das kann ich nicht«, wehrte das Mädchen ab. »Er schläft bei seinen Kriegern, kampferprobten Steppensöhnen. Selbst für einen Mann wie Euch sind ihrer zu viele. Aber ich kann euch zu Nanaia bringen.«

»Was ist mit dem Posten auf dem Gang?«

»Er wird uns nicht zu Gesicht bekommen, und er wird

auch niemanden einlassen, ehe er nicht gesehen hat, daß ich Euer Gemach verlassen habe.«

»Also gut.« Conan richtete sich auf wie ein Tiger, der sich zum Beutefang bereitmacht.

Parusati zögerte. »Mein Lord – vermute ich richtig, daß Ihr nicht vorhabt, Euch diesen Teufeln anzuschließen, sondern daß Ihr sie vernichten wollt?«

Conan grinste wölfisch. »Du könntest es so nennen, daß jenen, die ich nicht mag, leicht ein Unfall zustoßen kann.«

»Versprecht Ihr mir, daß Ihr mir nichts antut und Ihr mich befreit, wenn es sich machen läßt?«

»Wenn es sich machen läßt, gern. Aber laßt uns jetzt keine weitere Zeit vergeuden. Führe mich.«

Parusati zog an der Wand gegenüber der Tür einen Teppich zur Seite und drückte auf eine bestimmte Stelle der Arabesken. Ein Paneel schwang nach innen und offenbarte eine schmale Treppe, die in lichtlose Tiefen führte.

»Die Teufel bilden sich ein, ihre Sklaven kennen ihre Geheimnisse nicht«, murmelte sie. »Kommt.«

Sie stieg durch die Öffnung und schloß das Paneel hinter ihnen. Von einem begrenzten Lichtschimmer abgesehen, der durch die Paneelritzen fiel, herrschte hier fast absolute Dunkelheit. Sie stiegen vorsichtig die Stufen hinunter, bis Conan sicher war, daß sie sich weit unter dem Palast befanden, und endlich ein Tunnel von der Treppe wegführte.

»Ein Kshatriyaer, der aus Yanaida fliehen wollte, zeigte mir diesen Geheimweg«, sagte sie. »Ich hatte beabsichtigt, mich ihm anzuschließen. Wir versteckten Waffen und Mundvorrat hier. Er wurde gefaßt und gefoltert, aber er starb, ohne mich verraten zu haben. Hier ist sein Schwert.« Sie tastete in eine Nische und holte eine Klinge heraus, die sie Conan reichte.

Kurz darauf kamen sie zu einer eisenbeschlagenen Tür. Parusati bedeutete Conan, vorsichtig zu sein und durch eine winzige Öffnung zu spähen. Er tat es und sah einen breiten Korridor mit einer kahlen Wand an einer Seite, von der sich nur eine seltsam verzierte und verriegelte Ebenholztür abhob, und eine Reihe von Zellen an der anderen, alle ebenfalls mit verriegelten Türen. Das nicht sehr ferne Korridorende wies eine weitere schwere Tür auf. Alte Bronzehängelampen warfen einen sanften Schein.

Vor einer der Zellentüren stand ein prächtiger Hyrkanier mit glänzendem Harnisch und federbuschverziertem Helm, einen Säbel in der Rechten. Parusatis Finger verkrampften sich um Conans Arm.

»Nanaia ist in jener Zelle«, flüsterte sie. »Könnt Ihr den Hyrkanier töten? Er ist ein hervorragender Schwertkämpfer.«

Mit grimmigem Lächeln wog Conan die Klinge in seiner Hand. Sie war aus vendhyanischem Stahl, lang, leicht, aber fast unzerbrechlich. Conan nahm sich keine Zeit, dem Mädchen zu erklären, daß er gleichermaßen meisterhaft mit den geraden Klingen des Westens, den krummen des Ostens und den zweifach gebogenen Ilbarsidolchen wie auch mit den blattförmigen Breitschwertern Shems umzugehen verstand. Er öffnete die Geheimtür.

Als er in den Korridor trat, sah Conan Nanaias Gesicht durch die Gitterstäbe hinter dem Hyrkanier. Die Angeln knarrten. Der Wächter wirbelte mit gefletschten Zähnen herum und griff sofort an.

Conan sprang ihm entgegen. Die beiden Mädchen wurden Zeugen eines Schwertkampfes, der das Herz jedes Königs schneller schlagen lassen konnte. Die einzigen Geräusche waren das leichte Scharren und Stampfen von Füßen, das Schleifen und Klirren von Stahl und der Atem der beiden Kämpfer. Die langen, leichten Klingen stießen durch das trügerische Licht: Lebewesen, Körperteile der Männer gleich, die sie schwangen.

Ganz leicht verschob sich das Gleichgewicht. Der Hyrkanier erkannte, daß er unterlegen war. Wild entschlossen, seinen Gegner mit in den Tod zu nehmen, stach er zu. Doch Conan parierte, und wieder klirrte Stahl gegen Stahl, bis seine Klinge fast zärtlich den Hals des Hyrkaniers zu streifen schien. Und schon sackte der so prächtig Gerüstete auf den Boden – mit halb durchtrenntem Hals. Er war ohne einen Laut gestorben.

Einen Augenblick stand der Cimmerier über ihn gebeugt, während von der Klinge in seiner Hand Blut tropfte. Sein Wams war aufgeschlitzt, und seine mächtige Brust hob und senkte sich kaum merklich. Nur die dünne Schweißschicht auf seiner Stirn verriet die überstandene Anstrengung. Er löste einen Schlüsselring vom Gürtel des Toten. Das Rasseln des Stahlschlosses riß Nanaia aus ihrer Erstarrung.

»Conan! Ich hatte schon alle Hoffnung aufgegeben! Da kamst du? Welch ein Kampf! Ich wollte, ich hätte mich daran beteiligen können!« Das hochgewachsene Mädchen trat aus der Zelle und bückte sich nach des Hyrkaniers Schwert. »Was jetzt?«

»Wir haben keine Chance, wenn wir versuchen wollen, vor Einbruch der Dunkelheit hier herauszukommen«, antwortete Conan. »Nanaia, wann sollte dieser Posten abgelöst werden?«

»Jede Wachperiode dauert vier Stunden. Seine hatte erst begonnen.«

Conan wandte sich an Parusati: »Welche Tageszeit haben wir eigentlich? Ich habe seit dem frühen Morgen die Sonne nicht mehr gesehen.«

»Nachmittag«, erwiderte die Vendhyanerin. »In etwa vier Stunden dürfte die Sonne untergehen.«

Er befand sich also schon länger in Yanaidar, als ihm klargewesen war. »Sobald es dunkel ist, versuchen wir wegzukommen. Wir gehen jetzt zu meinem Gemach. Nanaia wird sich auf der Geheimtreppe verstecken, und Parusati kehrt durch die Tür meines Zimmers in die Gemächer der Mädchen zurück.«

»Aber wenn die Ablösung für diesen Burschen kommt, wird er feststellen, daß ich entkommen bin«, gab Nanaia zu bedenken. »Du solltest mich hierlassen, bis du zur Flucht bereit bist, Conan.«

»Das ist zu riskant. Es könnte sein, daß ich keine Möglichkeit mehr habe, dich zu holen. Wenn sie dich vermissen, hilft uns vielleicht ihre Verwirrung weiter. Wir werden die Leiche verstecken.«

Er drehte sich der so seltsam verzierten Tür zu. Parusati stieß einen leisen Schrei aus. »Nicht dorthin, mein Lord. Wollt Ihr die *Tür zur Hölle* öffnen?«

»Was soll das heißen? Was liegt hinter dieser Tür?«

»Ich weiß es nicht. Die Leichen von Hingerichteten, ob Männer oder Frauen, und die armen Teufel, die gemartert wurden, aber in denen noch ein wenig Leben ist, werden durch diese Tür getragen. Was aus ihnen wird, vermag ich nicht einmal zu ahnen, aber ich hörte ihre Schreie, die schrecklicher klangen als zu der Zeit, da sie gefoltert wurden. Man munkelt, daß ein menschenfressender Dämon hinter der Tür haust.«

»Das könnte schon sein«, sagte Nanaia nachdenklich. »Vor kurzem kam ein Sklave an meiner Zelle vorbei und warf etwas, das ich nicht erkennen konnte, das jedoch weder Mann noch Frau war, durch diese Tür.«

»Es war zweifellos ein Neugeborenes.« Parusati schüttelte sich.

»Ich weiß was«, murmelte Conan. »Wir ziehen dieser Leiche deine Sachen an, Nanaia, und legen sie mit dem Gesicht nach unten in dein Verlies. Wenn die Ablösung kommt, glaubt sie vielleicht, du bist es, schlafend oder tot, und sie wird statt nach dir nach dem Wächter suchen.«

Ohne Zaudern schlüpfte Nanaia aus ihrem Mieder, hob die Bluse über den Kopf und stieg aus den Beinkleidern, während Conan den toten Hyrkanier auszog. Parusati blickte schamhaft zur Seite.

»Was ist denn los mit dir?« knurrte der Cimmerier. »Hast du noch nie einen nackten Menschen gesehen? Komm, hilf mir!«

Es dauerte nicht lange, und Nanaia trug des Hyrkaniers Sachen, bis auf Helm und Brustpanzer. Vergebens versuchte sie, das Blut vom langärmeligen Wams zu säubern, während Conan den Hyrkanier in ihrer Kleidung in die Zelle zerrte. Er legte den Toten mit dem Gesicht nach unten und der Wand zu, so daß sein kurzer Backen- und gestutzter Schnurrbart von den Gitterstäben der Tür aus nicht zu sehen waren, und zog Nanaias Bluse über die gräßliche Halswunde. Conan schloß die Zellentür hinter sich und händigte Nanaia die Schlüssel aus.

»Gegen das Blut auf dem Boden können wir nichts machen. Einen bestimmten Plan, wie wir aus der Stadt zu kommen vermögen, habe ich noch nicht. Wenn es mir nicht gelingt, sie zu verlassen, werde ich Virata töten – der Rest liegt in Croms Hand. Sollte es euch zweien glücken herauszukommen und mir nicht, dann versucht, auf dem Pfad zu bleiben und den Kushafi entgegenzugehen. Ich schickte Tubal im Morgengrauen nach ihnen. Das bedeutet, daß er bei Abendanbruch Kushaf erreichen müßte und die Krieger am frühen Morgen vermutlich in der Schlucht unter dem Plateau ankommen.«

Sie kehrten zur Geheimtür zurück, die, wenn geschlossen, wie ein Teil der kahlen Steinwand aussah. Sie folgten dem Tunnel und tasteten sich die Treppe hoch.

»Hier mußt du warten, bis es soweit ist«, sagte Conan zu Nanaia. »Behalte die Schwerter bis dahin, ich darf mich jetzt damit nicht sehen lassen. Falls mir etwas zustoßen sollte, dann öffne die Paneeltür und versuche, mit Parusati, die dich holen wird, zu entfliehen.«

»Wie du willst, Conan.« Nanaia kauerte sich mit verschränkten Beinen auf die oberste Stufe.

Zurück in seinem Gemach, sagte Conan zu Parusati: »Geh jetzt. Wenn du zu lange bleibst, wecken wir möglicherweise ihr Mißtrauen. Versuche, sobald es dunkel genug ist, hierher zurückzukommen. Ich glaube, sie wollen mich festhalten, bis dieser *Tiger* zurückkehrt. Wenn du wieder zu mir kommst, dann sag dem Posten, daß der Magus dich geschickt hat. Ich kümmere mich um ihn, wenn wir aufbrechen. Erzähl dem Burschen, du sahst mich den Wein trinken und hättest mich durchsucht, ohne Waffen zu finden.«

»Ja, mein Lord. Ich werde zurückkommen, sobald es dunkel ist.« Das Mädchen zitterte vor Furcht und Aufregung, als sie das Gemach verließ.

Conan goß sich ein wenig Wein über das Gesicht, damit er nach ihm röche. Den Rest schüttete er in einen Spalt hinter den Wandbehängen. Dann legte er sich auf den Diwan und stellte sich schlafend.

Wenig später öffnete sich die Tür, und ein Mädchen trat ein, das erkannte Conan, ohne die Lider zu heben, an dem leichten Schritt bloßer Füße und dem Parfümgeruch, der ihm auch verriet, daß es nicht Parusati war. Offenbar verließ der Magus sich nicht auf eine Frau allein. Conan nahm nicht an, daß sie geschickt worden war, ihn zu töten – das wäre durch vergifteten Wein einfacher zu bewerkstelligen gewesen.

Nach dem schnellen Atem zu schließen, hatte das Mädchen Angst. Ihre Nase berührte fast seine Lippen, als sie daran roch, ob er von dem Wein getrunken hatte. Ihre Finger glitten über ihn. Auch sie mußte ihn also nach Waffen absuchen. Mit einem Seufzer der Erleichterung verließ sie das Gemach wieder.

Conan entspannte sich. Es würde noch eine geraume Weile vergehen, ehe er ein wenig zum Schlafen kam. Sein Leben und das der Mädchen hingen davon ab, daß er des Nachts einen Weg aus der Stadt fand. Doch bis es soweit war, schlief er so tief und fest wie im Hause eines Freundes.

5

DIE MASKE FÄLLT

Conan erwachte im gleichen Augenblick, als eine Hand die Tür zu seinem Gemach berührte. Er sprang auf die Beine und blickte Khaza entgegen, der mit einem Bogen in der Hand eintrat.

»Der Magus der Söhne Yezms ersucht um Eure Anwesenheit, mein Lord«, sagte der Stygier. »Der *Tiger* ist zurückgekehrt.«

Also war der *Tiger* eher heimgekommen, als der Magus erwartet hatte! Eine ungute Vorahnung spannte Conan die Muskeln, als er Khaza durch die Tür und einen gewundenen Korridor entlang folgte, nicht zum Thronsaal, in dem er mit Virata gesprochen hatte, sondern zu einem vergoldeten Portal, vor dem ein hyrkanischer Schwertkämpfer Posten stand. Er öffnete die Tür, und sofort schob Khaza Conan über die Schwelle.

Der Raum vor ihm war ziemlich groß und fensterlos, hatte jedoch mehrere Türen. Der Magus ruhte, seinen schwarzen Sklaven hinter sich, auf einem Diwan. Um ihn herum stand ein gutes Dutzend Bewaffneter verschiedener Rassen: Zuagir, Hyrkanier, Iranistanier, Shemiten und sogar ein schurkisch wirkender Kothier – der erste Hyborier, den Conan in Yanaidar bemerkt hatte.

Doch der Cimmerier widmete ihnen nur einen flüchtigen Blick. Seine Aufmerksamkeit galt dem Mann, der der offensichtliche Mittelpunkt war. Er stand mit gespreizten Beinen wie ein Reiter zwischen ihm und dem Diwan des Magus. Er war so groß wie der Cimmerier, doch nicht ganz so kräftig. Seine Schultern waren breit, seine geschmeidige Gestalt wirkte hart und elastisch wie feiner Stahl. Ein kurzer schwarzer Bart verbarg nicht ganz das herausfordernd vorstehende schmale Kinn. Graue Augen, kalt und durchdringend, funkelten unter einer hohen zaporoskanischen Pelzmütze. Enge Beinkleider betonten die schmalen Hüften. Eine Hand lag um den Griff seines juwelenbesetzten Säbels, die andere strich über dem dünnen Schnurrbart.

Conan wußte, daß das Spiel aus war. Der Mann war Olgerd Vladislav, ein zaproskanischer Abenteurer, der ihn zu gut kannte, um sich von ihm täuschen zu lassen. Zweifellos hatte er ihm auch nicht vergeben, daß er ihm vor drei Jahren die Führung über eine Bande Zuagir streitig gemacht und ihm als Abschiedsgeschenk einen gebrochenen Arm mitgebracht hatte.

»Dieser Mann möchte sich uns anschließen«, sagte Virata.

Der, den sie *Tiger* nannten, lächelte mit schmalen Lippen. »Es wäre weniger gefährlich, mit einem Leoparden zu schlafen. Ich kenne Conan von früher. Er wird sich das Vertrauen Eurer Männer erschleichen, sich mit ihnen gegen Euch verbinden und Euch fertigzumachen versuchen, wenn Ihr es am wenigsten erwartet«, sagte er, dem Magus zugewandt.

Dann warf er Conan einen mörderischen Blick zu. Das Wort des *Tigers* genügte seinen Männern und offenbar auch Virata.

Conan lachte. Seine List hatte ihn weit, aber doch nicht weit genug geführt. Jetzt durfte er die Maske fallen lassen, sein wahres berserkerhaftes Selbst zeigen und sich ohne Zweifel und ohne Bedauern in den Kampf stürzen.

Der Magus machte eine gleichmütige Geste. »Ich verlasse mich in diesen Dingen ganz auf dein Urteil, *Tiger*. Tu, was du für richtig hältst. Er ist unbewaffnet.«

Wölfische Grausamkeit zeichnete sich bei diesen Worten in den Gesichtern der Krieger ab. Scharfer Stahl glitt aus Hüllen.

»Dein Tod dürfte sich als recht anschaulich erweisen«, sagte Olgerd. »Wir werden sehen, ob du immer noch so stoisch bist wie damals, als du vor den Mauern Khaurans am Kreuze hingst. Bindet ihn, Männer ...«

Während er sprach, griff der Zaporoskier gemächlich nach seinem Säbel, als hätte er vergessen, wie gefährlich der schwarzhaarige Barbar sein konnte, welcher Flinkheit Conans elastische Muskeln fähig waren. Noch ehe Olgerd den Säbel gezogen hatte, sprang Conan und schlug panthergleich zu. Seine Faust war wie ein Schmiedehammer. Mit blutendem Kinn ging Olgerd zu Boden.

Doch bevor Conan des Zaporoskiers Klinge packen konnte, warf sich der Kothier auf ihn. Nur er hatte des Cimmeriers tödliche Schnelligkeit und Wildheit erkannt, trotzdem war er nicht geschwind genug gewesen, Olgerd zu retten. Aber jedenfalls verhinderte er, daß Conan den Säbel an sich bringen konnte, denn der Barbar mußte sich blitzschnell umdrehen. Es gelang ihm, die Rechte des Angreifers zu packen, als der Ilbarsidolch auf ihn herabschwang. Er hielt den Hieb mitten in der Luft mit der Linken auf. Gleichzeitig riß seine Rechte einen Dolch aus des Kothiers Gürtel und stieß ihn ihm mit der gleichen Bewegung unter die Rippen. Der Hyborier sackte röchelnd zusammen. Schnell zerrte Conan den Ilbarsidolch aus der erschlaffenden Hand.

All das hatte sich mit so blitzartiger Geschwindigkeit

zugetragen, daß Olgerd bereits am Boden und der Kothier im Sterben lag, ehe die anderen eingreifen konnten. Und als sie es taten, traf sie der drei Fuß lange Dolch in der Hand des größten Fechters des gesamten Hyborischen Zeitalters.

Noch während Conan herumwirbelte, um dem Ansturm zu begegnen, stach die Klinge bereits zu, und ein Zuagir ging mit blutspritzendem Hals zu Boden. Ein Hyrkanier starrte schreiend auf seinen aufgeschlitzten Bauch. Ein Stygier taumelte mit blutigem Armstumpf zurück, während seine Hand mit einem scharfen Dolch auf den Boden fiel.

Diesmal suchte Conan keine Wand als Rückendeckung. Er sprang mitten unter seine Feinde und wütete wie ein Berserker. Er war viel zu schnell, als daß sie einen wirkungsvollen Hieb oder Stich hätten anbringen können. Ihre Zahl behinderte sie. Sie schlugen durch dünne Luft und verwundeten einander, denn seine Flinkheit verwirrte sie, auch raubte seine wölfische Wildheit ihnen den Mut.

Für ein solches Handgemenge war der Ilbarsidolch viel brauchbarer als Schwerter und Säbel, und Conan wußte ihn wohl zu nutzen, ohne sich durch eine falsche Bewegung in Gefahr zu bringen. Wie ein Wirbelwind tobte er und ließ blutige Vernichtung zurück.

Das Gemetzel dauerte nur wenige Augenblicke, dann wichen die Überlebenden verstört zurück. Conan wirbelte herum. Er entdeckte den Magus an die hinterste Wand gelehnt, zwischen seinen beiden stoischen Schwarzen. Gerade, als er die Muskeln zum Sprung auf ihn zu spannte, ließ ein wildes Brüllen ihn erneut herumwirbeln.

Ein Trupp hyrkanischer Wachen drängte durch die Tür vom Korridor und legte seine doppelt gekrümmten Bogen auf ihn an. Die Männer im Gemach sprangen hastig zur Seite. Conans Zögern dauerte nicht länger als ein Blinzeln. Er wog seine Chance ab. Versuchte er den Magus zu töten, würden die Pfeile ihn spicken, noch ehe er ihn erreichen konnte, und selbst, wenn sie möglicherweise nicht durch das Kettenhemd drangen, würde allein ihre Wucht ihn zu Boden werfen.

Als der Hauptmann des Trupps die Lippen öffnete, um »Pfeil ab!« zu rufen, warf Conan sich flach auf den Boden. Die Pfeile schwirrten nur wenige Zoll über ihn hinweg.

Die Schützen griffen nach ihren Köchern, um weitere Pfeile herauszuholen. Conan drückte die Fäuste, die immer noch Ilbarsiklinge und Dolch hielten, gegen den Boden und schnellte hoch, so daß er durch die Luft flog und wieder auf den Beinen landete. Noch ehe die Hyrkanier ihre zweiten Pfeile an die Sehnen legen konnten, war er unter ihnen. Sein tigerhafter Sprung und die behenden Klingen ließen nur windende Leiber zurück. Und dann war er auch schon durch sie hindurch und raste den Korridor entlang. Er huschte in Gemächer und Hallen und knallte die Türen hinter sich zu. Der Aufruhr im Palast wurde immer heftiger. Plötzlich befand er sich in einem schmalen Gang, der an einem vergitterten Fenster endete.

Ein Himelianer sprang aus einem Alkoven. Er hob einen Speer. Schon stürmte Conan auf ihn zu. Erschrocken über das Bild, das der blutbesudelte Fremde bot, stieß der Himelianer blindlings zu, verfehlte Conan jedoch. Hastig zog er den Speer zu einem zweiten Stoß zurück und schrie gellend, als der Cimmerier mit mörderischer Wut zuschlug. Der Kopf des Mannes flog vom Rumpf und rollte über den Boden.

Conan rannte zum Fenster weiter, hieb einmal mit dem Dolch nach dem Gitter, dann packte er es mit beiden Händen und spreizte die Beine. Mit aller Kraft gelang es ihm, es aus dem Mauerwerk zu reißen. Er stürzte hinaus auf einen Balkon über einem Garten. Hinter ihm rannten die Wachen durch den Korridor. Ein Pfeil sirrte dicht an ihm vorbei. Kopfüber sprang er durch das fast filigranfeine Gitterwerk und landete auf den Füßen wie eine Katze.

Außer einem halben Dutzend spärlich bekleideter Frauen befand sich niemand im Garten. Die Mädchen schrien und ergriffen die Flucht. Conan rannte, hinter jedem Baum vor den schwirrenden Pfeilen Deckung suchend, zur nächsten Mauer. Ein Blick über die Schulter zeigte ihm, daß die Schützen sich auf dem Balkon dicht an dicht drängten. Ein wütender Schrei warnte ihn vor der nahen Gefahr.

Auf der Mauer rannte ein Mann, seinen Tulwar schwingend, auf ihn zu.

Der Bursche, ein dunkler, fast feister Vendhyaner, hatte den Punkt, wo der Flüchtige die Mauer erreichen mußte, genau berechnet. Nur kam er selbst um Herzschläge zu spät dort an. Die Mauer war etwa mannshoch. Conan griff mit einer Hand nach der Krone und schwang sich hinauf, ohne in seiner Geschwindigkeit wesentlich nachzulassen. Einen Augenblick später, als er bereits die Füße auf der Mauer hatte, duckte er sich unter dem Tulwar hinweg und stieß gleichzeitig den Ilbarsidolch in den gewaltigen Bauch des Vendhyaners.

Der Mann brüllte wie ein Stier, schlang die Arme in tödlichem Griff um Conan und rollte mit ihm über den Mauerrand. Der Cimmerier konnte gerade noch die Schlucht mit den Steilwänden unter sich sehen. Sie prallten auf dem schmalen Plateaurand auf, glitten darüber und schlugen fünfzehn Fuß tiefer auf steinigem Boden auf. Im Fallen hatte Conan sich in der Luft gedreht, so daß der Vendhyaner unter ihm zu liegen kam und sein fettgepolsterter Leib den Aufprall für ihn milderte. Trotzdem raubte es dem Cimmerier den Atem.

6

DAS UNGEHEUER IN DEN SCHLUCHTEN

Conan taumelte mit leeren Händen auf die Füße. Als er hochschaute, sah er eine Reihe von Helmen und Turbanen entlang der Mauer, und gleich darauf wurden Pfeile an die Sehnen gelegt.

Ein schneller Blick verriet Conan, daß in nächster Nähe keine Deckung zu finden war. Es würde ihm auch nichts nutzen, sich ein zweitesmal flach auf den Boden zu werfen, da die Wachen ja von oben herabschossen.

Als die erste Sehne sirrte und der Pfeil an ihm vorbeipfeifend an einem Stein zersplitterte, warf er sich neben die Leiche des Vendhyaners und zog den blutigen, noch warmen Toten als Schild über sich. Und schon bohrte eine ganze Salve sich in den Leichnam. Conan spürte ihren Aufschlag, als hämmere jemand auf ihn ein. Glücklicherwese war der Vendhyaner so füllig, daß keine der Pfeilspitzen bis zu ihm durchdrangen.

»Crom!« fluchte er laut, als ein Pfeil seine Wade streifte.

Der Beschuß hörte auf, sobald die Yezmiten erkannten, daß sie lediglich den Leichnam spickten. Conan umklammerte die dicken behaarten Handgelenke des Toten und rollte zur Seite, daß die Leiche plumpsend auf den Felsboden neben ihm fiel. Dann sprang er auf die Füße und hob den Leichnam auf den Rücken. So diente er ihm auch jetzt wieder als Schild, während er sich in die der Mauer entgegengesetzte Richtung wandte, als ein sehr gewichtiger Schild allerdings, der ihn große Kraft kostete, denn der Vendhyaner wog mehr als er selbst.

So stapfte er von der Mauer weg die Kluft abwärts. Die

Yezmiten brüllten, als sie sahen, daß ihr Opfer ihnen zu entkommen drohte, und schickten ihm eine neue Salve nach, die allerdings ebenfalls nur den Toten traf.

Conan schleppte sich hinter den ersten größeren Felsblock und ließ die Leiche fallen, in der mehr als ein Dutzend Pfeile steckten.

»Hätte ich einen Bogen, würde ich diesen Hunden zeigen, wie man schießt!« brummte Conan wütend. Er spähte vorsichtig um den Felsblock.

Immer noch ragten Köpfe dicht an dicht über die Mauer, doch keine weiteren Pfeile kamen geflogen. Conan erkannte Olgerd Vladislavs Pelzmütze in der Mitte der Kopfreihe. Olgerd brüllte:

»Du bildest dir doch nicht ein, du seist entkommen? Haha! Du wirst dir noch wünschen, du wärst in Yanaidar unter den Klingen meiner Männer gefallen. Ein angemessenes Willkommen in der Hölle, alter Freund!«

Mit einem flüchtigen Kopfnicken zu seinen Begleitern hin verschwand Olgerd, und gleich darauf waren auch die anderen Köpfe nicht mehr zu sehen. Conan war allein mit der Leiche zu seinen Füßen.

Stirnrunzelnd blickte er sich um. Er wußte, daß das Südende des Plateaus von einem Netzwerk von Schluchten durchschnitten war. Offenbar befand er sich gegenwärtig in einer von diesem Netzwerk ausgehenden Kluft südlich des Palasts. Sie war etwa zehn Schritt breit, gerade, wie von einem gigantischen Messer geschnitten, und gehörte zu einem Labyrinth von Felsspalten außerhalb der Stadt. Die schmale Kluft endete an einer Steilwand unterhalb der Gartenmauer, von der er gefallen war. Diese Wand war gut fünfzehn Fuß hoch und zu glatt, als daß es allein der Natur zuzuschreiben war.

Auch die Seitenwände an diesem Kluftende waren fast senkrecht, und ihnen war anzusehen, daß man sie mit

Werkzeugen geglättet hatte. Über den Mauerrand zogen sich entlang beider Seitenwände und unterhalb der Mauer selbst Eisenstreifen mit kurzen messerscharfen Klingen, die schräg nach unten hingen. Er hatte sie im Sturz glücklicherweise verfehlt, doch wenn er versuchen würde, die Wand hochzuklettern, würden sie ihn zerfleischen. Der Boden der Schlucht fiel schräg von der Stadt ab, dadurch waren die Seitenwände außerhalb der Klingenstreifen mehr als zwanzig Fuß hoch. Conan steckte in einem teils natürlichen, teils von Menschenhand ausgebauten Gefängnis.

Weiter abwärts wurde die Schlucht breiter und spaltete sich zu einem Wirrwarr schmalerer Klüfte, die voneinander durch natürliche Felsmauern getrennt waren. Hinter und über ihnen ragte der kahle Berg empor. Das andere Ende der Schlucht war nicht versperrt. Aber es war Conan natürlich klar, daß die Yezmiten nicht ein Ende seines Gefängnisses scharf bewachen und ihm am anderen eine Fluchtmöglichkeit bieten würden.

Doch es lag Conan nicht, sich mit dem ihm zugedachten Geschick abzufinden. Die Burschen bildeten sich offenbar ein, sie hätten ihn sicher in der Falle. Das hatten schon viele andere zu den verschiedensten Gelegenheiten ebenfalls geglaubt.

Er zog seinen Dolch aus des Vendhyaners Leiche, säuberte ihn und schritt die Schlucht abwärts.

Etwa dreißig Fuß von der Stadtmauer entfernt gelangte er zu den Abzweigungen der kleineren Klüfte. Aufs Geratewohl bog er in eine der Felsspalten ein und stellte bald darauf fest, daß er sich in einem alptraumhaften Labyrinth befand. Das Gestein war von Rissen, Rillen und Rinnen durchzogen, die sich in alle Richtungen wanden und ineinander verliefen. Immer wieder stand er plötzlich vor einer Felswand und konnte nicht weiter. Und kletterte er sie hoch, gelangte er lediglich in weitere dieser Sackgassen.

Während er über einen der schmalen Felskämme kletterte, stieg er auf etwas, das unter seinem Fuß knirschend zersplitterte. Er bückte sich und sah, daß es der Brustkorb eines kopflosen Skeletts war. Der Schädel lag zerschmettert wenige Schritte entfernt. Immer häufiger stieß er auf ähnliche grauenvolle Überreste. Jedes Gerippe wies zerbrochene Knochen und einen zerschmetterten Schädel auf. Unmöglich war dies Wind und Wetter zuzuschreiben.

Wachsam kletterte Conan weiter. Er spähte in jede Spalte, in jede von Schatten verdüsterte Felsnische. In einer kleinen Höhle roch es nach Pflanzenabfall, und er sah Melonenstücke und Rübenreste herumliegen. An einer der wenigen sandigen Stellen entdeckte er einen verwischten Abdruck, aber er stammte zweifellos nicht von einem Leoparden, Bären, Tiger oder von anderen Tieren, wie man sie in diesem Bergland erwarten konnte, sondern ähnelte eher dem eines nackten, mißgeformten Menschenfußes.

An einem kantigen Felsvorsprung hingen Strähnen groben grauen Haares, und da und dort vermischte sich mit dem Gestank verrottenden Pflanzenabfalls ein anderer unangenehmer Geruch, den er nicht bestimmen konnte. In kleinen Höhlen, die Menschen, Tieren oder Dämonen einen Schlafplatz bieten mochten, hing er besonders dick.

Als Conan erkannte, daß es unmöglich war, einen geraden Weg durch dieses Felsenlabyrinth einzuhalten, kletterte er einen verwitterten Kamm hoch, der höher als die anderen zu sein schien, und schaute sich um. Sein Blick war jedoch, außer nach Norden, sehr begrenzt. Doch er schloß aus den steilen Felswänden, die über die niedrigeren Erhebungen im Osten, Süden und Westen ragten, daß sie Teil eines Walles waren, der das gesamte Schluchtenlabyrinth umgab. Im Norden war dieser Wall durch die Kluft durchbrochen, die zum äußeren Palastgarten führte.

Nachdem er es länger betrachtet hatte, wurde Conan

klar, wie dieses Labyrinth zustande gekommen war. Vor undenkbarer Zeit mußte ein Teil des Plateaus, das zwischen der jetzigen Stadt und dem Berg lag, abgesunken sein und eine gewaltige Mulde zurückgelassen haben, die durch Verwitterung im Laufe der Jahrtausende immer mehr gespalten wurde.

Es hatte wenig Sinn, weiter durch diese Klüfte herumzuirren. Er mußte zu den Felswänden, die die durchschnittene Mulde einsäumten, und sich an ihrem Fuß entlangarbeiten, um festzustellen, ob sie irgendwo erklommen werden konnten oder ob sich irgendwo ein Durchbruch befand, wo das Wasser aus der Mulde abfloß. Im Süden vermeinte er eine Schlucht zu erkennen, die geradliniger als die anderen und mehr oder weniger direkt zum Berg verlief, dessen Steilwand über die Mulde ragte. Er sah auch, daß er diese Schlucht schneller erreichen würde, wenn er zur Kluft unterhalb der Stadtmauer zurückkehrte und einer weiteren Kluft folgte, die von ihr abzweigte, statt über Dutzende von schroffen Kämmen zu klettern, die zwischen ihm und der angestrebten Schlucht lagen.

Er stieg also den Kamm wieder hinunter und machte sich in die gewünschte Richtung auf den Weg. Die Sonne stand schon tief, als er die Einbiegung der äußeren Schlucht erreichte, von der aus er zur Kluft kommen konnte, die ihn ans Ziel führen würde. Zufällig fiel sein Blick zur Felswand am anderen Ende der weiteren Kluft. Er blinzelte verwirrt.

Die Leiche des Vendhyaners war verschwunden, doch die Stelle, wo er am Fuß der Wand gelegen hatte, war durch seinen Tulwar gekennzeichnet. Mehrere Pfeile lagen herum, als wären sie aus der Leiche gefallen, als man diese irgendwohin brachte. Etwas Glänzendes auf dem Felsbrocken erregte Conans weitere Aufmerksamkeit. Er rannte darauf zu und sah, daß es sich um ein paar Silbermünzen handelte.

Er hob sie auf und betrachtete sie nachdenklich, dann sah

er sich mit halb zusammengekniffenen Augen um. Die natürlichste Erklärung wäre, daß die Yezmiten den Leichnam irgendwie geborgen hatten. Aber in diesem Fall hätten sie zweifellos die unbeschädigten Pfeile mitgenommen und auch das Geld nicht liegengelassen.

Wenn es nicht die Yezmiten gewesen waren, wer hatte ihn dann geholt? Conan erinnerte sich der zerbrochenen Skelette und Parusatis Bemerkung über die *Tür zur Hölle*. Alles wies darauf hin, daß irgend etwas Menschenfeindliches in diesem Felslabyrinth sein Unwesen trieb. Vielleicht führte die so reich verzierte Tür im Verlieskeller in die Schlucht?

Nach sorgfältiger Suche entdeckte Conan die Tür. Die dünnen Spalten, die sie verrieten, wären jedem zufälligen Blick entgangen. Von der Schluchtseite aus sah sie wie ein Teil des Felsens aus. Conan warf sich dagegen, aber sie gab nicht nach – kein Wunder, wenn er bedachte, wie stark sie von innen verriegelt war. Sie einzubrechen, bedurfte es eines Rammbocks. Die Yezmiten taten offensichtlich alles, um sicherzugehen, daß das, was in den Klüften hauste, nicht in die Stadt gelangte. Trotzdem empfand Conan es als Beruhigung, denn dieses Etwas war aus Fleisch und Blut und kein Dämon, gegen den Riegel und Klingen nichts nutzen würden.

Der Cimmerier blickte die Kluft abwärts zu dem geheimnisvollen Labyrinth und fragte sich, welches lauernde Grauen er verbergen mochte. Die Sonne war noch nicht untergegangen, schien jedoch nicht mehr in die Klüfte. Obgleich es weiter hell war, lag die Kluft in dichten Schatten.

Ein gedämpftes Trommeln war plötzlich zu hören, ein langsames *Bumm – Bumm – Bumm*, als schlüge man den Takt für Marschschritte. Doch etwas war seltsam an diesem Geräusch. Conan kannte die klappernden hohlen Baumtrommeln der Kushiten, die wirbelnden kupfernen Kesseltrommeln der Hyrkanier und die donnernden Infanterietrommeln der Hyborier, doch dieser merkwürdige Trommelschlag glich keinem von ihnen. Er blickte nach Yanaidar zurück, aber er schien nicht aus der Stadt zu kommen, eher von überallher und nirgendwo, sogar von unter seinen Füßen.

Und dann erstarb das Geräusch plötzlich.

Blaues Zwielicht hing über den Klüften, als Conan in das Labyrinth zurückkehrte. Durch gewundene Spalten gelangte er in eine etwas breitere Kluft, möglicherweise in jene, die er vom Kamm aus gesehen hatte und die zur Südwand der Mulde führte. Doch er war höchstens hundertfünfzig Fuß weit gekommen, als sie sich zu zwei schmaleren Klüften spaltete. Diese Trennung war vom Kamm aus nicht zu erkennen gewesen, und jetzt wußte Conan nicht, welchem Einschnitt er folgen sollte.

Während er noch überlegte und in beide Klüfte hineinspähte, erstarrte er plötzlich. In der rechten Kluft bog wieder eine – noch engere – ab. In ihren bläulichen Schatten bewegte sich etwas. Conans Muskeln spannten sich, als er auf das monströse, menschenähnliche Wesen blickte, das ihm im Zwielicht entgegenstierte.

Es war wie die Verkörperung einer schrecklichen Legende und ähnelte ein wenig den gewaltigen Menschenaffen, die in den Bergen um die Vilayetsee hausten. Conan hatte nicht nur einmal gegen sie gekämpft, aber dieser hier war sogar noch riesiger, sein Haar länger und zottliger und von einem fast weißen Aschgrau, ähnlich dem der Tiere des hohen Nordens.

Füße und Hände waren menschenähnlicher als die eines Gorillas, mit ausgeprägten großen Zehen und Daumen. Es war zweifellos kein Baumbewohner, sondern an weite Ebenen und kahle Berge gewöhnt. Das Gesicht war in etwa affenähnlich, obgleich die Nase mehr der eines Menschen glich, und auch das Kinn wirkte nicht wie das eines Tieres. Aber gerade diese menschengleichen Züge erhöhten die Furchtbarkeit, genau wie die unverkennbar bösartige Intelligenz, die aus den kleinen roten Augen glitzerte.

Conan erkannte dieses Ungeheuer aus den Mythen und Legenden des Nordens: Es war der Schneeaffenmensch, der im wilden Pathenien sein Unwesen trieb. Aus Schauergeschichten, die ursprünglich von der öden Hochebene um Loulan kamen, hatte er von seiner Existenz gehört. Die Menschen dieser Gegend beteuerten, daß ein menschenähnliches Tier seit Anbeginn der Zeit in ihrem Land hause und sich dem kargen Leben und der Eiseskälte des nördlichen Hochlands angepaßt habe.

Diese Gedanken schossen durch des Cimmeriers Kopf, während die beiden Gegner sich angespannt und drohend gegenüberstanden. Und dann hallten die Kluftwände von dem hohen schrillen Schrei des Affen wider, als er mit schwingenden, tiefhängenden Armen und gefletschten gelben Zähnen angriff.

Conan wartete, auf die Fußballen gekauert. Sein listiger Verstand und der lange Ilbarisdolch waren seine einzigen Waffen gegen dieses gewaltige Ungeheuer.

Bisher hatte der Affe seine Opfer durch Folterqualen gebrochen oder tot geliefert bekommen. Die halbmenschliche Intelligenz, die ihn vom echten Tier unterschied, hatte ihn Freude an der schrecklichen Todespein seiner Beute empfinden lassen. Dieses Menschlein vor ihm war für ihn nur eine weitere schwächliche Kreatur, die er zerbrechen, zerstükkeln und deren Kopf er zerschmettern konnte, um an das wohlschmeckende Gehirn heranzukommen. Daß es etwas Glänzendes in der Hand hielt, sagte ihm nichts.

Das mörderische Ungeheuer stürmte los. Conan war klar, daß er sich keinesfalls von den riesigen Armen fassen lassen durfte, da sie ihn sofort zerquetschen würden. Der Affe war flinker, als man es seiner schweren Statur nach erwartet hätte. Die letzten paar Fuß warf er sich in einem grotesken Sprung durch die Luft. Erst als er schon fast über ihm war und die behaarten Arme sich um ihn schließen wollten, handelte Conan mit einer Geschwindigkeit, um die ein Leopard ihn beneidet hätte.

Die Krallennägel zerfetzten sein ohnedies zerrissenes Wams, als er, mit dem Dolch zuschlagend, zur Seite sprang. Ein ohrenbetäubender Schrei hallte durch die Klüfte. Die Hand des Affen war am Gelenk halb abgetrennt. Nur das dichte Fell hatte verhindert, daß sie nun am Boden lag. Mit der blutspritzenden Wunde wirbelte das Ungeheuer herum und griff erneut an. Diesmal war sein Sprung zu schnell, als daß selbst der Behendeste ihm entgehen konnte.

Conan gelang es zwar, dem Schwung der unförmigen Linken auszuweichen, die ihm mit den dicken schwarzen Nägeln den Leib aufgerissen hätte. Aber die mächtige Schulter traf ihn und brachte ihn aus dem Gleichgewicht. Mit dem Tier wurde er zur Wand geworfen, doch während er rückwärts taumelte, stieß er den Dolch bis zum Griff in den gewaltigen Bauch und riß die Klinge hoch. Das mußte dem Ungeheuer doch den Garaus machen!

Gemeinsam prallten sie gegen die Wand. Der riesige Arm des Affen legte sich um den sich dagegenstemmenden Cimmerier. Das Gebrüll des Tieres zerriß Conan schier das Trommelfell, während die geifernden Kiefer sich über seinem Kopf öffneten. Doch sie schlossen sich in leerer Luft, als ein krampfhaftes Zucken durch den mächtigen Körper lief. Conan wurde dabei davongeschleudert. Er kam schnell wieder hoch und sah, wie der Affe in seinem Todeskampf am Fuß der Wand um sich schlug. Der vom Bauch nach oben gerissene Ilbarsidolch war durch Muskeln und Knochen gedrungen und hatte das Herz des Anthropoiden gefunden.

Conans Muskeln zitterten wie nach langer Anspannung. Seine eiserne Kraft hatte ihm geholfen, dem gigantischen Affen so lange zu widerstehen, bis er aus dem Griff freigekommen war, der einen Schwächeren zermalmt hätte. Aber die ungeheure Anstrengung hatte selbst ihm zu schaffen gemacht. Von seinem Wams hingen nur noch einzelne Fetzen herab, und einige Glieder seines Kettenhemds waren zerbrochen. Die Krallenfinger hatten ihre blutigen Spuren auf seinem Rücken zurückgelassen. Er keuchte, als hätte er einen Dauerlauf hinter sich, und war mit dem Blut des Affen und seinem eigenen beschmiert.

Conan schüttelte sich und blickte nachdenklich in die Sonne, die aussah, als würde sie von einem fernen Gipfel aufgespießt. Er sah nun klar. Halbtote Gefangene wurden dem Ungeheuer durch die Tür in der Stadtmauer zum Fraß vorgeworfen. Der Affe – genau wie jene, die an der Vilayetsee hausten – ernährte sich sowohl von pflanzlicher Nahrung als auch von Fleisch. Die Gefangenen, die er hin und wieder bekam, genügten dem gewaltigen Appetit eines so großen Tieres jedoch keineswegs, deshalb mußten die Yezmiten ihn auch mit anderer Nahrung versorgen, wie mit Melonen und Rüben, von denen Conan Reste entdeckt hatte.

Conan schluckte. Er war sich plötzlich seines Durstes bewußt. Er hatte zwar das Schluchtenlabyrinth von dem Ungeheuer befreit, das es unsicher gemacht hatte, aber er konnte immer noch dem Hunger und Durst erliegen, wenn er nicht einen Weg aus dieser Mulde fand. Zweifellos gab es hier irgendwo eine Quelle oder eine Tränke, wo der Affe seinen Durst gestillt hatte. Doch mochte es Wochen dauern, bis er sie entdeckte.

Die Dämmerung hatte sich in die Schluchten gesenkt und hing über den Kämmen. Conan folgte der nach rechts verlaufenden Kluft. Nach vierzig Schritten vereinte sie sich wieder mit ihrer linken Schwester. Je weiter er kam, desto mehr kleine Höhlen zeichneten sich in den Felswänden ab, und aus jeder, an der er vorbeikam, schlug ihm der Geruch des Affen entgegen. Möglicherweise gab es hier mehrere dieser Grauenskreaturen. Aber nein, das war unwahrscheinlich, denn das Gebrüll des jetzt toten Affen hätte sicher die anderen herbeigelockt.

Und dann ragten die Berge hoch über ihm auf. Die Kluft, der er folgte, stieg an, bis sie schließlich an einer Geröllhalde endete, die Conan hochkletterte. Oben angekommen, sah er über die Mulde hinweg die Stadt Yanaidar. Er lehnte sich gegen eine glatte Felswand, an der nicht einmal eine Fliege Halt gefunden hätte.

»Crom und Mitra!« fluchte er.

Über das Geröll stolperte er am Fuß der Wand entlang bis zum Rand der Mulde. Das Plateau fiel hier steil ab. Es blieben ihm also nur zwei Möglichkeiten: entweder nach oben oder unten zu klettern. Und beide Wände waren fast senkrecht.

In der zunehmenden Dunkelheit war es schwierig, Entfernungen abzuschätzen. Trotzdem war er ziemlich sicher, daß der Muldenboden um ein Mehrfaches tiefer lag, als sein Seil lang war. Aber er wollte sich vergewissern. Er wickelte den Strick ab und ließ das Ende mit dem Enterhaken in die Tiefe gleiten. Als er nur noch das andere Ende in der Hand hielt, baumelte der Haken immer noch in leerer Luft.

Conan kehrte um und folgte dem Fuß der Felswand zur anderen Seite des Plateaus. Hier waren die Wände nicht ganz so steil. Wieder ließ er das Seil hinabhängen. Nach etwa dreißig Fuß schlug der Enterhaken auf einem Sims auf. Er endete an der Seite des Berges zwischen zerklüfteten Felsen, von denen ein Abstieg möglich zu sein schien, auch wenn er sehr gefährlich zu werden drohte – ein falscher Schritt und er würde Hunderte von Schritten den Felshang hinunterrutschen. Aber ein geschicktes Mädchen wie Nanaia würde es schaffen.

Doch zuerst mußte er versuchen, nach Yanaidar zurückzugelangen. Nanaia hielt sich immer noch auf der Geheimtreppe in Viratas Palast versteckt – falls sie nicht inzwischen entdeckt worden war. Die Chance bestand, daß er Einlaß durch die Tür zu den Verliesen finden konnte, wenn er davor wartete, bis der Wächter, der den Affen zu füttern hatte, sie öffnete. Und dann bestand auch noch die Hoffnung, daß die von Tubal geholten Männer von Kushafi auf dem Weg nach Yanaidar waren.

Conan würde jedenfalls sehen, was er tun konnte. Er zuckte die Schultern und machte sich zur Stadtmauer auf den Weg.

7

TOD IM PALAST

Conan suchte den Weg durch die Klüfte zurück, bis er zur äußeren Schlucht kam und Felswand und Mauer an ihrem Ende sah. Die Lichter von Yanaidar schienen am Himmel über der Mauer. Wimmernder Lautenklang und das Klagelied einer Frau drangen an sein Ohr. Er lächelte grimmig in der Dunkelheit der skelettbestreuten Klüfte um ihn herum.

Auf den Steinen vor der Tür war kein Futter zu sehen. Natürlich hatte Conan keine Ahnung, wie oft der Affe zu fressen bekam und ob er in dieser Nacht überhaupt noch gefüttert wurde.

Aber wie so oft mußte er eben auf sein Glück bauen. Der Gedanke, was Nanaia alles zustoßen konnte, machte ihn verrückt vor Ungeduld. Doch er konnte nichts anderes tun als sich an der Seite, auf die die Tür sich öffnete, gegen den

Fels zu drücken und unbewegt wie eine Statue zu warten, bis sich die Tür auftäte.

Eine lange Zeit später hörte er, wie die Riegel endlich zurückgeschoben wurden. Die Tür öffnete sich einen Spalt. Jemand schaute vorsichtig heraus, um sich zu vergewissern, daß der furchtbare Wächter der Klüfte sich nicht in der Nähe befand. Dann erst schwang die Tür weiter auf. Ein Mann mit einer riesigen Kupferschüssel voll Gemüse trat heraus. Während er sie absetzte, stieß er einen merkwürdigen Ruf hervor. Da schlug Conan zu. Der Mann fiel und sein Kopf rollte die Kluft hinunter.

Conan spähte durch die offene Tür. Der von Lampen beleuchtete Gang war leer, und niemand befand sich in den vergitterten Verliesen. Er zerrte die kopflose Leiche die Kluft hinunter und versteckte sie zwischen Felstrümmern.

Dann kehrte er zurück, trat in den Gang, schloß die Tür und schob die Riegel vor. Mit dem Dolch in der Hand schlich er zur getarnten Tür, die in den Tunnel zur Geheimtreppe führte. Wenn sie sich nicht im Geheimgang verstecken konnten, hatte er vor, sich mit Nanaia in diesem Korridor zu verbarrikadieren und ihn zu halten, bis die Kushafi kamen – falls sie kamen! Conan hatte die Geheimtür noch nicht erreicht, als das Knarren einer Angel ihn herumwirbeln ließ. Die schmucklose Tür am anderen Korridorende öffnete sich. Conan sprintete darauf zu, noch ehe ein Bewaffneter ganz heraustrat.

Es war ein Hyrkanier wie der, den Conan am Nachmittag getötet hatte. Als er den Cimmerier sah, stürmte er mit zischendem Atem auf ihn zu und griff nach seinem Krummsäbel.

Mit einem Satz hatte Conan ihn erreicht und warf ihn zur sich schließenden Tür zurück. Er drückte ihm die Dolchspitze auf die Brust. »Keinen Laut!« warnte er.

Der Wächter erstarrte. Seine gelbe Haut wurde noch

bleicher. Er nahm die Hand vom Säbelgriff und spreizte die Arme, als Zeichen, daß er bereit war, sich zu ergeben.

»Sind noch weitere Wächter hier?« fragte Conan.

»Nein, bei Tarim. Ich bin der einzige.«

»Wo ist das iranistanische Mädchen Nanaia?« Durch die Antwort auf seine Frage hoffte Conan zu erfahren, ob ihre Flucht bereits bekannt war und ob man sie inzwischen entdeckt hatte.

»Das wissen die Götter!« sagte der Wächter. »Ich gehörte zu dem Trupp, der die Zuagirhunde in das Verlies schaffte und dabei unseren Kameraden mit halbdurchtrenntem Hals in der Zelle des Mädchens fand. Sie selbst war verschwunden. Es gab große Aufregung im Palast. Aber mehr weiß ich nicht, da ich die Zuagir zu bewachen hatte.«

»Zuagir?« fragte Conan.

»Ja, jene, die Euch die Treppe hochzukommen gestatteten. Deshalb müssen sie auch morgen sterben.«

»Wo sind sie jetzt?«

»In der anderen Zellenreihe, hinter dieser Tür. Ich komme soeben von ihnen.«

»Dann dreh dich um und marschier dorthin zurück. Aber keine Tricks, hörst du?«

Der Hyrkanier öffnete die Tür und trat hindurch, als schritte er über blanke Klingen. Sie kamen in einen weiteren Korridor mit Zellen auf beiden Seiten. Bei Conans Erscheinen hörte man aus zwei Zellen, wie laut die Luft eingesogen wurde. Bärtige Gesichter drängten sich an die Gitter, und kräftige Hände legten sich um die Stäbe. Die sieben Gefangenen funkelten ihn schweigend mit haßerfüllten Augen an. Conan schob den Wächter näher an diese Zellen und sagte:

»Ihr wart treue Diener, weshalb hat man euch eingesperrt?«

Antar, der Sohn Adis, spuckte durch das Gitter. »Deinetwegen, du Hund! Du hast uns auf der Treppe überrascht, und der Magus verurteilte uns zum Tod, noch ehe er erfuhr, daß du ein Spion bist! Er sagte, wir seien unzuverlässig oder Dummköpfe, da du uns überrumpeln konntest. Deshalb müssen wir im Morgengrauen unter den Klingen von Zahaks Henkern sterben – möge Hanuman ihn und dich verfluchen!«

»Aber ihr werdet ins Paradies eingehen«, erinnerte Conan sie, »weil ihr dem Magus der Söhne Yezms treu gedient habt.«

»Der Teufel hole den Magus von Yezm!« fluchte einer der Gefangenen, und ein anderer machte seiner Wut mit den Worten Luft: »Ich wünsche dir, daß du mit dem Magus in der Hölle zusammengeschmiedet wirst!« Ein weiterer knurrte: »Wir spucken auf sein Paradies! Es ist Lüge und Betrug – eine Lotustäuschung, nichts weiter!«

Conan dachte amüsiert, daß es Virata doch nicht gelungen war, sich der Treue zu versichern, von der seine Vorfahren geprahlt hatten – deren Anhänger sich angeblich auf Befehl mit Freuden selbst das Leben genommen hatten.

Er hatte dem Wächter den Schlüsselring abgenommen und wog ihn jetzt nachdenklich in der Hand. Die Augen der Zuagir hingen an ihm, wie Männer in der Hölle auf eine offene Tür ins Leben starren mochten.

»Antar, Sohn Adis«, sagte Conan, »deine Hände sind mit dem Blut vieler Männer besudelt. Doch als ich dich früher kannte, brachst du keinen Eid. Der Magus hat euch verstoßen! Ihr Zuagir seid nicht länger seine Männer. Ihr schuldet ihm nichts.«

Antars Augen glühten wie die eines Wolfes. »Könnte ich ihn nur mir voraus zu Arallu schicken, würde ich freudig sterben!«

Alle blickten Conan angespannt an. Er sagte: »Wollt ihr, jeder einzelne, bei der Ehre seines Stammes schwören, mir zu folgen und zu dienen, bis Rache genommen ist oder der Tod euch von eurem Schwur befreit?« Er hielt die Schlüssel hinter seinen Rücken, damit es nicht aussah, als wollte er die hilflosen Männer damit in Versuchung führen. »Virata hat nur den Tod eines Hundes für euch. Ich dagegen biete euch Rache oder im schlimmsten Fall die Chance, in Ehren zu sterben.«

Antars Augen blitzten. Seine sehnigen Hände zitterten, als er die Gitterstäbe umklammerte. »Vertraue uns!« bat er.

»Wir schwören den Eid!« riefen die Männer hinter ihm. »Jeder von uns schwört bei der Ehre seines Stammes, Conan!«

Der Cimmerier drehte den Schlüssel im Schloß, noch ehe sie die letzten Worte des Eides gesprochen hatten. So wild, grausam und wetterwendisch diese Wüstensöhne auch sein mochten, hatten sie doch ihren eigenen Ehrenkodex, der dem von Conans Stammesbrüdern im fernen Cimmerien nahe kam, und deshalb wußte er, daß er sich nun auf sie verlassen konnte.

Sie stürmten aus der Zelle und packten den Hyrkanier. »Tod Zahaks Hunden!« brüllten sie

Conan befreite den Mann aus ihrem Griff und schlug den Hartnäckigsten nieder, trotzdem sah es nicht so aus, als nähmen die Zuagir es ihm übel.

»Laßt die Hände von ihm!« knurrte er. »*Ich* habe ihn gefangengenommen und bestimme, was mit ihm geschieht!« Er schob den verstörten Hyrkanier vor sich her, zurück zum anderen Verliesgang. Die Zuagir folgten ihnen. Da sie dem Cimmerier den Treueeid geschworen hatten, würden sie ihm blindlings gehorchen, ohne auch nur einen seiner Befehle in Frage zu stellen.

Im anderen Korridor wies Conan seinen Gefangenen an, sich auszuziehen. Der Mann, der befürchtete, jetzt gefoltert zu werden, tat es, am ganzen Leibe zitternd.

»Tausche die Kleidung mit ihm«, wandte Conan sich an Antar. Während der wilde Zuagir sich daran machte, befahl Conan einem weiteren: »Geh durch die Tür am Ende des Korridors ...«

Erschrocken schrie der Zuagir auf: »Aber der Teufelsaffe! Er wird mich zerreißen!«

»Er lebt nicht mehr. Ich habe ihn erstochen. Ein Stück die Kluft abwärts findest du hinter Felstrümmern einen Toten. Nimm ihm den Dolch ab und hol auch den Säbel, der in der Nähe liegt.«

Der Wüstenshemit blickte Conan fast ehrfurchtsvoll an, ehe er sich auf den Weg machte. Conan gab seinen Dolch einem anderen Zuagir und des Hyrkaniers flammenförmige Klinge einem weiteren. Den Gefangenen ließ er binden und knebeln und durch die Geheimtür schleppen. Antares, der jetzt den Spitzhelm, das langärmelige Wams und die seidenen Beinkleider des Wächters trug, unterschied sich nun kaum von den Hyrkaniern und würde erst bei näherer Betrachtung Argwohn erregen. Conan zog inzwischen Antars Kaffia über den Kopf und ließ ihn weit genug über das Gesicht hängen, damit seine Züge darunter verborgen waren.

Sein Blick wanderte über seine neuen Männer. »Zwei brauchen noch Waffen«, murmelte er. »Kommt mit.«

Er kehrte in den Tunnel zurück, stieg über den gebundenen Gefangenen und weiter, vorbei an den Gucklöchern in das dunklere Stück dahinter. Am Fuß der Treppe blieb er stehen.

»Nanaia!« rief er leise. Er erhielt keine Antwort.

Conan runzelte finster die Stirn und tastete sich die Stufen hoch. Nanaia war nicht mehr hier, wohl aber lehnten die beiden Schwerter noch an der Wand neben dem Paneel der Geheimtür. Damit hatte nun zumindest jeder von ihnen eine Waffe.

Ein Blick durch das Guckloch in das Gemach, das man ihm zugewiesen hatte, verriet, daß es leer war. Vorsichtig öffnete Conan das Paneel erst einen Spalt, und als er noch einen Blick hindurch geworfen hatte, ganz.

»Sie müssen das Mädchen entdeckt haben«, flüsterte er Antar zu. »In ihre Zelle haben sie sie nicht zurückgebracht. Wo könnte sie sein?«

»Ungehorsame Sklavinnen läßt der Magus gern in seinem Thronsaal züchtigen, wo er dich empfing.«

»Führ mich dorthin – was war das?«

Das gleiche gedämpfte Trommeln, das er in der Kluft gehört hatte, war wieder zu vernehmen. Er wirbelte herum. Auch jetzt schien es direkt aus dem Erdboden zu kommen. Die Zuagir erbleichten und blickten einander verstört an.

»Das weiß niemand«, beantwortete Antar, sichtlich schaudernd, Conans Frage. »Dieses unheimliche Trommeln begann vor Monaten und wurde seither immer häufiger und lauter. Als es das erstemal zu hören war, stellte der Magus die ganze Stadt auf den Kopf, um seinen Ursprung zu ergründen. Aber der war nicht zu finden. Daraufhin befahl er, nicht auf das Trommeln zu achten und schon gar nicht davon zu sprechen. Man raunt, daß er des Nachts in seinem Zaubergemach durch Magie versucht, die Quelle dieses gespenstischen Geräusches zu finden. Doch niemand weiß, ob es ihm inzwischen gelungen ist.«

Während Antar sprach, hatte das Trommeln aufgehört. »Also, führ mich jetzt zum Thronsaal. Ihr anderen schließt euch uns an und benehmt euch, als hättet ihr das Recht, hier zu sein, aber verhaltet euch möglichst ruhig. Einige der Palasthunde werden wir auf diese Weise schon täuschen«, sagte Conan.

»Der günstigste Weg wäre der durch den Paradiesgarten«, meinte Antar. »Vor dem Hauptportal zum Thronsaal ist des Nachts eine ganze Abteilung Stygier postiert.«

Der Korridor vor der Tür des Schlafgemachs war leer. Die Zuagir schritten voraus. Der Palast des Magus wirkte zur Schlafenszeit noch geheimnisumwobener. Lampen brannten gedämpft, Schatten verhüllten Ecken und Nischen, kein Lüftchen bewegte die schwach schimmernden Wandbehänge.

Die Zuagir waren mit dem Weg wohlvertraut. Auf leisen Sohlen und mit funkelnden Augen stahlen sie sich wie Diebe durch die prunkvollen Hallen und Gänge, von denen sie wußten, daß sie zur Nachtzeit kaum benutzt wurden. Sie begegneten auch niemandem, bis sie zu einer vergoldeten, verriegelten Tür kamen. Vor ihr standen zwei riesenhafte schwarze Kushiten mit blanken Tulwars Wache.

Beim Anblick der unerwarteten Eindringlinge hoben die Kushiten die Waffen – schweigend, denn sie waren stumm. Die Zuagir warfen sich auf sie und rissen sie zu Boden. Gegen diese Übermacht hatten die beiden Wachen keine Chance. Sie hauchten ihr Leben aus.

»Du hältst hier Wache!« befahl Conan einem Zuagir. Er öffnete die Tür und trat hinaus in den nächtlich leeren Garten. Die Blüten schimmerten silbrig im Sternenschein und betonten so die geheimnisvolle Düsternis der dichten Büsche und hohen Bäume. Die Zuagir, die den Schwarzen die Säbel abgenommen hatten, stolzierten hinter ihm her.

Conan hielt Ausschau nach dem Balkon, von dem er wußte, daß er über den Garten herausragte, jedoch durch Zweige von unten getarnt war. Er entdeckte ihn. Er kletterte auf Rücken und Schultern von drei Zuagir. Das Fenster, durch das er und Virata geblickt hatten, war schnell erreicht.

Hinter dem Vorhang, der den Balkonalkoven verbarg, waren das angsterfüllte Schluchzen einer Frau und des Magus Stimme zu hören.

Conan spähte durch einen Vorhangspalt. Virata ruhte auf

dem Thron unter dem perlenbestickten Baldachin. Diesmal standen seine Wachen nicht wie Ebenholzfiguren neben ihm. Sie kauerten mitten auf dem Boden vor der Plattform, wetzten Messer und erhitzten Foltereisen in einem Feuerbecken. Nanaia, die gespreizten Arme und Beine an Pflöcke im Boden gebunden, lag vor ihnen. Niemand sonst befand sich im Thronsaal. Die bronzene Flügeltür war verriegelt.

»Sag mir, wie du aus der Zelle entkommen bist!« befahl Virata.

»Nein! Niemals!« Um ihren Mut nicht zu verlieren, grub sie die Zähne in die Unterlippe.

»Hat Conan dich befreit?«

»Hast du mich gerufen?« fragte der Cimmerier, während er mit grimmigem Lächeln aus dem Alkoven trat.

Virata sprang mit einem Schrei hoch. Die Kushiten richteten sich auf, knurrten und griffen nach den Waffen.

Mit einem Satz hatte Conan den linken Mann erreicht und stach ihm den Dolch in die Kehle, ehe er seinen Säbel ziehen konnte. Der andere stürzte auf das Mädchen zu und hob seine Klinge, um die Gefangene zu töten. Conan fing den Hieb mit seinem Messer ab und stach es ihm mit blitzschnellem Gegenstoß bis zum Griff in das Zwerchfell. Die Schwungkraft des Kushiten warf ihn gegen den Cimmerier, der sich duckte, die freie Hand an den Bauch des Schwarzen drückte, sich aufrichtete und den riesenhaften Neger über seinen Kopf hob.

Der Kushit krümmte sich und ächzte. Conan warf ihn so heftig von sich, daß er schwer auf dem Boden aufschlug und schließlich den Geist aufgab.

Nun wandte Conan sich dem Magus zu, der statt zu fliehen, mit durchdringendem Blick auf ihn zukam. Seine Augen wirkten unwahrscheinlich groß, schienen von innen heraus zu leuchten und hielten Conans Blick wie ein Magnet.

Der Cimmerier bemühte sich, den Hexer mit seinem Dolch zu erreichen, aber seine Glieder fühlten sich unvorstellbar schwer an, als bestünden sie aus Blei oder als wate er durch die schleimigen Sümpfe Stygiens, wo der schwarze Lotus wächst. Seine Muskeln drohten aus der Haut zu quellen. Schweiß floß über Stirn und Rücken, als er sich gegen die unsichtbaren Bande wehrte.

Virata kam immer näher. Seine ausgestreckten Hände beschrieben rhythmische Zeichen, und sein Blick wich nicht einen Herzschlag von Conans Augen. Die Finger näherten sich der Kehle des Gelähmten. Die schreckliche Ahnung beschlich den Cimmerier, daß dieser schwächlich aussehende Mann mit Hilfe seiner Zauberkünste ihm den Hals brechen konnte, als wäre er ein morscher Ast.

Noch näher kamen die gespreizten Finger. Conan strengte sich weiter an, aber mit jedem Schritt, den der Magus machte, schienen die unsichtbaren Bande sich mehr zusammenzuziehen.

Da schrie Nanaia gellend auf wie eine in der Hölle gemarterte Seele.

Unwillkürlich drehte der Magus sich halb nach ihr um. In diesem Moment, da er den Blick von Conan wandte, war dem Cimmerier, als wäre eine Tonnenlast von seinem Rücken genommen. Zwar richtete Virata seine Augen sofort wieder auf ihn, doch Conan war nicht mehr so unklug, hineinzuschauen. Er senkte die Lider und holte mit dem Dolch nach Viratas Leib aus, aber der Kosaler sprang mit einem Satz schier übermenschlicher Geschmeidigkeit rückwärts und brüllte: »Hilfe! Wachen! Zu mir!«

Männer schrien und hämmerten gegen die Tür am anderen Ende des Thronsaals. Conan wartete, bis der Magus nach dem Riegel griff, dann warf er sein Messer. Es schlug durch Viratas Rücken, drang in die Tür und spießte ihn dort auf wie ein Insekt.

8

WÖLFE IN DER FALLE

Conan schritt zur Tür und zog seinen Dolch heraus. Die Leiche des Magus ließ er zu Boden sacken. Der Krach hinter der Tür nahm zu, und draußen im Garten brüllten die Zuagir. Sie wollten wissen, was vorging, und baten, hochklettern zu dürfen. Conan schrie zurück, sie sollten warten. Er rannte zu dem Mädchen, befreite sie eilig und riß einen Seidenbehang los, um ihn um ihren Körper zu wickeln. Schluchzend warf sie die Arme um ihn.

»O Conan, ich wußte, du würdest kommen! Sie sagten, du seist tot, doch ich konnte es nicht glauben . . .«

»Wir unterhalten uns später«, unterbrach er sie. Mit den Säbeln der beiden Kushiten ging er zurück zum Balkon und hob Nanaia zu den Zuagir hinuner, ehe er sich selbst hinabschwang.

»Und jetzt?« fragten die Zuagir, die scharf darauf waren, wieder selbst die Klingen schwingen zu dürfen.

»Zurück den Weg, den wir kamen, durch den Geheimgang und durch die *Tür zur Hölle* ins Freie!«

Conan nahm Nanaia an der Hand, und alle rannten durch den Garten. Sie waren kaum ein Dutzend Schritte weit gekommen, als das Klirren von Stahl sich mit dem Lärm im Palast hinter ihnen vermischte. Flüche waren zu hören, eine Tür schlug mit Donnerschall zu, und jemand stürmte durch die Büsche. Es war der Zuagir, den sie als Wache an der vergoldeten Tür zurückgelassen hatten. Die wilden Verwünschungen kamen von ihm. Er drückte die Hand auf den verwundeten Unterarm.

»Hyrkanische Hunde an der Tür!« brüllte er ihnen entgegen. »Jemand sah uns die Kushiten töten und rannte zu Zahak. Ich schlitzte einem den Bauch auf, schlug die Tür zu und verriegelte sie, aber sie werden sie bald aufgebrochen haben.«

»Gibt es einen Weg aus dem Garten, der nicht durch den Palast führt, Antar?« fragte Conan.

»Folgt mir!« rief der hochgewachsene Zuagir und rannte zur Nordmauer, die hinter dichtem Buschwerk kaum zu sehen war. Hinter sich hörten sie, wie die mächtige vergoldete Tür unter dem Ansturm der Steppennomaden zersplitterte. Antar hieb mit der Klinge auf das Laub ein, bis eine geschickt verborgene Tür in der Mauer zum Vorschein kam. Conan schob den Dolchgriff durch die Kette des alten Schlosses und drehte die schwere Waffe an der Klinge. Die Zuagir sahen ihm schweratmend zu, während der Lärm hinter ihnen immer lauter wurde. Mit aller Muskelkraft gelang es dem Cimmerier, die Kette zu brechen. Sie stürmten durch die Tür in einen kleineren Garten, den Lampions erhellten, gerade als die vergoldete Tür nachgab und ein ganzer Trupp Bewaffneter in den Paradiesgarten drängte.

In der Mitte des kleinen Gartens stand ein hoher schmaler Turm, der Conan aufgefallen war, als er den Palast zum erstenmal betreten hatte. Ein Balkon mit Ziergitter ragte im ersten Stock heraus, darüber hob sich der eckige Turm etwa dreihundert Fuß und erweiterte sich zu einer mit Zinnen versehenen Wach- oder Aussichtsplattform.

»Gibt es noch einen weiteren Weg hinaus?« fragte Conan.

»Die Tür dort drüben führt in den Palast unweit der Treppe in den Kerkergang«, antwortete Antar und deutete.

»Dann nichts wie hin!« Conan schlug die Tür hinter sich zu und verkeilte sie mit einem Dolch. »So hält sie vielleicht eine kurze Weile«, brummte er.

Sie eilten durch den Garten zu der anderen Tür, die sich jedoch als geschlossen und von innen verriegelt erwies. Conan warf sich mit aller Kraft dagegen, ohne sie auch nur erschüttern zu können.

Das rachsüchtige Gebrüll erreichte seinen Höhepunkt, als die mit dem Dolch verkeilte Tür aufsprang. In ihrer Hast, hindurchzugelangen, behinderten Zahaks Männer sich gegenseitig.

»Der Turm!« brüllte Conan. »Wenn wir hineingelangen könnten . . .«

»Der Magier hatte sein Zaubergemach im oberen Stockwerk«, keuchte ein Zuagir, der hinter Conan herrannte. »Außer den *Tiger* ließ er niemanden ein, aber er soll dort Waffen lagern. Darunter haben die Wachen ihr Quartier . . .«

Conan zog Nanaia hinter sich her, die manchmal durch die Luft zu fliegen schien. Der Knäuel Männer an der ersten Tür hatte sich nun gelöst, und die Hyrkanier rannten auf sie zu. Nach dem Lärm aus allen Richtungen zu schließen, würde es nicht mehr lange dauern, bis aus allen Türen Verfolger stürmten.

Als Conan sich dem Turm näherte, schwang dessen Tür auf, und fünf Wachen kamen mit sichtlich verwirrten Gesichtern heraus. Sie japsten erschrocken beim Anblick der auf sie zustürzenden Männer, deren Augen und entblößte Zähne im Lampionlicht glänzten. Noch ehe sie ihre Klingen ziehen konnten, hatte Conan sie erreicht. Zwei fielen unter seinem wirbelnden Ilbarsidolch. Die restlichen drei machten seine Zuagir nieder.

Aber inzwischen waren die Hyrkanier aus dem Paradiesgarten schon sehr nahe gekommen. Also beeilte sich Conans Trupp, im Turm Zuflucht zu suchen. Der Cimmerier schlug die Tür vor der Nase der Hyrkanier zu und schob hastig den Riegel vor, der aussah, als würde er selbst dem Ansturm eines Elefanten standhalten.

Sie stürzten die Treppe hinauf — alle außer einem, den der Blutverlust zu stark geschwächt hatte. Conan nahm ihn auf die Arme und legte ihn im ersten Turmgeschoß zu Boden.

Dann wies er Nanaia an, die tiefe Wunde zu verbinden, die ihm einer der Turmwächter geschlagen hatte. Jetzt erst sah er sich um. Sie befanden sich in einem Gemach mit kleinen Fenstern und einer Tür, die auf den Balkon mit dem Ziergitter führte. Das Licht der Lampions im Garten beleuchtete auch schwach das Turmgemach. Es fiel auf die Gestelle und Regale an den Wänden, wo allerhand nützliche Dinge für sie gelagert waren: Helme, Harnische, Schilde, Speere, Säbel, Streitäxte, Keulen, Bogen und Köcher mit Pfeilen. Es genügte, eine kleine Armee auszurüsten, und zweifellos befand sich in den höhergelegenen Gemächern noch mehr. Virata hatte diesen Turm zu seinem Arsenal, seiner Festung und gleichzeitig seiner Zauberburg gemacht.

Erfreut griffen die Zuagir nach Bogen und Köcher und traten hinaus auf den Balkon, auch jene, die leichtere Wunden davongetragen hatten. Durch die Öffnungen im Ziergitter schossen sie auf die brüllenden Krieger, die sich um den Turm drängten.

Ein Pfeilhagel beantwortete ihren Beschuß, aber er prallte gegen das Gitter, nur wenige Pfeile fanden ihren Weg hindurch. Die Männer unten mußten auf gut Glück schießen, denn sie konnten die Zuagir in der Düsternis nicht sehen. Von allen Seiten waren Bewaffnete in den Turmgarten gestürmt. Zahak war nicht zu sehen, dafür aber gut hundert seiner Hyrkanier und unzählige Männer Dutzend anderer Rassen, und alle brüllten sie durcheinander.

Die Lampions baumelten gefährlich, wenn die Männer gegen die schlanken Bäume stolperten. Ihr Schein fiel auf verzerrte Gesichter und das Weiß der nach oben gerollten Augen. Überall im Garten glitzerten Klingen. Bogensehnen sirrten. Kleinere Sträucher und Büsche wurden unter den zahllosen Füßen zertreten. Etwas schlug plötzlich gegen die Turmtür. Von irgendwoher hatten die Belagerer einen Balken geschleppt und benutzten ihn als Rammbock.

»Zielt auf die mit dem Sturmbalken!« befahl Conan und spannte den stärksten Bogen, den er finden konnte.

Der überhängende Balkon verhinderte jedoch, daß die Belagerten die Männer am vorderen Teil des behelfsmäßigen Rammbocks sehen konnten. Aber als sie die am hinteren Ende trafen, mußten die vorderen den Balken fallenlassen, weil er zu schwer für sie wurde. Beim Umsehen stellte Conan erstaunt fest, daß Nanaia, die sich den Seidenvorhang als Rock um die Taille gewickelt hatte, mit den Zuagir um die Wette schoß.

»Ich sagte dir doch, du sollst ...«, protestierte er, aber sie unterbrach ihn.

»Verdammt, hast du keinen Armschutz für mich? Die Sehne zerschneidet mir die ganze Haut!«

Conan wandte sich seufzend wieder seinem eigenen Bogen zu. Er verstand jetzt, wieso man ihnen so schnell auf den Fersen gewesen war, als er Olgerd Vladislavs Stimme aus dem Lärm heraus hörte. Der Zaporoskier mußte sofort von Viratas Tod erfahren und gleich das Kommando übernommen haben.

»Sie bringen Leitern«, rief Antar.

Conan spähte hinunter. Im Licht der Lampions sah er wie drei Leitern zum Turm getragen wurden. Schnell trat er in die Waffenkammer und holte sich einen Speer.

Zwei Männer hielten eine Leiter am Boden fest, während zwei weitere sie aufstellten, indem sie sie über die Köpfe hoben und an den Turm brachten. Ihr oberes Ende schlug krachend gegen das Ziergitter.

»Schiebt sie weg! Kippt sie um!« riefen die Zuagir, und einer stieß seinen Säbel durch das Zierwerk.

»Zurück!« brüllte Conan. »Ich kümmere mich darum!«

Er wartete, bis mehrere Männer die Leiter hochgeklettert kamen. Der oberste war ein stämmiger Bursche mit einer Streitaxt. Als er damit ausholte, um auf das feine Ziergitter einzuschlagen, stieß Conan seinen Speer durch die Öffnung, drückte die Spitze gegen eine Sprosse und schob. Die Leiter schwankte. Die Männer auf der Leiter schrien. Sie ließen ihre Waffen fallen, um sich festzuhalten. Krachend landete die Leiter mit ihrer Last auf den vorderen Reihen der Belagerer.

»Schnell! Hier ist noch eine!« rief ein Zuagir. Conan rannte zur anderen Balkonseite und kippte eine zweite Leiter um. Die dritte war erst halb erhoben, als Pfeile die Männer niederstreckten, die sie aufstellen wollten, und sie den Balkon gar nicht erst erreichte.

»Schießt weiter!« knurrte Conan. Er legte den Speer zur Seite und griff wieder nach seinem mächtigen Bogen.

Der unaufhörliche Pfeilhagel, den sie nicht wirkungsvoll erwidern konnte, entmutigte die Menge unten. Sie zerstreute sich und suchte Deckung. Die Zuagir brüllten begeistert und schickten den Fliehenden den gefiederten Tod nach.

In wenigen Augenblicken war – von den Toten und Sterbenden abgesehen – der Garten leer. Allerdings waren Köpfe auf den umgebenden Mauern und Dächern zu sehen.

Conan trat wieder in die Waffenkammer und stieg die Treppe hinauf. Er kam durch weitere Räume, in denen Waffen gelagert wurden, ehe er zu dem Zaubergemach des Magus gelangte. Er warf nur einen flüchtigen Blick auf die staubigen Schriftrollen und Werke, die fremdartigen Gerätschaften, die Zeichnungen auf dem Boden und kletterte die restlichen Stufen zur oberen Plattform hoch.

Von hier aus konnte er sich ein Bild ihrer Lage machen. Er sah jetzt, daß der Palast von Gärten umgeben war, bis auf die Vorderseite, wo sich ein großer Hof befand. Das Ganze war von einer äußeren Mauer umzäunt. Niedrigere Innenmauern trennten die Gärten etwa wie die Speichen eines Rades voneinander, die an der Außenmauer endeten.

Der Garten mit dem Turm lag an der Nordwestseite des

Palasts neben dem Hof, mit einer Mauer als Abtrennung. Eine weitere Mauer lag zwischen ihm und dem nächsten Garten im Westen. Sowohl dieser als auch der Turmgarten befanden sich außerhalb des Paradiesgartens, der etwa halb an den Palast anschloß.

Über die Außenmauer rings um den Palastbereich sah Conan die Dächer der Stadt. Das nächste Haus war nicht ganz dreißig Schritt von der Mauer entfernt. Überall brannten Lichter: im Palast, in den Gärten und in den Häusern ringsum.

Der Lärm, das Gebrüll, das Ächzen und Stöhnen, die Verwünschungen und das Rasseln von Waffen verstummten plötzlich. Laut rief Olgerd Vladislav hinter der Mauer zum Hof hervor: »Bist du bereit, dich zu ergeben, Conan?«

Der Cimmerier lachte. »Komm und hol uns doch!«

»Das werde ich auch – im Morgengrauen«, versicherte der Zaporoskier ihm. »Du bist bereits so gut wie tot!«

»Das sagtest du schon, als ich in der Schlucht des Teufelsaffen festsaß, und jetzt ist der Affe tot, und ich lebe immer noch!«

Conan hatte die Sprache der Hyrkanier benutzt. Schreie der Wut und des Zweifels erhoben sich aus allen Richtungen. Der Cimmerier fuhr fort: »Wissen die Yezmiten, daß der Magus tot ist, Olgerd?«

»Sie wissen, daß Olgerd Vladislav der wahre Herrscher von Yanaidar ist, wie er es immer gewesen war! Ich habe keine Ahnung, wie du den Affen getötet hast, noch wie du diese Zuagir aus ihren Zellen holtest. Aber ehe die Sonne am Himmel steht, werde ich eure Häute von dieser Mauer hängen lassen.«

Ein Hämmern war vom anderen Ende des Hofes, das Conan nicht sehen konnte, zu vernehmen. Olgerd brüllte: »Kannst du das hören, cimmerisches Schwein? Meine Männer bauen einen Belagerungsturm, der eure Pfeile aufhalten und fünfzig Mann Schutz bieten wird. Am frühen Morgen rollen wir ihn zum Turm und stürmen ihn. Das wird dein Ende sein, du Hund!«

»Schick deine Männer nur! Ob mit oder ohne Turm, unsere Pfeile finden sie.«

Der Zaporoskier lachte höhnisch und war danach nicht mehr zu hören. Conan überlegte, ob sie einen Ausfall wagen sollten, entschied sich jedoch dagegen, denn es wäre reiner Selbstmord gewesen mit all den Bewaffneten auf den Mauern ringsum. Ihre Festung war zum Kerker geworden.

Conan mußte sich selbst eingestehen, daß sie trotz all ihrer Geschicklichkeit und Entschlossenheit verloren waren, wenn die Kushafi nicht im rettenden Moment eingriffen.

Das Hämmern hörte nicht auf. Selbst wenn die Kushafi bei Sonnenaufgang ankamen, mochte es bereits zu spät sein. Die Yezmiten würden einen Teil der Gartenmauer niederbrechen müssen, um den Belagerungsturm in den Garten rollen zu können, aber dazu brauchten sie sicher nicht sehr lange.

Die Zuagir teilten ihres Führers düstere Vorahnung nicht. Sie hatten einen ruhmvollen Kampf hinter sich, befanden sich in starker Position, hatten einen Führer, zu dem sie aufsehen konnten, und einen unbeschränkten Vorrat an Pfeilen und Waffen überhaupt. Konnte ein Krieger sich mehr wünschen?

Der Zuagir mit der tiefen Säbelwunde starb, als das erste Grau sich am Horizont abzeichnete. Conan blickte auf seinen armseligen Trupp. Die Männer standen auf dem Balkon und spähten durch das Ziergitter, während Nanaia, in ihren Seidenvorhang gehüllt, sich auf den Boden gelegt hatte und schlief.

Das Hämmern verstummte. In der Stille war bald darauf das Knarren schwerer Räder zu hören. Zwar konnte Conan die Belagerungsmaschine nicht sehen, die die Yezmiten gebaut hatten, wohl aber die schwarzen Schatten der Männer auf den Hausdächern jenseits der Außenmauer. Über sie hinweg blickte er über die Stadt zum Nordrand des Plateaus. Nichts bewegte sich zwischen den Befestigungen dort. Offenbar hatten die zur Bewachung der Treppe abgestellten Krieger, das Geschick Antars vergessend, ihre Posten verlassen, um am Kampf teilzunehmen. Doch noch während er in diese Richtung spähte, marschierte ein Trupp von etwa zwölf Mann die Straße entlang zur Treppe. Es war ja auch nicht damit zu rechnen gewesen, daß Olgerd einen so wichtigen Punkt vergessen würde.

Conan drehte sich zu seinen sechs Zuagir um, die ihn aus blutunterlaufenen Augen in den bärtigen Gesichtern schweigend ansahen.

»Die Kushafi sind nicht gekommen«, sagte er. »Es kann nicht mehr lange dauern, bis Olgerd seine Männer im Schutz eines gewaltigen Schildes auf Rädern gegen uns schickt. Hinter diesem Schild werden sie Leitern hochklettern und sich auf uns werfen. Zweifellos wird es uns gelingen, einige zu töten, aber die Übermacht wird unser Tod sein.«

»Wie Hanuman es fügt«, antworteten die Zuagir fatalistisch. »Wir werden viele von ihnen mit in die Hölle nehmen.« Im grauen Morgenlicht grinsten sie wie hungrige Wölfe und griffen nach ihren Waffen.

Die Belagerungsmaschine rumpelte über den Hof. Sie war aus schweren Balken zusammengefügt, mit Bronze und Eisen verstärkt, und rollte auf Ochsenkarrenrädern. Zumindest fünfzig Mann konnten dahinter Schutz suchen und waren sicher vor Pfeilbeschuß. Vor der Mauer hielt sie an. Ein Trupp begann, mit Vorschlaghämmern auf die Mauer einzuschlagen.

Der Krach weckte Nanaia. Sie setzte sich auf, rieb sich die

Augen und blickte sich schlaftrunken um. Plötzlich sprang sie hoch und rannte mit einem Aufschrei zu Conan.

Er legte tröstend die Arme um sie. »Wir werden sie schon schlagen«, sagte er rauh, obgleich er selbst nicht daran glaubte. Er konnte jetzt nichts mehr für sie tun als sich schützend vor sie zu stellen und ihr vielleicht durch einen Gnadenhieb ein schlimmeres Geschick ersparen.

»Die Mauer bricht ein«, rief ein luchsäugiger Zuagir, der durch das Ziergitter spähte. »Staub steigt unter den Hämmern auf. Wir werden bald die Hunde dahinter sehen.«

Steine polterten aus der Mauer, dann stürzte ein ganzer Mauerteil ein. Männer rannten zu der Bresche und schleppten die Steine aus dem Weg. Conan spannte den großen hyrkanischen Bogen, den er sich ausgesucht hatte, und schickte einen Pfeil in hoher Kurve ab. Er traf einen Yezmiten, der schreiend zusammenbrach. Andere zerrten den Verwundeten zur Seite und räumten weiter die Steine fort. Der Belagerungsturm hob sich unheildrohend hinter ihnen, und seine Mannschaft brüllte ungeduldig, sie sollten sich beeilen. Conan schickte Pfeil um Pfeil ab. Einige prallten gegen die Steinblöcke, doch dann und wann fand auch einer sein Ziel in weichem Fleisch. Wenn die Männer zurückwichen, trieb Olgerds scharfe Stimme sie zu ihrer Arbeit zurück.

Als die Sonne aufging und lange Schatten über den Hof warf, wurden die letzten Trümmerstücke des Mauerteils vor dem Turm aus dem Weg geschaufelt. Dann schoben die Männer die ächzende, knarrende Belagerungsmaschine durch die Bresche. Die Zuagir schossen, aber ihre Pfeile blieben in den Häuten stecken, mit denen sie vorn verkleidet war. Der Turm war so hoch wie der Balkon, und hinter dem Schutzschild waren Leitern befestigt. Sobald er den Turm im Garten erreicht hatte, würden die Yezmiten zu der kleinen Plattform oben auf der Belagerungsmaschine hochklettern und durch das feine Gitterwerk des Balkons stürmen, auf dem Conan und seine Männer kauerten.

»Ihr habt tapfer gekämpft«, sagte er zu ihnen. »Wir wollen unseren ruhmvollen Tod suchen, indem wir so viele Yezmitenhunde wie nur möglich mit uns nehmen. Statt darauf zu warten, daß sie uns überrennen, reißen wir das Gitterwerk selbst weg, stürmen hinaus auf ihre Plattform und stoßen die Yezmiten in die Tiefe. Dann können wir uns derer annehmen, die die Leitern hochklettern.«

»Ihre Bogenschützen werden uns von unten beschießen«, brummte Antar.

Conan zuckte die Schultern und lächelte düster. »Bis sie uns treffen, werden wir unseren Spaß haben. Holt Speere aus der Waffenkammer. Für diese Art von Kampf sind sie am nützlichsten. Und bringt ein paar große Schilde. Die Männer an den Flanken sollen sie tragen, um sich und uns andere zu schützen.«

Kurz darauf ließ Conan seine sechs überlebenden Zuagir mit den Speeren in der Hand hinter sich aufreihen. Er selbst hielt eine schwere Streitaxt, mit der er das Ziergitter einschlagen und den Sturm auf die Plattform anführen würde, sobald es soweit war.

Näher rollte die Belagerungsmaschine. Die Männer in ihrem Schutz brüllten triumphierend. Doch als sie noch etwa eine Speerlänge vom Balkon entfernt war, hielt sie plötzlich an. Trompeten schmetterten. Ein wildes Durcheinander von Schreien und Rufen durchschnitt die Luft, und die Männer hinter dem Belagerungsturm rannten zurück durch die Lücke in der Mauer.

9

DER ENDKAMPF

»Crom, Mitra und Asura!« fluchte Conan und warf seine Streitaxt von sich. »Das gibt es doch nicht, daß die Hunde die Schwänze einziehen, ehe sie überhaupt eine Waffe gekostet haben!«

Er rannte auf dem Balkon hin und her und spähte durch das Ziergitter, um zu sehen, was vorging. Aber der verlassene Belagerungsturm versperrte ihm die Sicht. Schließlich raste er die Treppe zur Aussichtsplattform hoch.

Er blickte nordwärts über die Dächer von Yanaidar. Etwa ein halbes Dutzend Männer hastete auf der Straße stadteinwärts, während immer weitere hinter den Befestigungen am Plateaurand auftauchten und ihnen nachrannten. Ein wildes Gebrüll war in der Stille zu hören, die plötzlich wieder eingesetzt hatte, und gleich darauf das unheimliche Trommeln, von dem keiner wußte, was es war. Im Augenblick war es Conan jedoch völlig gleichgültig, ob alle Teufel der Hölle unter Yanaidar ihrer Wut Luft machten.

»Balash!« rief er.

Wieder hatte die Pflichtvergessenheit der Posten an der Treppe ihm geholfen. Die Kushafi waren die unbewachten Stufen hochgeklettert, ehe der Wachtrupp sie erreichte. Oben angekommen, empfingen sie die Wächter und machten sie nieder. Die Neuangekommenen waren viel mehr, als das Dorf Kushaf stellen konnte, aber Conan sah nun auch die roten Seidenbeinkleider seiner eigenen Kozaki.

Hastige Betriebsamkeit löste in Yanaidar die Erstarrung des ersten Schreckens ab. Menschen hasteten durch die Straßen. Die Männer auf den Dächern brüllten einander zu, und so wurde die Nachricht vom Einfall des Feindes weitergegeben. Kurz darauf hörte Conan Olgerds peitschende Stimme Befehle erteilen.

Es dauerte nicht lange, und die Krieger, die aus dem Hof, den Gärten, von den Dächern und aus den Häusern gestürmt kamen, sammelten sich auf dem Marktplatz. Conan entdeckte Olgerd weit unten auf der Straße zwischen einer Kompanie Hyrkanier in glitzernden Rüstungen, mit Zahak an der Spitze. Ihnen folgten Hunderte von Yezmitenkrieger. Und jetzt setzten sich auch die Männer auf dem Marktplatz in Marsch.

Es sah anfangs ganz so aus, als beabsichtigten sie, den Feind auf der Ebene zu stellen, doch ehe sie das Ende der Straße erreichten, verteilten sie sich und versteckten sich in den Gärten und Häusern zu beiden Straßenseiten.

Die Kushafi waren noch zu weit entfernt, um sehen zu können, was sich in der Stadt tat. Als sie zu dem Punkt kamen, von dem aus sich ihnen ein Blick auf die Straße bot, war sie verlassen. Conan aus seiner Höhe konnte jedoch die in den Gärten dicht gedrängt Lauernden sehen, genau wie die Schützen auf den Dächern, die bereits Pfeile an die Sehnen gelegt hatten. Die Kushafi marschierten in eine Falle, und er saß hier fest und konnte nicht helfen. Er stöhnte tief.

Ein Zuagir kam keuchend die Stufen herauf. Er stellte sich neben Conan und knotete den Verband um sein verwundetes Handgelenk fest. Er sprach durch die Zähne, mit denen er ein Ende des blutigen Fetzens hielt: »Sind das deine Freunde? Die Narren laufen geradewegs in die Fänge des Todes!«

»Das sehe ich auch!« knurrte Conan.

»Ich weiß, was geschehen wird. Als Palastwache hörte ich den *Tiger* seinen Verteidigungsplan erläutern. Siehst du den Obstgarten am Ostende der Straße? Fünfzig Schwertkämpfer verbergen sich dort. Auf der anderen Seite ist der Garten der Stygier, wie wir ihn nennen. Weitere fünfzig

Mann lauern da im Hinterhalt. Das Haus daneben ist voll von Kriegern, die vorderen drei Häuser auf der gegenüberliegenden Straßenseite sind es ebenfalls.«

»Das brauchst du mir gar nicht sagen. Ich sehe die Männer in den Gärten und auf dem Dach.«

»Ja. Die Krieger in den Gärten werden warten, bis die Ilbarsi an ihnen vorbei sind und sich zwischen den Häusern befinden. Dann werden die Bogenschützen sie von den Dächern beschießen und die Schwertkämpfer von allen Seiten auf sie einstürmen. Kein einziger Ilbarsi wird entkommen.«

»Wenn ich sie nur warnen könnte!« murmelte Conan. »Komm, wir gehen hinunter.«

Er eilte die Treppe hinab und rief Antar und den anderen Zuagir zu: »Wir gehen hinaus und kämpfen!«

»Sieben gegen siebenhundert?« rief Antar verblüfft. »Ich bin kein Feigling, aber ...«

Mit wenigen Worten erzählte Conan, was er von der Turmplattform gesehen hatte. »Wenn es uns gelingt – nachdem Olgerds Falle zuschnappte –, den Yezmiten in den Rücken zu fallen, können wir vielleicht das Blatt wenden. Zu verlieren haben wir nichts, denn wenn Olgerd meine Freunde besiegt hat, kommt er zurück, um uns ein Ende zu machen.«

»Aber wie sollen die Ilbarsi uns von Olgerds Hunden unterscheiden? Deine Freunde werden uns mit den anderen niederhauen und dann erst Fragen stellen.«

»Kommt mit«, sagte Conan und schritt ihnen voraus in die Waffenkammer. Er verteilte silberfarbige Kettenrüstungen und Bronzehelme mit Pferdehaarkämmen alter Art. Wie er sie in Yanaidar bisher nicht gesehen hatte. »Zieht das an«, befahl er, »und brüllt *Conan!* als Schlachtruf. Dann wird schon nichts schiefgehen.« Er setzte sich selbst ebenfalls einen der Bronzehelme auf.

Die Zuagir brummten über das Gewicht der Rüstung und

beklagten sich, daß die Helme mit ihrem Gesichtsschutz ihre Sicht einschränkten.

»Kein Widerrede!« donnerte Conan. »Zieht sie an. Das ist ein Gefecht, in dem ihr euch dem Gegner stellen müßt, und kein Überfall in der Wüste, wo man schnell zuschlagen und sich wieder zurückziehen kann. So, und jetzt wartet hier, bis ich euch hole.«

Er stieg wieder zur Turmplattform zurück. Die Freien Getreuen und die Kushafi marschierten in geschlossenen Reihen die Straße hoch. Vor den ersten Häusern hielten sie an. Balash war ein zu erfahrener alter Kämpfer, als daß er unüberlegt in eine Stadt stürmte, die er nicht kannte. Ein paar Mann lösten sich aus der Formation, um die Lage auszukundschaften. Sie verschwanden zwischen den Häusern und kehrten rennend zum Haupttrupp zurück. Etwa hundert Yezmiten verfolgten sie.

Die Invasoren schwärmten zur Schlachtaufstellung aus. Die Sonne glitzerte auf den dicht durch die Luft schwirrenden Pfeilen. Ein paar Yezmiten fielen, der Rest kam in Kampfberührung mit den Kushafi und Kozaki. Staub wirbelte auf, und Klingen klirrten in dem plötzlichen wilden Durcheinander. Doch schon entzogen die Yezmiten sich dem Gegner und flohen zu den Häusern zurück. Genau wie Conan befürchtet hatte, jagten die Invasoren ihnen nach, heulend, wie blutrünstige Dämonen. Conan war natürlich klar, daß die hundert Mann nur vorgeschickt worden waren, um den Feind in die Falle zu locken, denn nie hätte Olgerd sonst einen zahlenmäßig so unterlegenen Trupp zum Angriff geschickt.

Von beiden Seiten strömten Kushafi und Kozaki auf die Straße. Balash konnte sie nicht zurückhalten, doch zumindest gelang es ihm durch wütende Verwünschungen, sie zu einer geschlosseneren Formation zusammenzuziehen, noch ehe sie die ersten Häuser erreicht hatten.

Bevor es soweit war und sie sich etwa fünfzig Schritt hinter dem letzten fliehenden Yezmiten befanden, raste Conan die Treppe hinunter.

»Kommt jetzt!« brüllte er. »Nanaia, verriegle die Tür hinter uns und warte hier!«

Sie stürmten die Stufen hinab, durch die Tür, vorbei an der verlassenen Belagerungsmaschine und durch die Lücke in der Mauer. Niemand hielt sie auf. Olgerd mußte jeden kampffähigen Mann vom Palast abgezogen haben.

Antar führte sie auf schnellstem Weg durch das prunkvolle Bauwerk und zum Vordereingang hinaus. Gerade als sie hindurchrannten, gaben Olgerds Hyrkanier mit einem ohrenbetäubenden Schmettern der langen Trompeten das Signal zum Angriff. Noch ehe sie die Straße erreicht hatten, war die Falle geschlossen. Conan sah die Rücken einer Riesenmeute Yezmiten, die mit den Invasoren kämpften, die Straße von Seite zu Seite füllen, während die Bogenschützen von den Dächern ihre Pfeile schickten.

Fast lautlos führte Conan seinen kleinen Trupp auf die Yezmiten zu, die erst auf sie aufmerksam wurden, als die Zuagir ihnen die ersten Speere in den Rücken stießen und sie gleich wieder herauszogen, um erneut zuzustechen. Conan wirbelte seine Streitaxt. Er spaltete Schädel, durchtrennte Gliedmaßen. Als die Speere brachen oder sich nicht aus den Leichen der Yezmiten lösten, griffen die Zuagir zu den Klingen.

So durchschlagend war ihr wütender Ansturm, daß Conan und sein kleiner Trupp bereits dreimal ihre Zahl niedergestreckt hatten, ehe den Yezmiten bewußt geworden war, daß man ihnen in den Rücken gefallen war. Als sie sich umdrehten und neben den fremdartigen Rüstungen die verstümmelten Leichen sahen, wichen sie mit Schreckensschreien zurück. In ihrer lebhaften Phantasie wurden die wild um sich hauenden und stechenden sieben Feinde zu einer ganzen Armee.

»Conan! Conan!« brüllten die Zuagir.

Bei diesem Ruf wehrten die in die Falle Gegangenen sich noch heftiger. Inzwischen befanden sich zwischen Conan und seinen eigenen Leuten nur noch zwei Yezmiten. Einen erstach der Kozak ihm gegenüber, dem zweiten hieb Conan die Axt mit solcher Kraft auf den Schädel, daß sie nicht nur Helm und Kopf spaltete, sondern auch der Axtschaft abbrach.

In einem plötzlichen Augenblick der Stille, als Conan und die Zuagir den Kozaki gegenüberstanden und keiner genau wußte, ob der andere Freund oder Feind war, schob Conan seinen Helm zurück, so daß sein Gesicht zu sehen war.

»Zu mir!« brüllte er. »Erschlagt sie, Wolfsbrüder!«

»Es ist Conan!« brüllte der nächste der Freien Getreuen, und seine Kameraden nahmen erfreut den Ruf auf, bis der Schrei »Conan! Conan!« den wieder heftigen Kampflärm überdröhnte.

Doch auch Olgerd Vladislavs schneidende Stimme war zu hören. »Zehntausend Goldstücke für Conans Kopf!« schrie er.

Das Waffenklirren, -rasseln und -krachen wurde noch lauter, genau wie der Schlachtruf »Conan!«, die Flüche, Drohungen, die Schmerzensschreie und das Ächzen und Stöhnen. Die Schlacht löste sich zu Hunderten von Zweikämpfen und einem Handgemenge zwischen kleineren Gruppen auf. Die Straße auf und ab tobten die erbitterten Kämpfe, über Tote und Verwundete hinweg, auch in den Häusern wurden sie fortgesetzt, wobei die Möbelstücke nicht verschont blieben, über die Treppen stürmte man auf die Dächer, wo Kushafi und Kozaki kurzen Prozeß mit den dort postierten Bogenschützen machten.

Es gab keine Ordnung mehr, und niemand ging mehr nach Plan vor. Befehle zu erteilen, war in dem Getümmel unmöglich, sie hätten in dem Durcheinander auch kaum befolgt werden können. Die Stärke der Gegner war nun in etwa gleich. Der Ausgang der Schlacht hing in der Schwebe, obwohl keiner eine Ahnung hatte, wie sie im allgemeinen stand. Denn jeder war viel zu sehr damit beschäftigt, zu töten und zu versuchen, nicht selbst getötet zu werden, um darauf zu achten, was rings um ihn vorging.

Conan verschwendete keinen Atem daran, Ordnung in das Chaos zu bringen. An List und Strategie war nicht mehr zu denken. Der Kampf würde allein durch Muskelkraft und Geschicklichkeit im Umgang mit den Waffen entschieden. Von heulenden Berserkern umgeben, blieb ihm gar nichts anderes übrig als Schädel zu spalten und so viele Feinde wie nur möglich in den Tod zu schicken und es der Gunst der Götter zu überlassen, wer aus dieser Schlacht als Sieger hervorginge.

Dann allmählich, wie der Nebel sich teilt, wenn der Wind in ihn fährt, lichtete sich das Gewühl, und die kämpfenden Gruppen wurden kleiner. Eine der beiden Seiten begann zu wanken, immer mehr Männer zogen sich zurück, doch erst nach einer Weile konnte er feststellen, daß es die Yezmiten waren, deren Mut sank. Ihre durch geheime Drogen (die ihre Führer ihnen zu nehmen befohlen hatten) aufgeputschte Kampfeslust ließ nach.

Da entdeckte Conan Olgerd Vladislav. Helm und Brustpanzer des Zaporoskiers waren eingebeult und blutbespritzt, der Rest seiner Kleidung hing in Fetzen von ihm, und seine Muskeln spielten geschmeidig bei jedem blitzschnellen Hieb seines Säbels. Die grauen Augen blitzten, und die Lippen waren zu einem verwegenen Lächeln verzogen. Drei tote Kushafi lagen zu seinen Füßen, und sein Säbel nahm es gleichzeitig mit einem Dutzend Klingen auf. Links und rechts von ihm fochten prächtig gerüstete Hyrkanier und schlitzäugige Khitaner in lackiertem Lederharnisch Brust an Brust gegen wilde Kushafi.

Auch Tubal sah Conan jetzt zum erstenmal. Der Shemit brach sich wie ein schwarzbärtiger Büffel mit tobender Naturgewalt eine Bahn durch das Gemenge. Und er bemerkte, daß Balash blutbedeckt aus den Gruppen der Kämpfenden wankte.

Conan hieb sich einen Weg zu Olgerd frei. Der Zaporoskier lachte in grimmiger Freude, als er den Cimmerier auf sich zukommen sah. Blut rann über Conans Rüstung und sickerte über die muskulösen sonnengebräunten Arme. Seine Klinge war rot bis zum Griff.

»Komm und stirb, Conan!« rief Olgerd ihm entgegen. Der Cimmerier stürmte auf die Art der Kozaki mit wirbelnder Klinge auf ihn zu. Olgerd sprang ihm entgegen, und sie kämpften auch wie Kozaki, beide gleichzeitig angreifend, daß Hieb auf Hieb – für das Auge zu schnell – herabhagelte.

Um sie herum hörten die keuchenden, blutbesudelten Krieger zu kämpfen auf. Gebannt sahen sie den beiden Führern zu, die das Geschick Yanaidars entscheiden würden.

»Aie!« schrien hundert Kehlen, als Conan stolperte und die Berührung mit des Zaporoskiers Säbel verlor.

Olgerd brüllte triumphierend auf und wirbelte seine Klinge. Ehe er sie herabsausen lassen konnte oder ihm überhaupt bewußt wurde, daß der Cimmerier ihn hereingelegt hatte, stieß der lange Dolch, hinter dem die ganze Kraft der eisernen Muskeln Conans steckte, durch den Brustpanzer in das Herz darunter. Olgerd war tot, bevor er auf dem Boden aufschlug.

Conan richtete sich auf, um sich umzublicken, als neues Gebrüll zu hören war. Es klang anders, als er es von seinen Leuten erwartet hatte, wenn sie nun über die geschlagenen Yezmiten herfielen. In disziplinierter Formation nahte eine weitere Streitmacht auf der Straße, die die Kämpfenden auf ihrem Weg zertrampelte oder zur Seite fegte. Als sie näher waren, erkannte Conan die vergoldeten Rüstungen und die federbuschverzierten Helme der königlich iranistanischen Garde. An ihrer Spitze wütete der mächtige Gotarza, der mit seinem gewaltigen Krummsäbel Yezmiten und Kozaki gleichermaßen niedermähte.

In Herzschlagschnelle hatte sich das Schlachtbild verändert. Einige Yezmiten flohen. Conan brüllte: »Kozaki, zu mir!« Und seine Männer begannen, vereint mit den Kushafi und sogar einigen Yezmiten, sich um ihn zu scharen, letztere, weil sie in dem Cimmerier den einzigen Führer gegen den neuen gemeinsamen Feind erkannten. Zwischen den beiden Streitkräften tobte der Kampf noch weiter.

Und schon stand Conan Gotarza gegenüber, der sich mit Hieben einen Weg zu ihm gebahnt hatte, die imstande gewesen wären, kleine Eichen zu fällen. Conans schartige Klinge zischte zu schnell durch die Luft, als daß das Auge ihr hätte folgen können. Doch der Iranistanier blieb ihm nichts schuldig. Blut aus einer Stirnwunde rann über Gotarzas Gesicht, und Blut aus einer neuen Schulterwunde befleckte Conans Rüstung. Trotzdem wirbelten und klirrten ihre Klingen weiter, ohne die Deckung des Gegners durchstoßen zu können.

Doch plötzlich wurden aus den Kampfrufen ringsum Entsetzensschreie. Auf allen Seiten hörten die Männer mitten im Kampf auf und rannten zu der zur Treppe führenden Straße. In ihrer Panik stießen sie gegen die beiden Anführer und drückten sie Brust an Brust, so daß die beiden sich plötzlich in einem Ringkampf fanden. Conan, der die Lippen öffnete, um zu schreien, bekam Gotarzas langen schwarzen Bart in den Mund. Wütend spuckte er ihn aus und donnerte:

»Was, zum Teufel, geht hier vor, höfischer Schoßhund?«

»Die wahren Bürger Yanaidars sind zurückgekehrt!« brüllte Gotarza. »Sieh doch selbst, Hund!«

Conan riskierte einen Blick. Von allen Seiten huschten Meuten grauer Schatten mit stierenden, seelenlosen Augen und mißgeformten Hundeschnauzen herbei, um sich auf die Menschen zu stürzen. Wo immer die fast menschenähnlichen Hände Halt fanden, zerrissen sie ihr Opfer und verschlangen es auf der Stelle. Die Männer hieben mit aller, durch ihr Grauen noch verstärkten Kraft auf sie ihn, aber die leichenblasse Haut schien unverletzbar zu sein. Wo eine dieser Kreaturen doch fiel, sprangen sofort drei neue herbei, um ihren Platz einzunehmen.

»Die Ghuls von Vanaidar!« keuchte Gotarza. »Wir müssen fliehen. Fall mir nicht in den Rücken, bis wir in Sicherheit sind, dann lasse ich inzwischen die Waffen ruhen. Wir können unseren Kampf später fortsetzen.«

Die panikerfüllt Fliehenden warfen die beiden zu Boden. Ein Mann rannte über Conans Rücken. Mit ungeheurer Anstrengung gelang es dem Cimmerier, erst auf die Knie, dann wieder auf die Füße zu kommen. Mit Fäusten und Ellbogen schlug er um sich, um sich Platz zum Atmen zu schaffen.

Die wilde Flucht ergoß sich nordwärts, entlang der Straße zu der Treppe. Yezmiten, Kozaki, Kushafi und iranistanische Soldaten waren in wirren Haufen zusammengedrängt, aber vor dieser unmenschlichen Bedrohung vergaßen sie, daß sie Feinde waren. Frauen und Kinder rannten zwischen den Kriegern. An den Flanken des Flüchtlingsstroms schwärmten die Ghuls wie riesige graue Läuse einher und stürzten sich auf jeden, der nur ein paar Schritt von der Menge getrennt wurde.

Conan wurde durch die panikerfüllt Fliehenden an den Rand der Menschenmassen geschoben und stieß auf Gotarza, auf den sich vier Ghuls geworfen hatten. Der Gardehauptmann hatte seine Klinge verloren, aber zwei der Entsetzensgestalten, mit jeder Hand eine, am Hals gepackt.

Ein dritter Ghul umschlang seine Beine, während der vierte um ihn herumschlich und versuchte, an seine Kehle zu gelangen.

Ein Hieb mit Conans Ilbarsidolch halbierte einen Ghul, und ein zweiter Schlag trennte einem anderen den Kopf vom Rumpf. Die beiden restlichen schleuderte Gotarza von sich. Und schon stürzten sich neue Ghuls auf Conan, rissen und zerrten an ihm und schnappten mit den scharfen Zähnen nach ihm. Einen Augenblick sah es fast so aus, als gelänge es ihnen, ihn auf den Boden zu werfen. Undeutlich wurde der Cimmerier sich bewußt, daß Gotarza ihm einen vom Rükken gerissen hatte und nun auf dem Ghul herumtrampelte, daß die Rippen knackend wie dürre Äste brachen. Conan zerbrach sein Messer an einem dieser Alptraumwesen und zerschmetterte einem anderen den Schädel mit dem Griff.

Dann rannte er wieder mit dem Flüchtlingsstrom, der durch die Brustwehr quoll, die Treppe und die rampenähnlichen Simse hinunterströmte und sich auf dem Schluchtboden sammelte. Die Ghuls verfolgten sie bis zu den niedrigen Befestigungsanlagen am Rand des Tafelbergs und rissen auf dem Weg Mann um Mann. Erst als die letzten Flüchtlinge sich durch das schmale Tor in der Brustwehr zwängten, fielen sie zurück und kehrten auf der Straße zu den Obstgärten zurück, um sich auf die herumliegenden Leichen zu stürzen, um die sich bereits kleine Gruppen ihrer Artgenossen stritten.

In der Schlucht ließen die erschöpften Männer sich auf den Boden fallen oder setzten sich, die Rücken an Felsbrokken gestützt, ohne sich darum zu kümmern, ob ihre Nachbarn Freunde oder Feinde waren. Die meisten hatten Wunden davongetragen, und alle waren blutbesudelt, ihre Rüstungen eingebeult oder aufgeschlitzt, ihre Kleidung hing in Fetzen von ihnen, und ihre Augen waren blutunterlaufen. Viele hatten ihre Waffen verloren. Von den Hunderten von

Kriegern, die sich im Morgengrauen zur Schlacht geschart hatten, war nur etwa die Hälfte aus der Stadt entkommen. Eine Zeitlang hörte man nur Keuchen und Stöhnen und das Reißen von Stoff, den die Männer als Verband benutzten, und hin und wieder das Rasseln und Scharren von Waffen gegen Stein, wenn die Männer sich bewegten.

Obgleich er seit dem vergangenen Nachmittag fast ständig in Bewegung gewesen war und gekämpft hatte, kam Conan als erster wieder auf die Füße. Er gähnte, streckte sich und zuckte zusammen, als seine Wunden sich wieder bemerkbar machten. Dann hielt er Ausschau nach seinen Leuten und sammelte sie um sich. Von seinen Zuagir fand er außer Antar nur zwei. Auch Tubal entdeckte er, doch Codrus nicht.

Balash saß mit verbundenen Beinen auf der anderen Schluchtseite und erteilte seinen Kushafi mit schwacher Stimme Befehle. Gotarza rief seine Gardisten zu sich. Die Yezmiten, die die schwersten Verluste davongetragen hatten, irrten herum wie verlorene Schafe und warfen besorgte Blicke auf die sich sammelnden Gruppen ihrer Feinde.

»Ich habe Zahak eigenhändig getötet«, erklärte Antar dem Cimmerier. »Nun haben sie keinen Führer mehr, dem sie folgen könnten.«

Conan stapfte zu Balash hinüber. »Wie geht es dir, alter Wolf?« erkundigte er sich.

»Nicht schlecht, nur kann ich mich noch nicht ohne Hilfe auf den Beinen halten. Was sagst du dazu: Die alten Legenden stimmen also doch! Alle unheilige Zeit tauchen die Ghuls aus ihren Höhlen unter Yanaidar auf und verschlingen die Menschen, die so unvorsichtig gewesen waren, sich dort anzusiedeln.« Er schüttelte sich. »Ich glaube nicht, daß so schnell jemand die Stadt wieder aufbauen wird.«

»Conan!« rief Gotarza. »Wir haben noch etwas zu besprechen!«

»Ich bin bereit!« brüllte der Cimmerier zurück. Er wandte sich an Tubal: »Laß die Männer aufstellen, die am wenigsten verwundeten und die am besten bewaffneten an den Flanken und als Vor- und Nachhut.« Dann schritt er zu Gotarzas Gruppe. Der Gardehauptmann kam ihm entgegen.

»Mein Auftrag lautet immer noch, dich und Balash tot oder lebendig nach Anshan zurückzubringen«, erklärte Gotarza.

»Versuch es doch«, forderte Conan ihn mit grimmigem Lächeln auf.

Balash rief im Sitzen: »Ich bin verwundet, aber wenn du mich mit Gewalt fortschleppen willst, werden meine Leute dich durch die Berge jagen, bis keiner deiner Männer mehr am Leben ist.«

»Tapfere Worte«, antwortete Gotarza, »aber nach einer weiteren Schlacht wirst du kaum noch genügend Männer dafür haben. Und du weißt, daß die anderen Stämme deine Schwäche nutzen, dein Dorf ausrauben und eure Frauen verschleppen würden. Der König herrscht über das Ilbarsigebirge, weil die Bergstämme sich nie vereinten und es auch in Zukunft nicht tun werden.«

Balash blieb eine Weile still, dann sagte er: »Verrate mir, Gotarza, wie du herausgefunden hast, wohin wir geritten sind.«

»Wir kamen gestern abend nach Kushaf und brauchten lediglich einen Jungen deines Dorfes ein wenig mit der Dolchspitze zu kitzeln, da erzählte er uns nur zu gern, daß ihr nach Drujistan aufgebrochen seid; und nach nochmaligem Kitzeln war er bereit, uns zu führen. Noch vor dem Morgengrauen erreichten wir die Felswand, die mit einer Strickleiter zu erklimmen ist. Deine Dummköpfe hatten sie in ihrer Eile nicht einmal hochgezogen. Wir banden die Männer, die du zur Bewachung der Pferde zurückgelassen hattest, und kletterten euch nach.

Doch jetzt zur Sache. Ich habe persönlich nichts gegen euch, aber ich habe einen Eid bei Asura geleistet, daß ich Kobad Shahs Befehle ausführen werde, bis sein oder mein Tod mich davon entbindet. Andererseits aber erscheint es mir nicht richtig, es zu einer weiteren Schlacht kommen zu lassen, wenn unsere Männer alle so erschöpft sind und viele unserer tapfersten Krieger bereits ihr Leben lassen mußten.«

»Was dann?« fragte Conan finster.

»Ich dachte, du und ich könnten durch einen Zweikampf die Entscheidung herbeiführen. Wenn ich falle, mögt ihr ungestört eures Weges ziehen, es wird euch niemand aufhalten. Fällst jedoch du, muß Balash mit mir nach Anshan reiten.« Er wandte sich an den Kushafi-Häuptling: »Du kannst vielleicht deine Unschuld beweisen. Der König wird von mir erfahren, daß du dazu beigetragen hast, dem Kult der Verborgenen ein Ende zu machen.«

»Wie ich Kobad Shah mit seinem Verfolgungswahn kenne, wird er sich nicht überzeugen lassen«, sagte Balash seufzend. »Aber ich bin mit deinem Vorschlag einverstanden, denn ich bin sicher, daß kein in der Stadt aufgewachsener iranistanischer Hund Conan in einem Zweikampf schlagen kann.«

»Auch ich bin einverstanden«, brummte Conan und drehte sich zu seinen Männern um. »Wer von euch hat die schwerste Klinge?«

Er wog mehrere in der Hand ab und wählte ein langes Schwert hyborischer Schmiedekunst. Er wandte sich wieder dem Gardehauptmann zu. »Bist du bereit?« fragte er.

»Ja«, erwiderte Gotarza und stürmte auf ihn los.

Die beiden Klingen blitzten und klirrten in einem stählernen Wirbel so rasch, daß die Zuschauer ihnen kaum zu folgen vermochten. Die beiden Kämpfer sprangen, drehten sich, kamen einander ganz nahe, hüpften zurück und duck-

ten sich unter Hieben, die sie den Kopf gekostet hätten, während die Klingen unaufhörlich sangen. Hauen – parieren – stoßen – hauen – ausfallen – parieren, ging es in ständigem Wechsel. Nie in Yanaidars Tausenden von Jahren hatten die Felsen ringsum solche Fechtkunst erlebt.

»Halt!« rief eine Stimme. Als die beiden sich davon nicht stören ließen, brüllte sie noch lauter: *»Aufhören!«*

Conan und Gotarza wichen jeder wachsam ein paar Schritte zurück und wandten sich der Richtung der Stimme zu, um zu sehen, wer da schrie.

»Bardiya!« rief Gotarza erstaunt, als er den wackeren Haushofmeister in dem Einschnitt der Kluft entdeckte, die zu dem Felsen mit der Strickleiter führte. »Was macht Ihr hier?«

»Beendet euren Kampf«, sagte der Iranistanier. »Ich habe drei Pferde zuschanden geritten, um euch einzuholen. Kobad Shah ist an dem Gift des Flammendolches gestorben. Sein Sohn Arshak regiert nun. Er hat alle Anklagen gegen Conan und Balash zurückgezogen und ersucht Balash, mit seinen Kushafi auch weiterhin getreu die Nordgrenze zu schützen. Und Conan bittet er, in seine Dienste zurückzukehren. Iranistan braucht Krieger wie ihn. Yezdigerd von Turan schickt nun, da er die Kozakigruppen zerschlagen hat, schon wieder seine Armeen aus, um die Nachbarländer zu brandschatzen und zu unterjochen.«

»Wenn das so ist, wird es wieder reiche Beute in den turanischen Steppen geben«, sagte Conan. »Ich bin der Intrigen an Eurem feinen Hof müde.« Er wandte sich an seine Männer. »Wer nach Anshan zurückreiten möchte, hat meine Erlaubnis. Mit den anderen breche ich morgen gen Norden auf.«

»Was ist mit uns?« rief ein hyrkanischer Wächter aus Yanaidar. »Die Iranistanier werden uns niedermetzeln, unsere Stadt ist in den Händen der Ghuls, unsere Familien wurden zerfleischt, und unsere Führer sind tot. Was soll aus uns werden?«

»Wer mag, kann sich mir anschließen«, sagte Conan gleichgültig. »Die anderen können Balash fragen, ob er sie aufnehmen will. Viele Frauen seines Stammes brauchen neue Männer – Crom!«

Conans schweifender Blick war auf einer Gruppe Frauen hängengeblieben, und er entdeckte Parusati unter ihnen. Das erinnerte ihn an etwas, das er fast vergessen hätte.

»Was hast du denn, Conan?« erkundigte sich Tubal erstaunt.

»Ich habe nicht an Nanaia gedacht. Sie ist immer noch im Turm! Ich muß zurück, um sie vor den Ghuls zu schützen und . . .«

»Nicht nötig«, erklärte eine Stimme in seiner Nähe. Einer seiner überlebenden Zuagir nahm den Helm ab, so daß langes schwarzes Haar über den Rücken wallte und Nanaias feingeschnittene Züge zu erkennen waren.

Conan starrte sie an, dann lachte er donnernd. »Habe ich dir nicht befohlen, im Turm zu bleiben? Aber es ist ganz gut, daß du es nicht getan hast.« Er gab ihr einen schmatzenden Kuß und gleichzeitig einen scharfen Klaps auf die Kehrseite. »Das eine ist die Belohnung, weil du so tapfer mit uns gekämpft hast, das andere für deinen Ungehorsam. Und jetzt komm mit! He, Wolfsbrüder! Erhebt euren faulen Leib, oder wollt ihr hier anwachsen?«

Mit dem hochgewachsenen dunklen Mädchen schritt er voraus in den Einschnitt, der sie zur Straße nach Kushaf bringen würde.

Einzelrechte

BLACK TEARS, von L. Sprague de Camp und Lin Carter wurde für diesen Band geschrieben, der 1968 zum erstenmal erschien.

SHADOWS IN ZAMBOULA erschien ursprünglich in: »Weird Tales«, November 1935; Copyright © 1935 by Popular Fiction Publishing Co.; die Erzählung wurde nachgedruckt in: *Skull-Face and Others*, Sauk City, Arkham House, 1946; in *Conan the Barbarian*, New York, Gnome Press, 1954; und in: *The Spell of Seven*, New York, Pyramid Publishing, 1965.

THE DEVIL IN IRON erschien ursprünglich in: »Weird Tales«, August 1934; Copyright © 1934 by Popular Fiction Publishing Co.; nachgedruckt in: *Conan the Barbarian*, New York, Gnome Press, 1954.

THE FLAME KNIFE erschien ursprünglich in: *Tales of Conan*, New York, Gnome Press, 1955; Copyright © 1955 by Gnome Press.